一 枝 秋

汪家弘　主编

陕西新华出版
太白文艺出版社·西安

图书在版编目（CIP）数据

一枝秋 / 汪家弘主编. -- 西安：太白文艺出版社，2024.7. -- ISBN 978-7-5513-2660-5

Ⅰ. I267

中国国家版本馆 CIP 数据核字第 2024175DB1 号

一枝秋
YIZHI QIU

主　　编	汪家弘
执行主编	强紫芳
副 主 编	孙云军　夏金峣
责任编辑	张　鑫
装帧设计	青年作家网
出版发行	太白文艺出版社
经　　销	新华书店
印　　刷	永清县晔盛亚胶印有限公司
开　　本	787mm×1092mm　1/16
字　　数	230 千字
印　　张	15.75
版　　次	2024 年 7 月第 1 版
印　　次	2024 年 7 月第 1 次印刷
书　　号	ISBN 978-7-5513-2660-5
定　　价	68.00 元

版权所有　翻印必究
如有印装质量问题，可寄出版社印制部调换
联系电话：029-81206800
出版社地址：西安市曲江新区登高路 1388 号（邮编：710061）
营销中心电话：029-87277748　029-87217872

目 录

语晴专辑

一封信	3
人来人往	8
京都的秋天	10
冬天来了	12
若有诗书藏于心，岁月从不败美人	14
行者无疆，书意人生	16
最好的遇合	18

黄瑶专辑

接近天堂的地方——香格里拉	23
环佩音叮当，玉人笑朗朗	25
惜汝往矣，春花秋月里——浅析《红楼梦》贾惜春	27
母亲的少女时代	31
我与父亲的斗争	34
把酒对清风	37
诗词中，有倾城色	39
思入书笺，情愫难舍	41
诗词里的四季	43

伍祉睿专辑

等风来	47
执子之手，与子偕老	54
读书不止，不止读书	56
人生如梦	58
书香城里话健康	61
"偷"光记	64
母亲	65
温暖	68
读《把信送给加西亚》有感	70
写作，是一场自我救赎	71
流淌在时光里的暖阳	73

梁慧专辑

重游珠海：邂逅渔女与情侣路的浪漫时光	77
我的家乡，魅力肇庆	78
乡愁的思绪	80
回忆我亲爱的父亲	82
回忆那逝去的光阴	84
夏日观景	86
我的历程，我的诗	87
燕子山下的悲怆之歌	89

宋东涛专辑

春至人间芳菲季	93
童年掠影	95
六月麦香飘	97
端午记忆	99
生如夏荷	101
远去的夏日	103
阿黄	105
小镇的夏日	107
又见柿子红	110
秋意渐浓爱更浓	112
秋日私语	114
霜菊	116
蜡梅花开	118
过年旧事	120

覃晓倩专辑

故乡	125
株洲风光	130
遇见更优秀的自己	133
许自己一场花开	137
与一场冬雨擦肩	139
一枚小小的邮票	141
浅冬，与一缕墨香为伴	144

蓝素莹专辑

嘴下留情	149
豆腐瑶	152
金钱树	155
驿　站	159
我的大嫂	163

汪修平专辑

棋子一掷，似水流年	169
迈出一步，再迈一步	171
难忘的青岛之旅	173
品味古城美食，探寻盛唐遗韵	175
艺术在风雨中飘摇	177
我与梅花的故事	180

妙瓜专辑

酒逢知己	185
落日余晖	190
母爱如雨	192
雪阻归路	198

马长鹏专辑

想念诤臣　　　　　　　　　　　　　　　205
长沙贾谊故居楹联寻踪　　　　　　　　　209
煮酒品诗论英雄　　　　　　　　　　　　217
醉饮稼轩，可怜白发生　　　　　　　　　220
朝阳·永恒　　　　　　　　　　　　　　223

石岩专辑

庄严的军礼　　　　　　　　　　　　　　229
我与《老人与海》里的老人　　　　　　　232
我这算不算初恋哪　　　　　　　　　　　235
我真的差点儿被气厥过去　　　　　　　　240

语晴专辑

　　语晴，本名申依灵，中国散文学会会员，湖北省作家协会会员，青年作家网签约作家。兰心蕙质，温婉含蓄；思想细腻，悟性很高；构思新颖，感情充沛；观察能力敏锐，极具文艺潜质，平凡中散发着创造性的思维。喜欢在历史与文化的广袤世界中上下求索，让自己的羽翼日渐丰满。爱好文学创作，多次在报纸杂志上发表散文、诗词、微小说，作品入选《岁月之歌》《花开四季》《青青子衿》《呦呦鹿鸣》等书籍，出版个人书籍《晨露暮雪》。

一封信

  夜里，我随手翻开石川啄木的诗集，看到了这句话："那天晚上我想写一封，谁看见了都会怀念我的长信。"于是，我脑海中的某个思绪被拨动，我也想写一封这样的信。

亲爱的：
  你好。
  河畔树木的枝叶逐渐枯黄，又是一季秋，此刻凉如水的秋风正敲打着我的窗。古人云：自古逢秋悲寂寥。但此时写这封信给你的我，并不是抱着如此悲凉的心情。相反，我带着几分喜悦与期待，迫不及待地想将我的一些经历分享给你。
  正如席慕蓉在《青春》一文中写道："却忽然忘了是怎么样的一个开始，在那个古老的不再回来的夏日。"
  是的，我记不清是如何开始的了。只记得是某个夏天在外面旅游，我睡得迷迷糊糊的，周围突然有了许多嘈杂的声音。后来，我被他们吵醒了，他们说，该起床上路了。我没有办法，只好赶紧收拾收拾，继续我们的行程。
  因为没有睡好，我边走路边打哈欠，十分疲倦，心情也不太好。我们住在山顶，所以现在需要往山下走。按理来说，下山的路应该会轻松一些，可我却走得十分艰难，这里丛林密布，我生怕会从哪里蹿出条蛇来。不远处，一片草丛微微颤动着，我心下一惊，不会真是蛇吧？直到我看见一绺儿黑黑的头发，才安下心来，原来是个人。他为什么要蹲在草丛里呢？我走近，发现他正耸着肩抽泣着。"你还好吗？"我试图安慰他。他察觉到有人来，立刻擦干眼泪，抬起头，挤出一脸笑容。我才意识到他是我们旅行团里的人，他平常都很活跃，整日没心没肺地欢笑着，没想到今日竟独自躲在草丛里哭泣。"呀，是你啊！我没事，就是蹲那儿随便看看……我们快走吧，免得掉

队了！"他不愿说为什么哭泣，我也不好追问，只好跟着他一起继续往前走。

一路上，我和他谁也没说话，都彼此沉默着。不知不觉，一天就这么过去了。这晚旅行社安排的是特色露营。这一带的草木比最开始的地方要稍微稀疏一些，于是设置了露营体验项目。我跟他都是独自出来旅游，于是想着结个伴，共住一顶帐篷。夜深了，风有了些许凉意，他披上了一件薄外套，坐在帐篷外，我也跟他一起。

"我生的篝火给黑夜烫了个洞。"他好像有些莫名其妙的自责感。"黑夜本来就是有洞的，不信你看。"我伸手指向天空，无数的星斗点缀在夜空之中，仿佛像是给黑夜扎了无数个洞。"从洞中流泻出来的是光明。"他听了我的话，开心地笑了笑。

半晌，他开口："好像还没自我介绍过，我叫菲利尔，这次出来旅行，其实是为了散心的。"我意识到他可能愿意向我敞开心扉了，问："你遇到什么不开心的事了吗？""嗯……应该说是没有什么开心的事……"他说。

他告诉我，他前不久丢了工作，本来女友的家人就不同意他们在一起，现在就更是反对了。女友家家境富裕，她的亲戚朋友都认为，思可赛斯和她更门当户对。其实思可赛斯曾是菲利尔的同学，成绩出众，还是个高富帅，而菲利尔完全相反，可以说是哪一点都比不上思可赛斯。但是，即便如此，他也想坚定不移地守护自己的爱情——原本应该是这样的。可当别人已经月入百万时，他却失去了工作，这对他来说打击太大了，他不禁开始怀疑，自己是否真的有能力给自己爱的人稳定的生活和幸福。于是他想通过这次旅游散散心，就连女友发的信息他也没有回。

听完他说的这些，我不禁也感到难受。想当年，我其实也是一等一的人物，活得风风火火，大家都仰慕我。可如今，时过境迁，我似乎还在原地，他们都往前走了，又或者说，我其实在走下坡路，而他们全都在向上攀登。

这晚的聊天让我俩谁都没有睡好。可是时间不等人，当红日徐徐升起，我们又要上路了。

继续往下走，我们进入了一片松树林。据说，这一代经常有狼群出没，我很害怕。但是，想到有旅行社带我们走的应该是安全的区域，也稍微安心，但还是不敢放松警惕。走到一个岔路口，我跟着前方大部队走，可是菲利尔却跑向了一条偏僻的小路。"你在干吗？！那边危险，你快回来！"任凭我怎么喊他都不回头，大部队已逐渐远去，我担心他，觉得不能丢下他不管，于是只好跟上去。而眼前的画面我无法忘记：他试图在从狼的利齿之下救出一个不幸落难的人。他赤手空拳，却不顾一切地扑上去，狼撕碎菲利尔的衣服，在他的身上留下了无数道血淋淋的爪痕，鲜血不停地往下滴落。我四处张望，发现并没有可以当作武器的物品，只好咬紧了牙关，也赤手空拳地冲上前去帮他，任由狼的尖爪将我的身体挠抓得皮开肉绽，任由狼的利齿刺穿我的血肉。我们始终不肯罢休，扭打之间我们猛地撞上了粗壮的树，一根尖利的树枝掉落，菲利尔立刻捡了起来，刺穿了狼的心脏。

我们活下来了，那个落难者也活下来了。这是个奇迹。落难者是附近的居民，他的意识还清醒，我们送他回到了他的家里。

为他包扎好后，我们也去处理伤口。我还是忍不住问："你是怎么敢冲上去救人的？我甚至一开始都没发现有人落难。"

"我察觉到了他的哀号，来自不幸者的哀号，我懂，因为我自己也是个失败的不幸者，虽然我的不幸主要由我自己造成。"他将药倒在伤口上，刺痛感却没能让他皱一下眉头。我知道，此刻的他已经更强大了。

"谢谢你们……"那个落难的人声音略微嘶哑，却饱含感激。"没事儿，我们三人都能平安，这是最好的结局。"

"但是，您既然是这附近的居民，应该知道这附近的危险地带，怎么还会遭遇那样的事呢？"菲利尔问。

"唉，这就说来话长了。前不久，有一个姑娘敲我家的门，她孤身一人旅行至此，十分劳累，但又不敢随便在树林里休息，于是想在我家借宿一晚。她说她是来找一个人的，徒步走了这么远，至今也没看见他的踪迹。我就想着问问那人的特征，帮她一起找找。她说，他要找的人也是一个旅人，一个眼睛里弥漫着迷茫的人。今天听说那片松树林会有旅行团经过，我就想着去

看看，尽管一直小心提防，但还是中招了，唉……"

"那……那位姑娘的名字，您知道吗？"菲利尔突然问道。

"她叫德莱姆。"

这下，我们全都明白了。

"我们还能见到她吗？"

"继续往前走，就可以见到了。"

于是我们也不愿多停留养伤，第二日天一亮，我们就继续前行。走之前，菲利尔问："能问问您的名字吗？"

"我叫欧珀特尼特。"

终于，我们在草原中遇见了她。风吹拂过草原，泛起层层草浪，远处，一个少女凝望着远方，似乎在期盼着什么。

"德莱姆！"

菲利尔在草丛中奔跑着，高高的草丛似乎对他来说已不算阻碍，他径直奔向德莱姆。这次，他已经不再犹豫。他抓住了自己的梦。

看到他们俩幸福的拥抱，我也露出宽慰的笑容。德莱姆对我说："我希望我也能加入你们的旅途，共往前方的雪域。"

刹那间，我明白了所有。这是一条下山的路吗？不，这是一条登峰之路。一直以来，我都认为，我正在往下走，可我却忘了有些向下是在为向上做准备。一直以来，我颓丧疲倦，却从未丢失向上走的那颗心，而梦想也并非只属于成功者。相反，梦想绝不会抛弃失败者，并且它会带领一个暂时的失败者走向顶峰。我也坚信，只要不偏安一隅，只要敢于挑战，即使遍体鳞伤，也要勇敢向前，如此机遇便会来到身边。

我也终于知晓，菲力尔就是我。而我，就是你。

我将这封信写给最会怀念我的你。可能几年后，十几年后，某一个时间点，你抑郁消沉，想起过往那些辉煌亮丽的瞬间，感到逝者不可追，我希望这封信来告诉你，来者犹可待，只要你在路上，继续往前走，终会到达你的雪域山顶。

登峰造极！

你自己
2020 年 10 月 25 日

菲利尔：failure 失败；思可赛斯：success 成功

欧珀特尼特：opportunity 机遇；德莱姆：dream 梦想

人来人往

　　一生中，我们总是会遇见各种各样的人。有总是朝气蓬勃、积极向上的，也有总是消沉低落、黯然神伤的。有些人，与你匆匆擦肩而过，未来得及去看清面容，就早已消失在茫茫人海；有些人，与你相识，却无法交心；有些人与你"酒逢知己千杯少"……有些人被我们爱着，有些人被我们厌恶着；有些人爱着我们，有些人厌恶着我们……这些人，既然出现在我们的生命里，都扮演着一定的角色。

　　这样的一群人，在我们的生命中留下痕迹，给我们的人生增添了无数色彩与花纹。无论扮演着怎样的角色，在我们的人生中做了怎样的事，无疑都是在促使我们成长，即便是厌恶着我们的人，他们的刺激让我们的内心更加强大，让我们的步履更加稳健；爱着我们的人，给我们精神的寄托，让我们在外闯荡也无所畏惧，也让我们更加坚定生存的目标，同时给我们"有家可归"的幸福感。一些人伤害着我们，却让我们从经历中反省，从而懂得更多；一些人保护着我们，让我们本是脆弱无助的心灵得到了宽慰。这些人，都值得被感谢。

　　这些人，与我们一起进行人生的旅途，看潮起潮落、云卷云舒。面对咆哮的巨浪、正喷薄着的火山、千丈的深渊，因为他们的存在，我们变得勇敢，变得坚定，敢于面对，有了高飞的力量，有了闯过去的力量。于是，面对暴风雨后的虹光，极圈的夜空中散漫着五彩斑斓的极光，必须要有那么一群人陪我们一起看，才能看见真正的美好。人生之旅因此变得有意义，变得饱满。

　　可是，天下没有不散的筵席。总有一天，会因为各样的事情，有人在我们人生的旅途中退出，或许因为向往不同，大家选择了不同的路，或许是无法陪我们继续前进，永远留在了某个时间点……渐渐地，我们失去了很多人。可是在旅途中，也不断有新的同行者加入……在失去与获得中，我们哭着、笑着，走完我们的旅程。

其实，面对这些失去，我们也不必过于悲伤。那些离开的人，都是天使，回归了天国。那些离开的朋友，那些曾经帮助过我们的陌生人，那些曾经爱过最后又分开了的人，曾经讲过一个很好笑的笑话逗我们开心的人，曾经唱过一首好听的歌给你的歌手，曾经你读的一本好书的作家，他们都是善良的天使。也许你有段时间会因为他们的消失感到失落或难过，会四处寻找他们去了哪里，到了什么国度，可是最后，你都愿意去相信，他们在这世界的某一个角落，安静而满足地生活着。于是，曾经的那些失落将不复存在。

我相信，与我分别的朋友们正在另一片天际展翅高飞。

感受人来人往，人生便是如此的状态，和大家一起头也不回地向着前方奔跑。

京都的秋天

京都的秋天是诗境。设若你的幻想中有座古都,有着古色古香的楼房,有着布满青苔的石子路,有着贯穿京都中央的清澈鸭川和倒映如火的枫叶,以及岸上坐着穿和服的姑娘。你的幻想中要是这样的一个境界,那便是京都。设若你幻想不出,那就与我一样,亲自来这里看看吧。

请你在秋天来。那城,那河,那古路,那木屐踏在路上的声音,是终年预备着的。这些情景,加上京都的秋色,京都就由古朴的画境转入静好的诗境中去了。

诗的境界,必然少不了会记忆的街铺,会聆听的植物,与会说话的川。

会记忆的街铺。因为这里的街铺大多历经数百年,看了一切,记住了一切。暮色之中,京都古街二楼小格子窗前的一块古老的招牌映入眼帘,招牌上面有个小小的屋顶。这是老铺子特有的标志,也像是一种装饰。数百年,它记住了每个仰望过它的路人、游者。秋阳和煦地照在招牌的旧烫金字上,勾勒上金边,暖暖的感觉。店铺那副厚布暖帘,也已经褪色发白,露出了粗缝线来。数百年,它记住了每一个抚摸过它的顾客。天暗了,天气也越来越凉了,白而泛黄的月光朦朦胧胧地洒下,铺子里也亮起了昏黄色的灯光,隐隐约约绕过暖帘洒在街上和行人的身上。忙碌了一天刚刚下班的青年,累了,进来坐坐,点一杯清酒和一份秋刀鱼,向店主说说一天中的喜乐哀怒。店主慈祥地笑着,有时也说说自己的故事,然后记住他的顾客,成为朋友。尤其是在秋天,自古逢秋悲寂寥,失意、悲愁的人更多,但又不愿让家人担心,便到这里来,向陌生人倾诉,说着说着却变成了交心的朋友。所以,秋日到居酒屋来,你能感受到的,不仅仅是吃到热乎乎的食物时的温暖,更能感受到人情之暖。古人写诗,倘若写老街、老铺的人情冷暖,不都是先看了、感知了,才写吗?所以,他们也必定被这老街、老铺、老店主记住了。

会聆听的植物。它的每条经脉里都存满了历史的声音。京都东部音羽山山腰上的清水寺，创建于宝龟九年，是京都最古老的寺院。在延历十七年，被坂上田村麻吕改建为佛殿。秋日，红枫飒爽，不少游者来观枫。如此漫长的岁月，京都的红枫见证了历史的变革，从江户到明治，再到大正、昭和至如今的平成。有人说，京都的枫叶是武士的鲜血染红的，我比较赞同这个说法。新选组曾在京都驻足，坚定的武士之魂守护着这座都城。那些红枫，肯定是能听见的。匆忙的脚步声、刀剑的碰撞声、枪声、爆炸声、喊叫声、房屋坍塌声、血流声，以及那旗帜迎风飘扬的声音……那些红枫经历了最黑暗的时期，却没有闭上眼睛、捂住耳朵，仍旧不误时地成长，迎来黎明，接受初生的橘红色阳光的洗礼，将那红艳与它所听见的历史，一代代地传下去……或许不必别的文人来写了，它自己，就是诗人了。

会说话的川。中国的古诗里写河川，那河川像是会品味诗人的感情似的。"孤帆远影碧空尽，唯见长江天际流。"这河流仿佛就品味到了诗人与友人离别时的寂寞；"三万里河东入海，五千仞岳上摩天。"那充满气势的江河仿佛就品味到了诗人的忧愤。京都的鸭川也会品味人情。各种鸟类盘旋在河中心、河岸边。坐在河畔上，任双腿垂下，却又不会接触到河面。像这样坐在河畔上，看书、聊天、野餐，除此之外，人们近可看水面上的飞禽，身边的樱花、枫叶，远可看清水寺方向的群山，已然成为一种鸭川独有的特色文化。两岸杨柳依依，河水清浅。整条鸭川上据说有上千座桥，古朴的大块岩石铺砌成河岸。在秋天来到鸭川，不仅可以看到红枫，还能看到樱花。秋天是个奇妙的季节，能将京都最美的植物与最美的河流融汇在一起。红枫、粉樱随风摇曳，旁边楼阁上的艺伎轻轻地吟歌……或许正是因为鸭川品味到了来往路人心中的闲适，所以浅浅的水也随着人恬淡的心情缓缓地流淌。或许不用任何人物来描绘它了，秋天的鸭川，已经是一首诗了。

京都，就是这样的一座城市。

京都的秋天，就是这么美的一首诗。这是我印象中的京都，也是我对京都的历史与传统文化的印象。京都在不断发展中，却不会将自己的历史文化丢下，她就是这样的一座古老的都城。

冬天来了

　　盼望着,盼望着,初雪来了,隆冬的脚步越发快起来了。

　　一切都像即将要睡着的样子,蒙眬中闭上了眼。山模糊起来了,流水歇下来了,太阳的脸藏起来了。

　　小草默默地睡回土里,悄悄的,静静的。远远瞧去,园子里,田野里,一大片一大片空空的。走着,跑着,翻两个筋斗,踢几脚球,赛几趟跑,扔个沙包,滚个铁环。风冷冷的,泥土变得坚硬起来。

　　红梅、白梅、绿梅,你不让我,我不让你,都开满了花赶趟儿一般。红的像火,白的像雪,绿的像碧玉。花里带着香味儿,循着香,无数过客驻足花旁。花瓣上点了小小的雪花,或立着,或躺着。小小的雪花漫天飞舞:五瓣的、六瓣的……落在枝叶上、花丛中,雪花凝成细小的水珠,晶莹剔透。

　　"天寒色清仓,北风叫枯桑。"一路向北,十里寒风。冬天的风很任性,飞扬跋扈,捉摸不定;冬天的风很细,让寒意见缝插针般钻进你的领口袖口;冬天的风会施魔法,吹过你的手,手木了;卷过你的脚,脚木了。喜鹊将巢安在大树顶部,早早围好的小窝应该还算暖和,调皮的小鹊探出小脑袋,偷偷地啄几粒小冰子儿。

　　"夜阑卧听风吹雨,铁马冰河入梦来。"雨依旧是最寻常的,只是不再温柔。冬雨从天空洒下,夹杂着细碎的冰粒子,打在脸上、手上,那股子冰冷入骨三分,透心凉。可别恼。看,像牛毛,像花针,像细丝,密密地斜织着,人家屋顶上全笼着一层寒烟。雪松的叶儿绿得发亮,丁香也青得逼入你的眼。傍晚时候,上灯了,一圈圈黄晕的光,透出一丝丝温热气。路人行色匆匆,呼出的热气攒成一只只白色的雾圈,又迅速被冬雨打得分崩离析。

　　"蝴蝶初翻帘绣,万玉女、齐回舞袖。"前一秒还是片片轻旋,星星点点,下一秒就已翩然若蝶,轻灵典雅。无雪不成冬,它们悄无声息地来,撒着欢儿穿梭在山川、田野、屋顶、枝头。雪来时,踏雪寻梅,赏一树花开,染一身梅香。点起我的红泥小炉，温一壶绿蚁酒，三两好友，围炉夜话。

　　冬天的阳光颇为羞涩，偶尔露个脸，不及细看，又把脸儿埋进怀里。傍晚时分，太阳周围一片淡黄，若有若无地发出淡淡的光，越来越浅，越来越淡，最后只剩一缕淡漠的夕阳消失在山的那一边。

　　冬天像一位慈祥又不失严厉的母亲，用尽全身的力量孕育着希望的种子，孕育着一切生机。

若有诗书藏于心，岁月从不败美人

宋代文学家黄山谷说："一日不读书，尘生其中；两日不读书，言语乏味；三日不读书，面目可憎。"读书可以滋养一个人的灵魂，可以潜移默化地改变一个人的气质，可以让人因自信而心颜常驻，可以让人思想有深度，由内而外地散发出迷人的韵味。

在岁月的打磨下，青春会散场，皮相会衰老。外在的妆容再完美，也只是一时的，精神的化妆才是女人永远美丽的源泉。风乍起时，吹皱了一池春水，却吹不皱女人的智慧和优雅。

三毛曾在书里写道："读书多了，容颜自然改变。许多时候，自己可能以为看过的书籍都成过眼烟云，不复记忆，其实它们仍潜在气质里、在谈吐上、在胸襟的无涯，当然也可能显露在生活和文字中。"书中藏着大千世界，书中载着人生百态。读书能使人变得睿智，目光高远；读书能使人变得无欲则刚，心底无私天地宽；读书能使人变得对生活乐观，对生命有信心，自爱而有尊严；读书能使人变得心灵聪慧、善解人意。即使素面朝天，貌不惊人，也因那周身的书卷味显得与众不同，也因那谈吐不俗，仪态万方和内在的深度与广度，使女人的魅力如陈年的酒酿，让人沉醉其中。

杨绛，现代文坛中响当当的女文豪。她从民国中走来，与钱锺书能够恩爱一生，不仅是因为他们拥有极深的感情基础，更因为有着共同的兴趣爱好——读书。他们的家中常年书香环绕，文学、哲学、历史等各种各样的书籍放满了屋子。年轻时的她相貌不能与陆小曼、林徽因媲美，但她一路与书香为伴，在人们眼中她变得越来越有慧美之韵味。因为她的美源自内心，能经得起时光的磨洗、岁月的侵蚀，她的脸上有了一分旁人不曾拥有的神韵。

被学生称为"女神"的陈果，有品位、有格调。她遨游在知识的海洋里，获得了充足的精神养分，她的美来自她的智慧和灵性。她博览群书，将知识融会贯通，再将其转化为"养料"传输给学生，那一串串连珠妙语，把一堂堂普通枯燥的思修课讲得幽默风趣。"美丽，是一种心境，智慧，是一种选择。具有智慧的美是一种高贵的美，通过读书来沉淀的人生，才是智慧的人生。"

读书的过程，其实就是让心安定下来的过程。当一本本书被你读进去的时候，书中的内容便化成了丝丝营养，滋润着你的身心，你的面貌便开始焕发出迷人的光彩，那光彩优雅而不显山露水，那光彩经得起岁月的冲刷，也经得起被人一次次地品读。爱读书的女人，举手投足间都透着优雅与睿智，超凡脱俗的谈吐，清丽的仪态，不管走到哪里都是一道亮丽的风景。你笑起来真好看，但你读起书来更好看。

走得越远，就越能明白：你想不通的问题，书中自有答案；你到不了的地方，书中自有天地。"总有一句话，能道出你的心声；总有一本书，能解决你的迷茫。"《撒哈拉的故事》中有："每想你一次，天上飘落一粒沙，从此形成了撒哈拉！"这让我们读懂了三毛的深情，她与荷西的爱恋，让我们体会到爱情的美好。

宋代理学家朱熹的《春日》："胜日寻芳泗水滨，无边光景一时新，等闲识得东风面，万紫千红总是春。"让我们沐浴在缤纷的阳光下、清新的和风里，徜徉在诗词的海洋里享受诗意人生。白岩松说："你会遇到很多烦恼的事情，苦难会折磨人。不过，书读多了读出智慧，总可以好好地、正确地去面对各种各样突如其来的苦难。"

读书的意义，或许正如杨澜所说："我们的坚持是为了，就算最终跌入烦琐，洗尽铅华，同样的工作，却有不一样的心境；同样的家庭，却有不一样的情调；同样的后代，却有不一样的素养。"

我们读过的书，走过的路，增长的见识，提升的阅历，都将会成为我们人生中最美好的存在。愿读书的女人能够岁月静好，书香常伴，拥有更多温润、美好的人生表情。

行者无疆，书意人生

作家卢新华曾说："人应该读三本书：第一本大书，是有字之书，是古往今来的一切书本知识；第二本大书，是无字之书，是自然和社会这本书；第三本大书，是心灵之书。"书籍横贯古今，承载着千年历史，蕴藏着包罗万象的知识。"书犹药也，善读之可以医愚。"通过阅读书籍，我们可以习句读，观古今，明事理，创未来。

我们既要读有字之书，也要读无字之书，更重要的是读心灵之书。

有字之书为传承，博人以文，长人之智，知识在其中，需熟读之。高尔基曾经说过："书籍是人类进步的阶梯。"莎士比亚说过："书是全世界的营养品。"苏轼认为："书富如入海，百货皆有。" 一本《论语》可以治天下，一本《易经》可以知天下，一本《孙子兵法》可以赢天下。《朗读者》主持人董卿，随口一说，句句诗书经典；《中国诗词大会》第二季冠军武亦姝，谈吐间对诗词歌赋信手拈来。这无外乎他们自幼时起就长于阅读，才有了如今深厚的积淀。

无字之书为体悟，惠人以行，长人阅历，体会在其中，需深感之。如今的社会，以其复杂性让人们从中学到了处世之法，教会我们洞察世事、人情练达；崇尚美善，憎恨丑恶；敬老尊贤，知恩图报。

阅历让人增长见识、成熟心智。作家大冰不仅是主持人，还是民谣歌手、作家、油画画师等，有多重身份。他在一次演讲中提及阅历的重要性，正是这份阅历让他的内心拥有了淡定与从容。一如杨绛先生所言："我们曾如此渴望命运的波澜，到最后才发现，人生最曼妙的风景，竟是内心的淡定与从容。""无字之书"是人生路上经过的一座座里程碑，它潜移默化地改变我们前进的方向。

心灵之书为本然，我能读我，方成大我，致力于其中，从心所向之。曾有人说过：有字之书、无字之书，其传授之物均源于外，你化而用之，或上坦途，或坠深渊；心灵之书，却是由你而发，由你守候。孟子强调"尽心知性"，庄子追求个性保全，他们都把修炼心灵放在重要的地位。心灵之书让我们学会加强自身修养，秉持诚实信用，坚守勤劳节俭，友善待人，善于助人。"文章做到极处，无有他奇，只是恰好；人品做到极处，无有他异，只是本然。"我们都是读书之人，但只有真正读懂了心灵之书，才能更好地提升自我，成为一个对社会、国家有用的人。而我们的民族，也需要在国民领悟了心灵之书的理性，才能更加坚定地屹立于世界之林。

有字之书可录无字之书，无字之书可证心灵之书，心灵之书可衍有字之书。这三本书相辅相成，缺一不可。行者无疆，百炼成金。漫漫修心路，让我们涤荡内心，历练心性，读好这"三本书"，尽显书意人生。

最好的遇合

"世间好物不坚牢，彩云易散琉璃脆。"

第一次听闻《我们仨》这本书，是在杨绛先生去世的那一年。那时，我还在上初中，记得最清楚的一句话就是："我们仨"又团聚了。后来上了高中，在找作文素材的手机软件里看到了许多《我们仨》中的片段，虽都是一些琐碎的生活片段，却无处不流露出家的温情与幸福。当真正开始阅读《我们仨》，我已步入大学。

书的前两部以梦导入，描绘"梦境"，虚无缥缈，亦虚亦实。在古驿道上，杨绛先生山一程，水一程，随着船走。而在夜里，她又化作一个个梦来到钱瑗的身边，先是看着她日夜辛苦地工作，之后又穿越墓地看望住院的她。书中写到当别人为抢到第一排都选择飞机、车等速度较快的交通工具时，钱锺书选择了没人要的水路，而这也让杨绛能够慢慢地陪着他走。"我曾做过一个小梦，怪他一声不响地忽然走了。他现在故意慢慢走，让我一程一程送，尽量多聚聚，把一个小梦拉成一个万里长梦。这我愿意。送一程，说一声再见，又能见到一面。离别拉得长，是增加痛苦还是减少痛苦呢？我算不清。但是我陪他走得愈远，愈怕从此不见。"看似是写行舟，实则是写生命之舟的远去。杨绛"梦中"历经了与钱锺书和钱瑗的分别，虚笔写死亡，也许正因为那是一段她最不愿回忆、最撕心裂肺的岁月，她不愿再重复那段伤痛，于是以虚幻的笔法滤去了令人痛苦的细节，含蓄且节制地流露出冲淡却又深刻入骨的悲痛。

书的第二部大量使用象征的手法，用一个个悲凉的意象构建了沉重浓厚的意境。他们走上古驿道，古驿道上相聚，古驿道上失散，古驿道是书开篇故事发生的主要场景，也是团聚的三人的最后场景，三人在驿道永别。在古文字之中，古驿道象征着离别，如《秋日送人西上》："旅程看驿道，西去兴何如。"又如《陈方大弟宠父将省侍潮阳以诗约别》："便去也须留驿道，欲携斗酒话彷徨。"这段古驿道是人生必经之旅，避无可避，杨绛在驿道上送了钱锺书一程又一程，最终只能停下脚，孑然一身望着已经消失的无踪影的思绪之中的船只。当古驿道上的杨柳开始黄落，渐渐落成秃柳、寒柳，也暗示着生命的旅途即将走向终结。"柳"自古便以"留"的谐音成为表达离愁别绪的意象，"柳条折尽花飞尽，借问行人归不归"，抑或是"渭城朝雨浥轻尘，客舍青青柳色新"，都能体现出"柳"在中国文化传统之中离别之时欲要挽留而不能的无奈痛苦与对离去之人的留恋。而书中不仅写"柳"，更写"寒柳""秃柳"，以一两个字的形容词写尽了离别之日将近之时的忧伤。情景交融，情因为景而更加深切，景因为情而更加悲戚。木叶萧萧下，行人不可留。

书的第三部便是写生般从1953年夫妻二人跨越半个地球到牛津求学写起。印象最深的是钱锺书打翻墨水和杨绛剪虾脚的片段。这也正是几年前我在找寻作文素材时看到的片段。夫妻二人彼此扶持，杨绛不敢剪虾脚时，钱锺书愿意帮她剪，而"拙手拙脚"的钱锺书在做错事的时候，也总要依靠杨绛来帮他打理。两人似乎是一人，少了任何一方都不行。而后有了圆圆，圆圆知道妈妈不敢碰煤上的猫屎，于是自己偷偷地把猫屎全都抠了下来，生了病也想着妈妈，妈妈不敢一个人过桥，要陪着妈妈……此时，三个人已然完全是无法分割的一个整体，他们彼此相互依靠，以至于三个人只要能够团聚在一起，无论在哪里，都算是家。整本书看去，感觉三人一直处于幸福之中，但事实是，三人的生活其实很坎坷，经历了战火，经历了革命，经历了各种政治运动……因为是三个人在一起，便无所畏惧，因为是三个人在一起，所以，在这么多年之后杨绛先生回忆过往之时，苦涩的外壳均随着时间风化而剥落，只剩下中心无尽的蜜，那是属于三人共同产造的蜜，历久弥香。

一直在思考杨绛先生在写《我们仨》时怀着一种怎样的情感。是不是抱着日记一点点翻着，一点点将过去的拼图补齐，时不时会无意识地让幸福的笑容溢泻而出？是不是会在落笔倾墨之时，偶有泪水晕染笔锋？书中写到，杨绛得知母亲在逃难时已经去世之事时，她不住地恸哭："锺书百计劝慰，我就狠命忍住。我至今还记得当时的悲苦。但是我没有意识到，悲苦能任情啼哭，还有锺书百般劝慰，我那时候是多么幸福。"曾经，悲痛有人分担，大抵也不似后来那么悲痛。但杨绛先生是不会被痛苦的泥沼纠缠住身的，书的开头写道："往者不可留，逝者不可追，剩下的这个我，再也找不到他们了。我只能把我们一同生活的岁月，重温一遍，和他们再聚聚。"这是《我们仨》写作的根本目的，是杨绛先生下定决心收拾心情、继续向前的证据。书的最后，杨绛先生写道："我清醒地看到以前当作'我们家'的寓所，只是旅途上的客栈而已。家在哪里，我不知道，我还在寻觅归途。"杨绛先生已做好准备，带着钱锺书和钱瑗留下的美好记忆向前迈进。书虽以失散开头，之后却都是聚合的点点滴滴，散的部分是小篇幅，合的部分是大篇幅，这是杨绛先生想说，死别无可回避，但既已然共度六十余年的幸福，便也不算可惜。

世上没有不散的筵席，但我突然想起一句歌词："但有你关心存在过，甜也比苦多。"对于杨绛先生来说，歌词写的正是她的心路历程吧。没有钱锺书和钱瑗的日子，杨绛先生也坚强地走过了，如今三人大抵又团聚了。世间纵然千般万般艰难困苦，也无法阻挡那最好的遇合。

黄瑶专辑

黄瑶，笔名紫潇瑶，1998年出生于福建省漳州市漳浦县，现为福建省作家协会会员、漳州市作家协会会员、漳浦县作家协会会员、漳浦县闽南文化研究会会员、《2023中国诗词大会》千人团选手、青年作家网签约作家。主业是一名教师，爱好看书、写作、音乐、戏曲、古风、美食，写文章秉承"随心而写"的态度。曾获全国"新人杯"一等奖、"中国少年作家杯"二等奖、全国"美丽中国 我的中国梦"三等奖、"江南杯"中国最美游记三等奖等全国性文学奖项。另有作品获省、市、县级奖项。出版中篇小说《班级辣事串串烧》。文章散见于《中国最美游记》《梦如夏花》《福建日报》《福建法治报》《潮州日报》《金浦报》等刊物。

接近天堂的地方——香格里拉

像是神明伫立在那里,守护着、眷顾着那个接近天堂的地方——美丽的香格里拉。

虎跳峡

车在迂回的山路上前行,我见到了虎跳峡。那是从青藏高原奔涌而来的金沙江水,缱绻于玉龙雪山和哈巴雪山之间,跨过好多个瀑布、险滩的落差,进入我的眼中,洗涤我的心灵。

"千载岿然虎跳峡,万事奔流金沙江。"

刹那间,一条波澜壮阔的大江,便出现了老虎咆哮般的声音,震撼人心。无论是惊涛骇浪,还是浊浪排空,虎跳石千年矗立江心,岿然不动。关于虎跳峡猛虎跳江的神奇传说,满足了我脑海里桀骜的想象。

脚下,是深不见底的悬崖;谷底,是波涛汹涌的水流;头顶,是连绵不绝的雪山。

这时,似乎有人在呼唤,那声音,犹如天籁——啊,香格里拉。

哈巴雪山观景台

似乎是神谕的安排,远远地,我望见了哈巴雪山,朦胧的雾气覆盖着山体,一切,似乎都变得神秘。

绵延不断的你,被阳光抚慰的你,可知,遥远的地方有个我?

我只是,想在云开雾散的那一瞬,绕过时间和距离氤氲出的光环,再次望向,神圣的你。

普达措国家公园

路过庄严肃穆的塔中塔,我抵达了普达措国家公园。

这是一片纯净又自然的乐土，充满着原生态的气息。

仰头，白云铺满整片蔚蓝的天。

清澈的湖泊，丰润的湿地，可爱的牛羊……在这里，我多想飞起来，飞向蓝天白云的高度。

群山阵列，森林幽静。冷杉丛，原始森林，如诗如画。阳光，穿透树枝，映着恬静的花草。

我还想画一幅画。我想画下一头牦牛的活动，一只小松鼠的嬉戏，一朵小花的微笑，一阵轻风的吹拂，一缕阳光的颜色……

还要，画一条鱼，一条跃进了清澈而沉静的湖心的鱼。

就这样，让这里的安然闲适，都进入我的画卷。

藏民家访

歌声、舞蹈、篝火、哈达……气氛热烈。

烤鸡、牦牛肉、藏香猪肉、青稞酒、酥油茶……佳肴美味。

在这里，男的都是扎西，女的都是卓玛。藏民的热情、群众的欢呼，觥筹交错间，我们与藏民的友情得到了升华。

扎西德勒！

独克宗古城佛寺

那一级级的石阶上，布满了前去祈愿的脚印。

在声声诵念的佛号里，在金顶白墙的肃穆里，在转经筒的神秘里……僧人的眼睛灿若日月，笑容虔诚宁静，信众的心里亦是满满的和平。

佛光一缕，就这样静静地绽放在那太阳下的一隅……

尾声

那接近天堂的地方，那心中的日月——香格里拉。

你簇拥着最纯净明亮的阳光，走进你，亦是走进了那最纯粹的向往。

环佩音叮当，玉人笑朗朗

每每看到"环佩"二字，我的眼前总会浮现出一位面容姣好的女子，似从《诗经》里走出一般，蝤首蛾眉，傅粉施朱，耳畔流苏晃，颈间绕银链，手腕玉镯摇，盈然笑靥氤氲开，错落韶华。那柔美的姿态，便在首饰的轻微晃动声中漾开。

古代女子自小就被教导，说话声要轻，走路也要轻到几近无声。可若是这样，岂不无趣？若能加点首饰的小声响，环佩叮当，如此，才更显俏丽可人。

那轻轻的声音，轻得刚好，就像深山翠林中偶尔响起的鸟鸣声，就像写字时笔尖在纸上沙沙的声响，就像把茶泡开旋即转起的韵律，也像那雀鸟掠过枝头时树枝轻微的晃动……

透过遥远的时空望向古代的窗，女孩们揉揉惺忪的睡眼，就开始梳妆了，一部分头发轻轻绾起，插上斜斜的簪子，一部分头发垂在脑后，点缀些小饰物，再戴上一对耳坠子。耳坠子轻轻晃动着，就如同女孩儿轻轻漾起的心呀。古代女子的一天，便是从环佩叮当声中开始的。

《红楼梦》里，描写首饰的句子比比皆是。王熙凤刚一出场，便是"头上戴着金丝八宝攒珠髻，绾着朝阳五凤挂珠钗，项上戴着赤金盘螭璎珞圈，裙边系着豆绿宫绦、双衡比目玫瑰佩"，一身的首饰叮当作响，衬托得她更加华贵妖娆。还有那尤三姐，"两个坠子就和打秋千一般，灯光之下越显得柳眉笼翠，檀口含丹"，显得她更是风情万种。

然而，没有永远年轻的女子，当容颜渐老，她们便鲜少佩戴首饰，而那些首饰便在匣子中几近沉睡。而又永远有女子年轻着，故而，环佩叮当，即是一首经久不衰的乐曲。

现代亦有许多珠宝饰品店，更不乏热衷它们的女子，而于我这个莽撞的"女汉子"而言，珠宝饰品我用不着，更不适合，但我却爱欣赏那些戴上首饰的姑娘。

　　她们本就好看的面容因了首饰更加漂亮，在晴好的日子或是在烟雨蒙蒙的天气里笑容朗朗，环佩声叮当、叮当，这些好听的声音，点缀了最美的时光……

惜汝往矣，春花秋月里
——浅析《红楼梦》贾惜春

一部《红楼梦》，恍若一个巨大的梦浮在浩渺的文学烟海上，人们从中了解到四大家族的兴衰过程和宝黛的爱情悲剧，体味到中华民族博大精深的文化艺术和民间生活百科……可是，有谁注意到角落里静静绽放着的一株小菩提呢？

这株小菩提，名叫贾惜春，是贾府中孙辈里年龄最小的女孩，是一个在《红楼梦》中出场甚少的人物，她过早地把红尘看破，最后"独卧青灯古佛旁"，与世俗隔绝。

在林黛玉进贾府那一回，作者曹雪芹几乎对每一位姑娘都进行了详细的刻画，但对贾惜春描写只有"形容尚小，身量不足"这样简单的一句。可就是这一个看似平凡的女孩，最后却做出了不平凡的决定——出家为尼。她逃避现实，是因为她看不惯世间的尔虞我诈；她冷漠无情，是因为她不想沾染贾府的奸邪之道；她孤僻自闭，是因为她不与众多世俗之人同流合污。

其实在四春（元春、迎春、探春、惜春）之中，若论身世凄苦，莫过于惜春。她是宁国公贾敬最小的女儿，本是庶出，母亲又早逝。按理说，家中最小的孩子往往能得到家长更多的疼爱。但是，她的父亲根本就没有什么责任心，只顾自己求仙长寿，常年住在道观里，对家里的事情一概不闻不问。她唯一的哥哥贾珍年纪大她许多，游手好闲，每天只顾自己花天酒地，甚至做出许多丢人现眼的事情来。而她的嫂子尤氏，出身较低，只要能保全自己的地位，对于丈夫的胡作非为可以一概不管，对于惜春这个小妹妹就更谈不上疼爱了。好在荣国府的贾母喜欢孙女，而且可能也料到惜春在宁国府里无人关照，所以特地安排她住到荣国府，和其他三春一起生活。

惜春虽然住在荣国府，本身却是宁国府的人，严格说来，也是寄人篱下。她虽然有父亲，有哥哥、嫂子，但实际上，却比父母双亡的黛玉、湘云等人更可怜。黛玉、湘云她们是真正的孤儿，而惜春是亲人犹在，却无人关心，简直跟被遗弃了差不多。她哥哥的丑恶行径也惹人口舌，搞得她在人前人后都抬不起头来。她年纪虽小，也懂得礼义廉耻，为此也着实伤心愤怒，却又无可奈何。她也不能像黛玉那样伤感流泪，因为黛玉流泪，有思念父母、家乡等正大光明的理由，而她若流泪，就会被认为是不知足、不识好歹。于是，她只好尽量避免与宁国府亲人来往，个性也变得越来越压抑、孤僻。

在抄检大观园那回，惜春因为入画而和尤氏吵了嘴。我觉得，这是因为惜春太小，害怕事情会造成什么后果，所以才会狠下心来撵入画出园，不想让她牵扯太多。这一情节，我们不妨看作是一种在大厦将倾的时候，一种明哲保身的做法，也或许是她害怕入画也陷入之后的纷争中。这体现出她了悟之早，冷静于常人。也许大家会认为，惜春决意把丫鬟入画撵出园，还发誓要跟宁国府撇清关系，是无情孤僻、嘴硬心冷的表现，可是在那样的社会中，她又能做什么呢？

惜春最终出家为尼的结局，其实在《红楼梦》中有多处暗示：惜春说的第一句话就是："我这里正和智能儿说我明儿也剃了头同她作姑子去呢，可把这花儿戴在哪里呢？"直接影射到她的归宿——出家为尼。惜春的住处藕香榭院前有过街门儿，内外的匾上凿着"穿云""度月"二字，这"穿云""度月"两个词也暗示了惜春终将超脱凡世。而"藕香榭"这一住所名称——藕，即荷，出淤泥而不染，也是超凡脱俗之意。在"秋爽斋偶结海棠社"一回中，惜春亦叫"藕榭"这一号。

除此之外，无论诗词还是灯谜，无不凸显惜春的结局。如元春省亲时惜春所作诗：

山水横拖千里外，楼台高起五云中。

园修日月光辉里，景夺文章造化功。

"千里外""五云中"均有远离尘世之意，而"光辉里""造化功"有赞美神力及佛光之意，皆为出家之兆。

第二十二回作灯谜，谜底是"佛前海灯"，被贾政认为"孤寂清冷"，这也影射了惜春日后出家的结局：

    前身色相总无成，不听菱歌听佛经。
    莫道此生沉黑海，性中自有大光明。

《红楼梦》作者曹雪芹还借助惜春的判词，告诉了我们惜春日后出家的结局：

    勘破三春景不长，缁衣顿改昔年妆。
    可怜绣户侯门女，独卧青灯古佛旁。

这首判词诗强烈地表现出惜春出家后可怕的孤寂和痛苦，又抒发了对惜春的怜悯之情。就连薛宝琴的怀古诗也影射了惜春结局的悲苦：

    不在梅边在柳边，个中谁拾画婵娟？
    团圆莫忆春香到，一别西风又一年。

这首诗叙述的是惜春出家为尼后，孤苦伶仃，常常打开她所画的《大观园行乐图》回忆着当年热闹的情形，"不在梅边在柳边，个中谁拾画婵娟"指的正是此事。同时，她始终怀念入画，这便是"团圆莫忆春香到，一别西风又一年"的意思。

  惜春的特长是绘画，甚至她的丫鬟名字也叫作入画和彩屏。大观园里其他姑娘们往往喜欢用诗词来表达自己内心的情感，惜春却是寄情于丹青，抒发自己的内心对于自由的渴望。但是，贾母却只把她的爱好当作在人前炫耀的资本，一会儿要她画《大观园行乐图》，一会儿要她画《宝琴立雪图》。可惜她的丹青绝技和"神仙模样"只有刘姥姥这个村妇懂得欣赏。此外，也只有贾母在想要炫耀和送礼时，才想到要借用她的妙手丹青，这也有些可悲可叹。在"秋爽斋偶结海棠社"一回中，惜春没有参与作诗，只是做了个誊录监场的工作，因为她只擅长绘画，不善于吟诗作对。所以，在充满诗韵词情、人才济济的大观园里，惜春更是被众人湮没。

  孤独寂寥的惜春只有姐姐们、丫鬟嬷嬷们偶尔嘘寒问暖，尼姑们偶尔串门聊几句，此外没有他人关心，这是年纪最小的她应该承受的悲苦吗？

  然而，惜春还是幸运的，她最大的幸运在于，她是贾家姐妹中最小的一个，所有哥哥姐姐的悲欢离合都在她长大之前上演完毕，成为她的前车之鉴。她看到了哥哥姐姐的悲惨结局：宝黛爱情悲剧、元春入宫抑郁而终、迎春出嫁被虐待致死、探春远嫁、湘云沦落到烟花柳巷、宝钗独守空房……于是她也看破了红尘，终于彻底了悟——爱情、亲情、功名利禄、荣华富贵都是虚妄的过眼烟云，没有什么好留恋的，在这个悲惨黑暗的尘世间，在这个封建制度统治下的腐败社会，是注定不会有幸福的，所以，在被命运拒绝之前，抢先拒绝命运，无疑是一种聪明的抉择。因此，明智的惜春选择了把自己的后半生寄托于青灯古佛，宁可在永恒的寂寞中寻求心灵真正的平静，也不要继续在看似繁华实则已近亏空的豪门府邸中苟延残喘。

惜春没有黛玉的才华横溢，没有宝钗的处事能力，没有探春的精明智慧，没有湘云的爽朗大方……她就像是角落里一棵卑微的小草，默默无闻。但我依然欣赏她，由衷地欣赏她的纯真、她的理智、她的了悟之快。或许很多人觉得惜春的存在感很低，甚至没有存在的意义，但作者曹雪芹正是借助惜春的出家之举，折射出封建大家庭的可悲——连富家小姐也宁愿抛弃荣华富贵，遁入空门。这样来说，惜春的存在怎么会没有必要？惜春厌恶黑暗的社会，却又无能为力，最终她除了选择逃避世俗，遁入空门。除此，她又有什么更好的做法呢？

惜春，是冰山上一朵美丽的雪莲花，亦是佛前一株清灵菩提，任凭外界如何混乱不堪，她始终保持内心的洁净与纯真，孤傲挺立，冰肌玉骨。她那颗被命运揉搓践踏的心，终于被佛陀檀香的宁静抚慰，正是一个跳出滚滚红尘皈依净土的奇迹。尽管她是渺小的，是不引人注目的，但是，我依旧细品，品出了她的别样芬芳！

贾惜春啊，世人皆谓你冷漠无情，有谁知你成长的孤独无助？我知！我还写了几句话，赠予你——

惜汝往矣，春花秋月里。泪痕洒落，滋养菩提，何处长尘埃？怜惜交错，蕴情纵横，妙笔丹青，不描朱砂艳，只绘心所往。勘破三春，看破红尘，遁入空门，木鱼伴青莲，褪罗裳，披缟素，终知盛世缘浅。

母亲的少女时代

在《你好，李焕英》这部电影里，我记得有一句话，大致是这样的："从我记事起，妈妈就是一个中年妇女的样子，所以我总忘记，妈妈曾经也是个花季少女。"这句话看起来有些心酸。鲜有人能够记得小时候发生的所有事情，并描述出妈妈年轻时的模样，至少我是记不清了。

我在电视里、小说中看到的或者是生活中听到的大部分妈妈年轻时的形象总是温柔文静，裙裾飞扬，长发飘飘，但我的妈妈似乎一直是跟这些词不沾边的，自打我有记忆起，她就一直是短发，也很少穿裙子，而且性格外向，我猜她年轻时大概是个"假小子"。有时候，妈妈会翻出一些少女时期的照片与家人分享，泛黄的照片里，我依旧能认出那熟悉的轮廓——脸圆圆的，短发，手插在上衣兜里，看起来有点儿酷，很潇洒干练的样子。

那时的妈妈，就读于师范学校。据说，那年家乡考上师范的女孩子不多，妈妈是其中一个。我初中的时候跟妈妈一起参加过她的同学会，得知她的同学基本都是当教师，我还问："怎么这么巧？"后来才知道，这就是她们师范学校的同学会。大学时，我又一次跟妈妈一起参加了她的师范同学会，在一些叔叔、阿姨的口中，以及后来听妈妈自己说的一些事情中，努力拼凑出了妈妈年轻时的形象……看着妈妈年轻时的照片，思绪飘飞，仿佛穿越到了20世纪80年代、90年代……

那年，有位勤劳的女孩经常帮她的母亲卖衣服，总是很早就载着一大堆衣服去市场大声叫卖。有时，也会摆个小摊卖自己写的对联，对书法的爱好一直延续至今。

这位学习勤奋的女孩在初中毕业那年听说自己考上了师范学校，十分欣喜，背上行囊暂别了家乡小镇出发前往学校。作为预备教师，她更加努力，在学校里不断充实自己。她担任班级的生活委员，口头禅便是"发饭票了"；她喜欢唱歌，喜欢朗诵，也当过主持人；在乐器选修课的时候，她选择了二胡课程，还会吹口琴；她性格活泼开朗，总能跟班级的同学们打成一片……

三年师范生涯一晃而过，1991年6月，毕业季，在这凤凰花开的季节里，他们班的几名班委一起编辑了一本班刊，名曰《苦乐年华》，并分工手写了各位同学的毕业感言。其实，也都是一篇篇文章。比起大多数同学《五月的百合》《青春藤》《三年的追溯》《梦的变奏曲》《悠悠同学情》等抒情的标题，她的文章题目显得尤为特别——《她和野心家》。

"她只不过是想体会一下上讲台是什么滋味，却来这边苦等了三年，迫切希望有一群真正属于她的学生，现在为自己的胜利暗喜——这三年的时间没有白等，终将迎来一笔可观的"报酬"（有了自己的学生）。假如要问她是否会当一辈子教师，她心里说："别问哦，我可是野心家，想以后自学经济学，又想以后成为优秀教师……""

毕业后，她成了一名小学语文教师，再后来跟一位大她三岁的男子结了婚，于1998年生下了一个女宝宝，她给宝宝取的名字只有一个字，是"玉"的意思，代表珍贵。宝宝刚出生时，圆滚滚的，特别有趣，下课后经常会被她的学生抱走逗乐，她时不时地得在学校里找自己的宝宝，总会有懵懵懂懂的学生眨巴着眼睛，抱着宝宝走到她面前："老师，您的宝宝在这儿呢。"

她很喜欢看书，怀着宝宝的时候就喜欢看书，她的宝宝长大后遗传了她，也爱上了阅读。她很喜欢语文，在上语文课的时候，经常会讲一些与课文内容相关的有趣故事，看着学生听入迷并且更爱好语文的样子，她很开心。在那个教师还比较缺乏的年代，她除了教语文，也教思想品德、体育、音乐，与一群可爱的学生朝夕相处，他们是师生，更是朋友。

是的，我的妈妈在她的青葱岁月里，也是一位活泼开朗、朝气蓬勃的少女，而当她有了我，她便转换了角色，成为一名母亲，随着我的长大，她也不再年轻。但是，我眼中的她，依旧意气风发。去年，我跟着她去参加了他们三十周年师范同学聚会，不可避免的，岁月在母亲以及那些叔叔、阿姨的脸上都留下了痕迹，但也为他们增添了别样的姿色。

三十年前，同窗三载，青涩与稚气共存，天真与烂漫同在；三十年后，相约齐聚，成熟与稳重毕现，英俊与美丽依然。同窗好友，欢聚一堂，谱写情谊，共叙芳华。而我的母亲也仿佛回到了师范时期，变成了三十年前那位充满青春活力、神采飞扬的少女。青葱岁月，清晰如昨。在他们的言笑晏晏间，我仿佛看到了他们在师范学校的操场上挥洒汗水的身影，仿佛听到了教室里的琅琅读书声和宿舍中的阵阵笑语。那年那月，那日那时，师范学校留下了他们年少的身影和青春的脚印，在岁月的长河里幻化成了一本珍贵的相册，记录了美好又难忘的点点滴滴。

　　爱好广泛的母亲，喜看书、朗读、练字，亦爱听歌、泡茶、拉二胡。工作之余，也因兴趣爱好把生活过成了诗。但于她而言，生活里不光琐碎的工作和丰富的兴趣爱好，还有充斥着柴米油盐酱醋茶的日子。感谢母亲，在工作之余也把家里的一切操持得井井有条。

　　愿我的母亲平安健康，快乐幸福。

我与父亲的斗争

（一）

  我的父亲，似乎与小说、影视剧里的常规父亲形象截然不同。我看过的很多书籍、电视剧，或者身边常规的父亲形象，总是那么纯朴和蔼，那么温文尔雅，对自己的孩子总是特别呵护，尤其是对女儿。而我的父亲并不是这样。我的父亲皮肤黝黑，据说，儿时的外号叫作"二黑"。他的个子看起来挺高的，但实际上并不很高，可能因为他瘦吧，这也是我最羡慕他的一点——狂吃不胖。他的兴趣爱好很广泛，喜欢看书、练书法、唱歌，大多数时候的他，是一个风趣幽默的人，但却经常对我严厉苛刻。老实说，很多时候我都很怕与父亲单独待在同一个空间，害怕下一秒我们就会因为某件小事而争吵，这也就是我为何会写这篇文章的缘故。

  "口是心非"这个词大家都听说过吧？我的父亲就是传闻中的"双标天花板"，以致我们父女之间的斗争极其频繁。他是如何"口是心非"呢？且听我细细道来。

（二）

  我身边不少人都知道，我是一个"吃货"。而我的父亲，总是因为我的吃货本质而对我骂骂咧咧的，每次我的朋友圈发美食照片，他总会评论"怎么又去吃了""吃货又来了""无孔不钻的吃货"等话语，外加愤怒表情。

  有时，我因为马虎把一些事情搞砸，父亲也总是面露凶相地说："干啥啥不行，吃饭第一名！""吃吃吃，你除了吃，什么都不会！"总之，无论如何，他总会扯到"吃"。这导致我每一次听到，都委屈得流下眼泪。父亲却依然大吼大叫："哭哭哭！就知道哭！"我也非常伤心，与他对吼，搞得我们父女俩之间的气氛相当紧张。但有时他又会突然贴心地问我："今晚想吃什么？要不要我给你买点儿卤肉什么的回来？""下班给你带几个卤鸡翅回来吧？你昨天不是念叨个不停吗？""卤料店今天没开，给你买烧烤怎么样？""鸭锁骨你不也蛮喜欢的吗？要不要加点儿？"……所以，这不就是典型的口是心非吗？一边不喜欢我吃这吃那，一边又会给我买好吃的。

（三）

我的父亲供职于镇政府文化站，也是位文学爱好者，对我文学创作方面自然是十分重视，而他口是心非的事例也常有。去年我参加《中国诗词大会》省级选拔赛，他得知这个消息就骂骂咧咧的："输给人家怎么办？那岂不是很丢脸？而且你腿还受伤，怎么去？""高手那么多，输给人家不是正常吗？腿受伤怎么了？时间还早呢，我的腿到时好不了吗？"我也暴躁得与之对吼，父女二人又开始大吵大闹，母亲不得不做起了我俩之间的"和事佬"。总算消停了，但我依然气得不想和他讲话，直到他主动问我药膏抹了没，我才勉强回应。腿伤那段时间，每天也是他载我上班的，同事都笑着说我像个小孩子，爸爸载我上班，就跟上学路上似的。后来你们猜怎么着？我晋级了全国千人团，他又开始发朋友圈向微信好友们公布了喜讯，全然忘记他当时还阻止我去参加来着。母亲说："其实，你爸害怕你失败。"失败的滋味是不好，但不去尝试，怎么知道是失败还是成功呢？无论失败还是成功，不都是人生的宝贵经验吗？

初中、高中的时候，我书读得不好，全科成绩也就语文好点儿。我当时喜欢看课外书、写小说。我父亲总是骂骂咧咧的，说我不好好搞功课，净搞这些与课本无关的东西。有一次，我数学考得特别差，他知道后突然面容狰狞，扬言要把我从楼上扔下去，可怕不？大学毕业那年，我考编制没通过，后来有时也因为马虎做错事，他就老是嚷嚷着："连个教师编制都考不过，还能干吗？"毕业一年后，我考编制通过了，偶尔还是因为马虎做错事，他依然嚷嚷着："除了考试通过教师编，你还会干吗？"敢情我考上与否都是错的？但又听闻他经常对人家说："我女儿可厉害了，毕业一年就考进了我们漳浦的教师编制，这可是有难度的，不简单嘞。"还有呢，我出去旅游，他总是骂骂咧咧地说我太贪玩,我也不知道是怪我花钱(虽然这钱也是我自己赚的),还是在意我的安全,但每次我写游记,他又总是第一个点赞!我读初中、高中时,他总骂骂咧咧地说我太注重文学忽视了其他科目,导致学习成绩不好,现在却又对我文学方面的事情无比重视。我在申请各级作家协会时,所有材料必须让他严格审核过目一遍;有时我在自己公众号写一些政治性诗歌文章时,他也必须过目,等他审核通过了才能发表,就好像我要去参加什么大型比赛似的,我俩一起修改得废寝忘食是家常便饭。有一次,他甚至还跟我修改文章到半夜一点;在我收到受邀参加大型文学比赛颁奖活动的通知时,那些颁奖单位、杂志社、特邀嘉宾,他也要仔细审查,生怕我被什么野鸡单位给骗了……或许是因为如今的我已有了稳定的工作,他就觉得我也可以发展一下自己的爱好了吧,刚好这也是他的爱好。

(四)

时间过得还挺快,前几天,我发现父亲头上已有了些许明显的白发,他笑着说,自己的脸其实长得还挺年轻,就是头发有点儿白,得染一下。我突然有点儿哽咽,心想,以后的父女斗争,我还是迁就一下吧。随着我的长大,父亲也在慢慢变老,但是他能跟我斗争,也就说明其实他还是有精力的,他还不老!

啧啧啧,我的"口是心非天花板"老爸,真让人又爱又恨!我对他到底是要生气,还是要感恩呢?或许还是感恩更多吧。也不知道他看了这篇文章,会不会又与我斗争起来?那我可不管了!行吧,老爸,好话、赖话我也不说太多了,那就祝您身体健康、工作顺利呗!

把酒对清风

　　他是个豪放派词人，还是个大将军。

　　在他尚且年轻的岁月，他就带兵直闯数万敌军的大营。那日，刀剑如霜，兵马如龙……

　　从他的许许多多诗词中，如《贺新郎》《摸鱼儿》等，都可见他的倔强。空有一身抱负却无处施展，最后只得在岁月中两鬓斑白，那满腔的热血豪情，最终也只能在江湖风雨中消散而去。

　　曾经在读他的诗，看到那句"人言头上发，总向愁中白。拍手笑沙鸥，一身都是愁"时，我以为只是个普普通通的比喻，用得比较生动轻快罢了，后来才知，这笑的，就是他自己吧？借笑沙鸥来自嘲。"醉里挑灯看剑，梦回吹角连营。八百里分麾下炙，五十弦翻塞外声，沙场秋点兵。马作的卢飞快，弓如霹雳弦惊。了却君王天下事，赢得生前身后名，可怜白发生！"这，是他关于出师未捷抹不去的疼痛。

　　他把抗金复国作为自己首要的任务，聚集义军，绞杀叛徒，北伐南下……但却始终入不了他向往的沙场，亦无法进朝进谏帝王。"理想很丰满，现实很骨感"，当理想和现实发生了冲突，他只能通过醉，通过写，来倾诉出他想杀敌报国的心愿。

　　他也曾有过归隐山林和田园的时光。那段时光，是他一生中最安静、舒适的日子。"茅檐低小，溪上青青草""陌上柔桑破嫩芽，东邻蚕种已生些""稻花香里说丰年，听取蛙声一片"……纸页间，仿佛能看见他在大自然中憨笑着的样子，他的身心完全放松，愉悦畅快。那里没有刀剑兵马，没有打打杀杀，只有有趣的农家事、亲切的方言和淳朴的乡风民俗，是那么祥和、闲适。

　　可是，他的心中，有报国的豪情壮志，他的生命和"抗金""复国"融合在了一起，他对社稷倾注了太多的情感。所以，他还是做不了彻底的山水

田园诗人。

  而我，就在这书桌和诗词集构成的一方天地间，隔着遥远的时空望向那时的他，那个举头望着长安、听着鹧鸪鸣叫的他。画面一转，他就在夕阳下的农家，喝着小酒，与乡亲们话着家常——说他见过青山多么妩媚，说他年少时不识愁滋味，说他看过东风夜放花千树……说完这些，再说起他父亲恐是怕他多病导致身体羸弱，故而为他起名——辛弃疾。

  然后，他举着盛满酒的杯盏对着清风，笑得洒脱、欢畅……

诗词中，有倾城色

　　我总以为，写诗词里的颜色并不是什么难事，就像漫天花瓣，伸手一掬，便是满眼春色；或是大好河山，随手一框，便是无边美景。可真等要写时，又不知从何说起，唯有拙笔寄情于文，方可诉我心中之意。

　　古往今来，诗词到底有多少篇？怎样也数不尽。那些古卷上的文字，在陈年旧墨香中氤氲开来，漫过流年，醉了浮世清欢。这些诗词啊，有许多都带了倾城之色，在岁月的习习风中，开出朵朵花来。历朝历代的文人墨客，亦是调色高手，将那句句诗词，调得色彩斑斓，令我等后人叹为观止，心生无尽敬仰。

　　"雨过天青云破处，这般颜色做将来"，乃八百多年前北宋徽宗皇帝所言，他命工匠烧出能代表这种颜色的瓷，不知难倒了多少工匠，最后汝州的工匠技艺高超，烧制出了"雨过天晴云破处"这种颜色的瓷器。我想，那会不会是天青色呢？天青色等来的可以是烟雨，可以是烟雨初霁，亦可以是薄日透射的天空。当这样的颜色成了朵朵青莲，盛开于瓷器之上，在光阴中伴着檀香静默，岂不美哉？所以，宋徽宗皇帝不就是一位被帝皇事业耽误的美学大师吗？

　　"千里莺啼绿映红，水村山郭酒旗风。南朝四百八十寺，多少楼台烟雨中。"这首杜牧的《江南春》将明媚的江南风光及烟雨蒙蒙的江南楼台景色展现在大家面前，别有一番情趣。诗的一开头，便画面感十足——江南春景中，黄莺在欢唱，绿树绿草掩映着红花。第一句便有如此斑斓的颜色，为诗句增光添彩。也可以说，是诗人用文采使得颜色鲜活了起来。

　　正是由于诗词，人们的许多情意和心绪才有可以寄托的地方。橙黄、草绿、月白、竹叶青、凝夜紫、霜叶红……各种中国传统色成了诗词句子中美丽的注脚。文人墨客们为简单的颜色赋予了诗情画意，也用颜色点缀诗词，使得诗词和颜色二者相得益彰。

"知否知否？应是绿肥红瘦"，是闺中少女的闲愁；"两只黄鹂鸣翠柳，一行白鹭上青天"是早春季节里的勃勃生机；"梅子金黄杏子肥，麦花雪白菜花稀"，是安宁朴实的田园生活；"黄沙百战穿金甲，不破楼兰终不还"，是英雄满腔的壮志豪情……古诗词经过岁月的洗涤，风采不但不减，反而熠熠生辉。这其中，少不了颜色晕染、装饰的功劳。这些颜色啊，在悠长的时光中，幻化作只只彩蝶，翩翩飞舞。然后呢，被时间织成绚丽的锦缎，铺陈开来，越发地绮丽。

　　诗词中，有倾城色。带有颜色的诗词，诗词里的颜色，那么多，那么美，诉也诉不尽。只想坐在诗行里，哪怕是成为一个标点也好，就在安静的年华里，守候千年的斑斓风景吧。

思入书笺，情愫难舍

执一卷书稿，于湖心小筑里，偷得浮生半日闲。任凭思绪深陷书笺，沉沦文字，恋上书，情愫难舍。

——题记

渊源，一窗昏晓送流年

我的母亲在我很小的时候，就喜欢买书给我，让我从儿时懵懂地撕书成长到后来认真地看书，就这样和书结下了不解之缘。随着年龄的增长和阅读面的扩大，我家的书越买越多，种类越来越丰富，我也不再仅仅停留在看书的层面上，而喜欢上了写文章。看书像是在看别人的梦，而写文章就是在编织自己的梦，感觉更加奇妙。我总是对图书馆、书店、书报亭格外感兴趣，有时间就冲过去如饥似渴地阅读。可谓是"一窗昏晓送流年，吾与书共品婵娟"。

青春，透过素稿赏心颜

青春的我们有炽热的心，亦爱寄于书文，看那一张张浸透白纸黑字的盛情描绘了怎样的容颜。我在饶雪漫青春的疼痛系列小说里，为《左耳》主人公李珥的善良勇敢而赞叹，为《离歌》中马卓跌宕起伏的成长经历而动容。

我在郭敬明华丽精致的笔下，徘徊于《小时代》光怪陆离的街角，看着林萧、顾里、南湘、唐宛如四朵"姐妹花"的友谊，或是在《夏至未至》的季节里缅怀，而后，静静伫立在安妮宝贝的《蔷薇岛屿》上，提着七堇年的《大地之灯》，细读落落的《年华是无效信》……

青春是人生中的一抹亮色，透过小说的脸，读自己的心，便是最美好的事情。

经典，浮世清欢逐蹁跹

歌尽天涯，谁剪轻琼做物华？韶光锦年，谁言清愁忆缱绻？我驾一叶扁舟漫游于经典的长河，偶尔捞一轮明月，将它镶入画卷。我在诗词的韵脚里踽踽而行，吟"沧海月明珠有泪"的婉约，诵"西北望，射天狼"的豪放。我在古典历史的锦绣里，读《红楼》，品《三国》，饮一盅荆轲刺秦的英气，尝一碗名妓柳如是爱国的侠情。我在近现代文学的长廊里漫步，和徐志摩、席慕蓉、鲁迅、余秋雨等作家做倾心的交流，看他们的作品恒久地温润着，不因时光的冲刷而褪色……

经典文学妙笔生花，字字珠玑，我在它的墨香里栖居，蓦然间忘了今夕何夕，只想枕浮世清欢，做一场崇古清梦，飞花逐翩跹。

童年，纯真离我永不远

我愿意一直是个孩子，用最初的心做永远的事。我在童话为顶、漫画为墙的城堡里，剥下一颗颗糖果的包装，缝一套晶亮的外衣。我在《安徒生童话》的诞生地丹麦旅游，想起了水晶鞋的浪漫桥段；在《格林童话》的世界，跟着白雪公主一起拉着七个小矮人，飞上天际划过甜蜜的彩虹弧线；打开小熊维尼的蜜罐，嗅着它在沉睡的黄昏里散发出的香气；牵着哆啦A梦的手，在它神奇口袋里的每一隅留下心愿，永远不长大……

我看着童话和漫画的时候，又回到了童年。我想一直留守心中的自我，永远保持一份纯真。

尾声，思入书笺情难舍

我想说的不仅仅是这些，我还想说一些其他种类的书籍和它们带给我的收获，只是千言万语说不尽，只得以思封笺。

以书为友，与书做伴，岂愁无趣？思入书笺，沉沦文字世界，恋上书，吾乃情愫难舍也！

诗词里的四季

  光阴流转,时间如流沙一般,只能看着它流逝而去,而古代的文人墨客们,却能用曼妙的诗词去记录时间的流逝,让流逝的光阴有了万种风情。轮回的四季体现了气候等多方面变化的规律,景色各有不同,这也给了古代才子无数的灵感。

  春日之美,在于生机。万物复苏,生机盎然,春风轻柔和煦,阳光明媚,鸟鸣动听悦耳,百花齐放,这一切,像极了一幅画!"草长莺飞二月天,拂堤杨柳醉春烟。""几处早莺争暖树,谁家新燕啄春泥。""等闲识得东风面,万紫千红总是春。""一春芳,三月如风,牵系人情。"……春天,在诗人的笔下更显明媚如斯,灵动优美。

  夏日之美,在于清新。提起夏天,大家总会想到燥热的天气,抑或是聒噪的蝉鸣,但夏天实则是一个非常小清新的季节,这也就是为什么许多青春影视剧、小说的背景都设在夏天的缘故。"绿树阴浓夏日长,楼台倒影入池塘。""小荷才露尖尖角,早有蜻蜓立上头。""接天莲叶无穷碧,映日荷花别样红。"……夏日时节,恬静悠然,荷花亦是夏天的一个代表,为其增光添彩。

  秋季之美,在于收获。说到秋天,有的人会想到落叶萧瑟,愁绪满怀,但可别忘了,秋天也是个收获的季节。瓜果飘香,累累硕果,映着农夫们灿烂的笑容,岂不美哉?不过,古代诗词里的秋天,大多数还是带着愁思的。"昨夜秋风来万里。月上屏帏,冷透人衣袂。""月落乌啼霜满天,江枫渔火对愁眠。""万里悲秋常作客,百年多病独登台。"……诗人们似乎是借着这个季节,把满怀的愁绪倾吐而出,也许如此,就能重新拥有积极向上的人生态度了。

  冬天之美,主要在于雪。银装素裹,粉妆玉砌,冬日雪景之美动人心弦,而在冬天里为数不多开着的花——梅,也以一枝独秀的姿态盛开在文人墨客们诗词的注脚中。"梅须逊雪三分白，雪却输梅一段香。""墙角数枝梅，凌寒独自开。""俏也不争春，只把春来报。"……朵朵梅影，缕缕梅香，点缀了寒冷的冬天，让寒冬亦平添了几许生机。

美得各有千秋的四季，如画的四季，在文人墨客笔下的诗词里更显韵味。而你，最喜欢哪个季节呢？

伍祉睿专辑

伍祉睿，女，1999年3月生，现居广东省深圳市。现为深圳市福田区作家协会会员、青年作家网签约作家、深圳出版社卫生健康智库分站特约编辑，《卫生健康发展研究》执行副主编。作品刊于《河源晚报》《深圳晶报》等。

等风来

（一）

前些时间，家里头来了一名"小贵客"。它大约三个月大吧，喵呜喵呜地叫，浑身毛色泛金，眼睛也水灵灵的，瞪得大大的，它是一只典型的"金渐层"猫。

我本不太愿养猫，想养狗，奈何男友怕狗喜猫；舅舅舅妈家也养了一只公猫，想给它找伴侣，便也使劲儿怂恿。我想了一想，应允了。只是，我心里头许久之前的阴影和烙痕，又浮现于眼前。

这只金渐层，是舅舅舅妈买的，他们担心我买猫时上当受骗，抢在我前头替我做了主。那天，我忽然接到了舅舅舅妈的视频电话，说提前去猫舍里瞅瞅，替我看看猫。后来，他们看中了猫舍里一只最活泼的，便打了视频电话过来征求我的意见。我不曾想到他们的速度如此迅急，无法拒绝他们的一片好意。

一想到家里头多了一个可爱的小生命，我的心情便难以平复。随着距离它到来的时间愈发接近，心头浮现的紧张与不安愈加剧烈。——我，能养好它吗？我拼命地做着深呼吸，闭眼，睁眼，再次闭眼时，浮现于我的眼前的，是一年前由于我的疏忽造成的被安乐死的猫，以及友人号啕大哭的声音。

（二）

那是一只名叫"丝滑"的猫，六个月大，是友人养的猫。友人特喜猫，在北京租了一个小单间，养了三四只猫在屋里。毕业之际，她欲将猫带回广东，但奈何她母亲不允，只好想办法给猫找个好归宿。"丝滑"便是其中的一只，她欲托给我照顾。

我没有养猫的经验，也担心养不好猫，几番推脱，但经受不住友人三番五次的请求，我应允了。在友人的指导下买了丝滑需要的东西，譬如猫砂盆、铲子、猫窝、猫抓板、猫粮、逗猫棒之类。一切都准备就绪后，友人将丝滑空运给我，我将它接回了家。

那天的情景和心情我记得十分清楚，也如同现在一样焦躁不安，紧张、担忧、期待的情绪杂糅于一身，像是个在等待迎接孩子归来的母亲。

丝滑浑身乌黑乌黑的，喜静，只是一眼，我便对它产生了极大的好感。它刚来我家的当天晚上极度不适应，刚到家便往床底下钻，一钻就是一晚不出来。但好在第二天它就和我熟悉了，在家里走动时，它便跟着我，走哪跟哪，像是我的小护卫。

它来到我家一周时，我正居家办公。忽然不知怎么的，我感到一阵眼黑。也不知过了多久，我听见耳边传来了一阵"喵呜喵呜"的声音，我睁开了眼，看到丝滑在我身边担忧地看着我，听着它的喵呜声，心头一阵暖意。

我明白，是我不知什么原因晕倒了，也明白是丝滑感觉到了我的不对劲，叫醒我，救了我。将此事与友人道来，她也与我有相同看法。每当回想起这个事情，心里都非常感激它，也更恨自己无能。它救了我，但我却无法救它。

在丝滑来我家的第三个星期，它不对劲了，刚开始是不太吃东西，过了没几天，连水也不喝了。它本就喜静，那几日更是窝在座椅上一动也不动。逗它玩儿，它只是懒懒地看着我，再也没有原来的精神气儿。也许偶尔动一下吧，结果还没几下，就被绊倒摔了一跤。这绝不是我认识的丝滑。

带到宠物医院后，我抱着它，可以清楚地感受到它的呼吸变得相当急促。医生立刻给它做了一系列检查，最终确诊它得了"猫传腹"，且已是中晚期了。得知消息的我瘫坐在座位上，沉默了许久。

"猫传腹"是绝症，查了许多资料，资料显示"猫传腹"的患病率只有不到3%，一旦患上，治愈的可能性非常小。治疗的药在市面上也几乎绝迹，只能通过特殊渠道购买，价格不菲。因此，"猫传腹"被称为猫界"艾滋病"。

至于丝滑为什么会患上"猫传腹"，医生是如此答复的：丝滑之前为群猫共同生活的状态，体内携带了猫型冠状病毒。空运过来时，它受到了严重惊吓，加上自身抵抗力较弱，导致身上携带的冠状病毒变异了。

原来，它刚来到我家时，就已经患上"猫传腹"了。由于我的经验不足，未能及时发现，导致它的病情进入了中晚期。

摆在我面前的只有两个选择：一是花高价买药治疗，但能治好的可能性极低；二是给丝滑做安乐死。

我决定将此事的决定权交给友人，毕竟在这之前，是她一直在陪伴着丝滑，她有知情权，也有决定权，她比我更加熟悉它。待我将此事告知了友人后，她在电话那头痛哭。那一幕直刺我的心扉，令我至今难忘。

她在电话里哭着，恳求我一定要救丝滑。

我答应了。我将丝滑留在了宠物医院，有医生与护士照看着，我安心了很多。

后来的两三天里，我与友人想尽了办法，都没能买到药，渠道太少了，药太昂贵了。

那天，友人发了一条信息给我：决定给丝滑做安乐死。她赶了第二天最早的那班高铁过来，我与她一起，听着医生讲了它目前的状况，并向医生述说了我们的决定。

医生叹了一口气，安慰了我们几句，并拿出了一份"安乐死同意书"，要我们在上面签字。友人拿起笔，却迟迟无法下笔。她的手一直在颤抖。她问："我们可以见丝滑最后一面吗？"

医生颔首。

我们拖着沉重且缓慢的步伐走进重症监护室，一眼就看见了丝滑。它趴在笼子里，戴着"伊丽莎白圈"，一动也不动，不停地喘着气。"丝滑……"我听着友人轻轻叫着它："丝滑，我来看你了，还记得我吗？"

友人不停地叫唤着它，它静静地看着友人，忽而"喵呜"地叫了一声。我们流下了泪水。

"我可以与它单独待一会儿吗？"友人擦了擦眼泪，看着医生恳求道。

医生轻轻点了点头，我和医生退出门去了。

半晌，友人出来了，我们再次进入了医生的办公室。友人在同意书上签

了字。医生问起遗体的处理方式时,友人道:"扬了吧!"医生答应了,他让我们今天先回家,丝滑安乐死后会通知我们。

  回家的路上,友人这样同我解释道:"丝滑自幼抵抗力弱,经常生病,我在它身上耗费了很大的精力。它这一辈子很坎坷,大家说它全身黝黑,不好看,说它多病。总之,没有人喜欢它。除了你,没有人愿意收留它,它处处遭人嫌弃。我看到它,就像看到另一个我。"

  她喃喃道:"希望下辈子,它能像风一样自由,且无忧无虑。"

  "一定会的,让我们静等风来。"

(三)

  眨眼间,一年过去了,家里迎来了一只"金渐层"。同样的,它是一只母猫,眼睛大大的,眨巴眨巴的,好似会说话,是只很漂亮的小猫儿。与丝滑不同的是,它不怕人,一来到家里,就活蹦乱跳地到处跑,床上、沙发上,处处都有它的痕迹。用舅妈的话来说,它很"亲人"。

  问到名字时,我笑了笑,难得地讲了一个"冷笑话":"既然这么爱动,就叫'果冻'吧!"

  看着果冻的状态,我悬着心稍微放下了些。

  果冻便是这么来的。

  果冻来得比较突然,我什么也没准备,慌慌张张地买了猫砂盆、逗猫棒之类,拿起它们,我又想起了丝滑,也想起了它用过的猫具。自丝滑离开后,猫具都被我放在了家里的角落里,舍不得扔。如今,肯定都落灰了。

  果冻喜欢疯跑,光是白天跑还不够,还喜欢在夜里跑。想要抓它回房间睡觉时,要在屋里追好半天才能抓到,有时好不容易抓到了又逃走了。我着实是摸不着头脑,不明白它哪里来的那么多精力。

  它喜欢黏着我睡。每当到了睡觉的点儿了,我刚躺到床上,它噌地一下跑上了床,挨着我,静静地趴着,大眼睛眯着眯着就睡着了。但它也容易被惊醒,每回我有什么动静时,它总能立刻睁眼看着我。有时,夜里灯关了,屋里黑黢黢的，我唯一能看见的，便是它那双金灿灿的双眼。

它还喜欢在我枕头上睡觉。对此，我时常感到万般无奈。我把它抱起，挪到了旁边，它又醒来了，瞪大双眼看着我，紧接着，它爬回了原来的地方，继续趴在我的枕头上眯了眼。待我躺下后，它就抓我的头发。

它喜欢在我睡着时玩儿我的头发，抓我的脸，然后一跃下地开始"跑酷"，猛地从这蹿到那。

更甚的是，它还经常在夜里刨沙。每回，我一听到它刨沙，便知道它要干什么了——紧接着准是一股无法描述的味儿扑鼻而来，我只好把被子拉过，蒙着头睡，而后第二天疲惫不堪。

男友见状笑道："咱这是养了一个祖宗啊！"

"算是我欠丝滑的吧，"我哭笑不得地回应，"你说，会不会是丝滑转世来向我讨债？"

"你这脑袋一天天地想啥呢？"

"是我没有照顾好它。"我低头喃喃道。

"它到你家之前就已经患病了，和你没有关系。"

"但我应该更早发现……"

如今，丝滑的死成了我心口上的一道伤，每每想起它和友人当时的表情，便难以释怀。

"我害怕丝滑的事儿会在果冻身上重蹈覆辙。"

"但好在果冻比丝滑活泼得多，它要是有啥事儿，我们准能及时发现。"男友安慰我。

我深吸了一口气，也许吧，但我希望这样的事儿最好不要发生，我希望它能健康快乐地成长。

果冻来家里之后，我心头上紧绷的弦丝毫没有放松过。我学习了许多养猫知识，给它采购了许多用品与玩具，时刻盯着它，谨防它发生任何意外，就连它打个喷嚏，我都慌张得不行。

可即便如此，它还是生病了。有一回，我给果冻铲便便，发现猫砂盆里

51

的便便不成形，铲起来黏糊糊的，中间还有些许颗粒状的东西，有点儿像未消化的猫粮。

我意识到了不对劲儿，并立刻让男友联系宠物医院。

男友选了一家离家最近的医院，问我意见，我看到这家宠物医院的名字，愣了愣神。

那便是去年查出丝滑患有"猫传腹"并给它做安乐死的宠物医院。忽而，许多不是很美好的记忆再次涌现而来。但是，我看着生病的果冻也来不及多加思考，便抱紧了果冻，同意去那家医院先看看。

于是，时隔一年，我再次踏入了这家医院。看着熟悉的环境与设施，我不禁身子有些摇晃，差点儿站不住脚。

登记、候诊、诉说病情……我在同样的医院里重复着相同的流程。只是，怀里抱着的，却已不再是相同的猫了。这次，接待我的，是一位很亲切的女医生。

看得出来，她是一位相当爱猫的主儿，我看到她看果冻时的神情，像是眼里泛着光。

待她了解完病情后，轻声安抚我的情绪，她告诉我们果冻没啥大事，建议我们喂点儿益生菌，很快就能好起来。可能是由于平常喂食时喂得太多了，且喂食方法不正确，导致它患了肠胃炎。

听着医生的话语，我悬着心稍微放下了些。随即，医生又给它做了其他的检查。除了肠胃炎外，其余的都良好，是一只还算健康的猫儿。我悬着的心彻底放下了。

推开医院门离开的那刻，一阵凉风拂过我的脸庞。我哼着小曲儿，感受着风带给我的温度，步伐也变得轻快起来，一蹦一跳地跑到了男友身边。

"你看上去很开心呢！"男友说。

"嗯。"我雀跃着颔首。

"怎么了？"

"风来了。"

回到家后，我谨听医嘱，每日给果冻喂益生菌，按照医生告诉我的做法给它喂食，留心观察它的便便并拍照，发现有啥不对劲儿的，立即咨询医生。

　　五天后，果冻的大便成形了。且在这之后的几天时间里，它没有再拉过软便。

　　那日，我从联系人中找到了许久未联系的友人，欲点进对话框，但是指尖却停留在了屏幕上。

　　自丝滑去世之后，我与她很少联系了。这一年里，我时常会想起她，多次欲问候她，多次编辑好了许多想对她说的话，却迟迟无法按下发送键。每当这时，我便沉默许久，随即删除了聊天框里的字。

　　我始终觉得，自从丝滑离开了以后，我与她像是隔了一道墙。纵然有千言万语，却不知该如何说出口，也不知该从何说起。

　　但这次不同。有些话语，我一定要亲自对友人说。

　　犹豫了半晌，我缓缓地在聊天框内输入了这几个字。

　　"风来了，丝滑在天上一定很幸福！"

　　点击了发送键。

　　我怀着忐忑不安的心，一个劲儿盯着手机屏幕上的聊天界面。

　　不久，友人回复了。我立刻点开，逐字逐句盯着聊天界面上的字，一字一句地读了起来。

　　"嗯，我感受到了。属于丝滑的风来了，属于我们的风也来了！"

　　我放声大笑。我觉得此时愉悦不已。

　　我输入了几个字，点击发送。

　　这时，我发现聊天界面上同时出现了我与友人的对话。

　　"你好吗？"

　　"你好吗？"

执子之手，与子偕老
——写在外公外婆金婚之际

  我与外公、外婆共同生活了十年有余，每天早晨都会在他们的欢声笑语中醒来。他们见我醒了，会亲切地问我："我们没有吵醒你吧？"每当这时，我都会笑着摇摇头道："没有。"没有才怪呢，他们的笑声很大，尤其是外婆的声音，有时在楼下都能听到——但是，这又何妨呢？一想到每天能被他们的闲聊吵醒，我觉得好幸福，嘴角也不自觉地扬起。对我与家人们来说，没有什么比他们幸福安康更重要的事了。

  外公外婆的故事，他们时常讲给我听，一讲就是一天，每天都不重样。讲完了还觉不够，便写了下来，写成回忆录，出版成书。自2015年外公学会用智能手机，他每日5点起床，端坐在桌前，一写就是一天。不知不觉，外公零零散散地写了几十万字，字里行间全是他们年轻时的艰辛，以及他对外婆的浓浓爱意。看着他们的故事、那些真实的文字，我泪流满面，心在滴血……外公写书，外婆也"凑热闹"，写了好多关于他们的故事，两人有时会陷入回忆，有时又会因字词用法拌点儿小嘴儿，我看着他们，不由得感动，不由得笑开怀。

  2019年，外公突发脑出血，险些丧命，但好在老天有眼，外公福大命大，被医生抢救了回来。他醒来后，谁也不记得了，只记得外婆，到处找外婆。我们这些后辈见状，退后到了一旁，不停地抹泪。一方面，无比庆幸外公还活着；另一方面，也被外公外婆的情意所感动——哪怕忘记了全世界，也依然会记得你。

  我们远观着他们相拥，无法融入，因为那是他们的情意；但正因为他们之间有这样的浓烈情感，才有了我们，才使我们无时无刻不在其中。

  脑出血使外公在言语功能、行动、认知上都有了一定的不便，外公变得格外没有安全感，也变得格外依赖外婆。外婆不觉辛苦，她一边感恩着，一边不眠不休地照顾着外公。她是外公的拐杖，他们每天都会手拉手出去散步；她是外公的翻译，五十年的相处，使她不费吹灰之力就能明白外公想要表达什么，而后翻译给我们这些后辈听；她是外公的厨师，外公只吃外婆做的饭，其他人做的一概吃不下；她是外公的写手，接手了外公退休后的"写作大业"，继续书写着他们的爱情故事……

几周前，外婆把写好的《金婚感言》发给我，命我修改错字、病句。每年的结婚纪念日，他们都会写一篇文章以表达他们的情意，互相表达他们的感激之情。他们的思想和情感表达里，饱含着为人处世的人生智慧，每回阅读都会令我感受颇丰。

"执子之手，与子偕老。""牵起你的手，我便能渡过所有难关，无所畏惧。"这些话语不是小说，而是他们相亲相爱的真实写照，是他们坚守五十年的秘诀。

读书不止，不止读书

闲暇时来书店看书，却碰上了一场知名书评人魏小河老师的新书分享会，与之一同前来的，还有作家刘墨闻老师，以及《深圳晶报》总编辑胡洪侠老师。

儿时的魏小河是一名留守儿童，从小与外祖父、外祖母一起生活。真正与书结缘，是在他高中期间，他的政治老师推荐他看了一本书，名为《哈利·波特》。他说道，哈利的童年同他的很像，都是住在小阁楼里头。他从哈利身上找到了些许情感共鸣。《哈利·波特》宛若一束光，从此照亮他的心房；同样，也因为这本书，他与文学也随之亲切起来，使他不再感到那么陌生与害怕。

文学将他带入了另一个"精神世界"。他开始阅读名家名作，阅读18世纪和19世纪的经典文学作品，读海明威、歌德、托尔斯泰……他看到了许多别样的世界。渐渐地，他不再孤独。在读了众多作品后，他开始有"欲"，继而开始创作，写书评，将他部分思想凝结成这部新作品——《不止读书》。

我感受颇深的是，对于读书这件事儿，魏小河老师在会上分享了"八字心得"：保持开放，相信感受。他把读书、生活都当成一种体验，无论好的书、坏的书，都去看、去品味。只有当书读得多了，才能明白其中的味道，对于书的价值与定位也才能有一番自己的认识。生活亦是如此，我们生活在一个物质世界，它可感、可听、可触、可碰，把辛酸苦辣都当成是一种别致的体验，才不枉为人生。

人生就是一场场体验。体验苦、体验乐，体验不一样的生活。生活不只有读书，但书籍里的知识会转化成精神养分，隐藏在潜意识里，伴随我们一生，时刻给予我们光明与希望。

谈论读书问题时，总是避免不了谈及写作问题。魏小河老师说，阅读与写作总是相辅相成的，在生活中，我们总会听闻和经历许多事儿，"表达欲"

便是最原始的写作冲动。因为有"欲",渴望表达,渴望找到情感共鸣,便因此有了写作。但是光有"欲",还是不够的,还需要从生活里、从书本里更多地去经历和感知,从而才能更精准地捕捉到某些强烈情感。

对此,与他一同前来的作家刘墨闻老师也表达了自己同样的看法。他说道:"作家是生活的观察者和体验者,生活中的经历皆是写作素材,独特的生活经历会造就一位作家的写作风格,而作家也定会受个人生活经历的影响,创作出带有个人独特风格和个人强烈情感色彩的作品。写作或许会给我们带来许多崩溃的时刻,但写出来那刻,它也同样会给我们带来同等的幸福感。"

在谈及阅读与写作能给我们带来哪些意义时,《深圳晶报》总编辑胡洪侠老师是这样说的:"阅读能够增加我们对生活的感知力、想象力、敏感度,不能以功利的观点看待阅读;而写作总是避免不了触及过去的自己,隔着时间的距离,我们或是抒发,或是感慨,或是释怀。写作能够使我们以'观察者'的身份,更冷静地对待隐藏在潜意识里的伤痕。换言之,它是一场真正的'自我救赎'。"

人们往往会深受不可知、不可量、不可测的世界的影响,而阅读与写作,则是要积累,它们能给予我们自信,能帮助我们应付不确定、不可知的未来。

人生如梦
——读《我们仨》有感

儿时阅读《我们仨》，是草草读的，甚至读了几遍也未曾读下去。譬如第二章的"古驿道"，我不晓得它是写什么，为什么钱锺书去了古驿道就回不来了？"船"是什么呢，钱锺书先生为什么在船里？"客栈"又是什么呢？有太多读不懂、读不明白的内容了，读着读着，便觉得索然无味，自是被我丢弃在一旁，阅读下一本书去了。

如今的我长大了，重新买了一本三联书店1990年重印的珍藏版《我们仨》。翻阅第一章的内容，讲述的是杨绛先生的一个噩梦：钱锺书先生与杨绛先生夫妇俩在一同散步，有说有笑，走到了不知什么地方。忽而，钱锺书先生不见了。杨绛先生到处呼喊他，不曾有人应答。深沉的夜色加深了杨绛先生的孤寂，令她倍感凄冷。梦醒后，她向丈夫埋怨，为什么一声不响地撇下她自顾自走了。钱锺书笑曰："大概是人老了。"同样的梦，杨绛先生还做过两次，她在第一章末尾处说道："锺书大概是记着我的埋怨，让我做了一个长达万里的梦。"

多么悲凉的一段话呀，我的心情随之沉入谷底，像是被针刺了一下，灼灼地痛着。我着实是无法想象，杨绛先生在钱锺书先生与爱女钱瑗相继离世后，该是何等悲痛，写这本书时，又是何等不易。我不由得想象着一个画面：在一个夜深人静的夜晚，一位白发苍苍的老人坐在桌前，逐字逐句，写下了满纸的思念。她每写几句话便停下来，抚摸着眼前的黑白照片，继而陷入沉思，喃喃自语，而后再次拿起笔，让他们的团聚再久一点儿。正如第三章所述："我只能把我们一同生活的岁月，重温一遍，和他们再聚聚。"

第二章写作手法极其妙哉，杨绛先生采用魔幻现实主义的表现手法，描写了钱锺书先生生病住院后到痛失丈夫与女儿这段时间的光景。"这是一个'万里长梦'。梦境历历如真，醒来还如在梦中。但梦毕竟是梦，彻头彻尾完全是梦。"人生如梦，人生走到尽头时的回忆，究竟是真实还是虚幻？以前陪同一起造梦的人，如今也成为梦里的一景了，虚幻的梦境里涌现的是杨绛先生最真实的泪。这个梦啊，太残忍了。既然是个梦，把它造得更美好一些又何妨呢？因此，杨绛先生建造了"古驿道"。

钱先生在某天收到电话后消失了，杨绛先生十分担忧，茶饭不思，便在爱女钱瑗的陪伴下寻他。她们一同来到了"古驿道"，"驿道东头好像是个树林子，客栈都笼罩在树林里似的。我们走进临水道的那一岸。堤很高，也很陡，河水静止不流，不见一丝波纹。水面明净，但是云雾蒙蒙的天倒映在水里，好像天地相向，快要合上了。也许这就是令人觉得透不过气的原因。顺着蜿蜒的水道向西看去，只觉得前途很远很远，只是迷迷茫茫，看不分明。水边一顺溜的青青草，引出绵绵远道。"她们最终在船上与钱先生团聚。后来，女儿钱瑗也生病了，无奈下，杨绛先生只好在"古驿道"与医院中来回奔波，直至他们生命的尽头。

我时常在想，"船""客栈"在全书中究竟意味着什么呢？

直到阅读完全书后我才恍然，"船"是他们漂泊无依的人生。钱锺书先生夫妇前后经历了五四运动、抗日战争、解放战争、"三反""五反"运动、"文化大革命"等历史重要时期，一生坎坷，居无定所，漂泊无依。"人间没有单纯的快乐。快乐总夹带着烦恼和忧虑。人间也没有永远。我们一生坎坷，暮年才有了一个可以安顿的居处。"

于杨绛先生而言，她的一生不空虚，活得非常充实。之前的经历不管如何坎坷，境遇如何危险，她都能笑着面对。因为她深知，"我们仨"会时刻在一起，"家"便是"我们仨"。"我们这个家，很朴素；我们三个人，很单纯。我们与世无争，与人无争，只求相聚在一起，相守在一起，各自做力所能及的事。碰到困难，锺书总和我一同承担，困难就不复困难；还有个阿瑗相伴相助，不论什么苦涩艰辛的事，都能变得甜润。我们稍有一点快乐，也会变得非常快乐。所以我们仨是不寻常的遇合。"

现在，女儿与丈夫相继离世，"我们仨"失散了，"家"便也不复存在了。

杨绛先生非常清晰地认识到了这一点。因此，她说了这样一段话："我清醒地看到以前当作'我们家'的寓所，只是旅途上的客栈而已。家在哪里，我不知道。我还在寻觅归途。"现在，"客栈"意味着什么，自然不必多说了。

书香城里话健康

在大部分物质需求能够得到满足的今天,人们愈发开始追求精神价值。

阅读,是最好的体现之一。作为知识载体的书城,非但是阅读交流场所,更是精神食粮的供给地,是一座城市的文化软实力的综合体现。但是,无论一座城市有着多么丰厚的文化软实力,都是建立在不断劳作和产出之上,才能够成立的。

那么,如何才能够不断劳作和产出呢——确保健康,则成为非常重要的命题。它是一切物质和精神产出的基础,也是最根本的保障。确保身体健康,即确保物质产出;确保心理健康,即确保精神产出。二者缺一不可,这才构成了完整的"健康"。

在愈发快节奏的时代,面临的生存压力转化成了精神压力,因而有了争吵、暴力、批判、贬低、控制之类的不健康情绪和行为,它们会反作用于心理,继而会造成一定程度上的精神痛苦。但这类痛苦时常不构成生命损失,因此它常常被人们忽略。本次活动的主讲老师黄昀在开场中便提到,这些不健康的行为,都可以被归结为"暴力沟通"。

在我们的生命中,处处都在与人打交道,无论是同学、朋友、家人,皆属于人际关系。有人的地方,便会有情绪和语言的存在。倘若周遭都采用"暴力沟通"方式,那么,我们都会成为语言的"受害者",抑或是语言的"施暴者"。每个人的三观,都是由各自所经历的事情决定的,在没办法理解或共情的情况下,唯有"尊重"与"合作",才是通往各种人际关系的桥梁。

人类是情感动物,不论是何种情感,都不会是凭空产生,它背后隐藏的是我们潜意识里的需求。在我们成长过程中,会因为原生家庭,或是某些成长经历,从而陷入了"被抛弃""不被理解""不被爱"的恐惧。产生此种恐惧的诱因可以是一件非常大的事情,也可以是非常小的一件事,但恐惧过后,它并没有完全消失,而是隐藏在潜意识里,形成了"创伤"。在后来的成长中若是发生类似的事件，都会想起当时的感觉，唤起不同程度的伤痛。因此，观察显得尤为重要，找到能让自己产生该种情感，或行为背后潜藏已久的需求，而后倾听自己的感受和想法，这便是"尊重自我"；从某人的话语里察觉到他的背后的动机，从而试图感受和理解会使他产生该种行为和情绪的更深层次的原因，这便是"尊重他人"。

"合作"，是在人际交往中使用尊重的语言。黄昀老师在讲座中向我们提到了"长颈鹿语言"的沟通方式。他在《非暴力沟通》一书中，曾把"长颈鹿语言"归为四个步骤：观察、感受、需要、请求。第一步，是不带任何情绪的观察，客观陈述所看到的事实。比如，"十点了，你还没有回到家"。第二步，是说出自己的真实感受。比如，"我感到很担忧"。第三步，是向内询问自己是什么原因造成这样的情绪存在。比如，"你曾经走丢过，所以你晚回家我会非常不安"。第四步，是提出希望对方如何做的请求。比如，"下次要是晚回家了，可以给我打一通电话吗？"。

我们每个人都曾或多或少地受过语言的伤害，也都有"自我保护机制"。《关系的重建》一书中把人分为三大类：安全型依恋人格、回避型依恋人格、焦虑型依恋人格。除去安全型依恋人格，剩下两种都被归为"不安全型依恋人格"。这两种人格在面对冲突时，一类会开启焦虑状态，另一类则会开启回避状态。研究发现，无论他们呈何种行为状态，背后更深层次的"恐惧"都是一样的，皆是来源于背后产生的"不安全感"。"恐惧"是一种心理状态，它会诱导不同类型的人，做出攻击或回避的行为决策，这也就解释了所有的"暴力沟通"从何而来。

安全型依恋人格则不同，他们拥有非常强大的内心，同时也对自己有信心，不会随便怀疑和否定自己及他人。他们普遍拥有爱自己的能力，能够满足自己的需求。他们擅于倾听，乐于沟通，时常使用长颈鹿语言。因此，他们的幸福和安全指数非常高，人际关系往往也非常好。

言语可以煽动和引燃冲突，也有能唤起尊重、增进理解和激励合作的力量。拥有一颗坚定、强大的内心，了解自己以及他人行为背后更深层次的原因，保持耐心沟通，不但能发现自己的创伤，从而达到疗愈自己的目的，还能宽容待人，提高自己和他人的幸福指数，为培养良好的人际关系打下更坚实的基础。

"偷"光记

望着舍友桌上亮起的灯，忽而觉着像是回到了过去。

那时，屋里的灯也是这么亮着的，亮到半夜。觉着在床上躺着看书是件奢侈的事儿，便也偷着乐地把台灯放在转动椅上，移到床旁，照亮着看，一边看得津津有味的，再一边留意着父亲的举动。他不准许我晚睡，要是被他发现我又在深夜读书，肯定免不了又被训斥一顿。

父亲干点儿啥，总会发出声响，而在夜深人静时，我又总会听到些声响。比方说，父亲发出"咳咳"的声音，我便知道，他准是在客厅里干些什么，或许是看电视吧；当听到阳台门被推开的声音时，他准是去阳台抽烟去了；当听到洗手间里"哗啦啦"的流水声时，猜也猜得到他在洗澡呢……

不管他在干什么，我还得时刻提防着他，以免他推门查房。好在我也足够聪明，懂得跟他玩儿些战术。

父亲的房间与我房间正好是两对门儿，有时他准备睡了，"啪"地把客厅的灯一关，再发出些"嗒嗒嗒"的脚步声，经过我房间时，再看一眼门缝儿底下有无光亮。这不是正好嘛！每当我听到类似啪的一声时，便偷偷地拿出早已准备好的衣服，悄悄地往门缝底下一塞，哈哈，挡光了，保准父亲看不出一丝光来。他看不到门缝儿里有光，便转身回屋睡觉了，砰地一下，把门一关，我呼了一口气，心里踏实了，继续津津有味地看起了书。

不知过了多久，正当我看得入迷时，又听父亲屋的门被打开，紧接着，是我屋里的门被打开，只见父亲颇为无奈地盯着我，道："几点了还在看，明天不用上学啊？"语罢，把我的书没收了："净耍这些花招。"

扬长而去。

母 亲

"太阳出来喽喂，咪咪躺在妈妈的怀里数星星……"儿时，耳畔边总是萦绕着母亲温柔的歌声，她常在替我洗澡时，一边擦着我的小身子，一边轻声唱着歌。而我，也总是轻微地眯着眼，躺在小小的澡盆里，水温温的，就这样躺着，享受着母亲的温柔。每当母亲唱着这首歌时，我也总轻声哼着，抑或扑进她怀里，抢在她前面唱道："星星啊星星多美丽，明天的早餐在哪里？"

那段时光是我最美好的记忆。模糊，却又依然清晰可见。睡前，母亲总会跟我讲故事。我最喜欢听母亲讲故事，她是讲故事的能手，总能把人物的语气、口吻模仿得惟妙惟肖。她的声音很柔、甜美动听，听着听着，不知不觉地就被带进了甜蜜的梦乡。第二天醒来时才发现，母亲睡在自己的身旁，自己则依偎在母亲的怀里，被轻轻搂着。她身上的香味，怎么闻也闻不够，在她的怀里，好温暖。我知道，这是一个孩子在贪恋着母亲。

也不记得从什么时候起，母亲变得忙碌起来。在我的印象里，与她在同一张桌子上吃饭，是件格外奢侈的事。每天不出意外，总会在下午四五点时接到她的电话，说她加班，晚上给她留点饭菜；或是，晚上不回家吃饭了。

因此晚上吃饭时，餐桌上只有父亲、我与保姆三人，也许是两人——父亲也时常不在家里吃饭。

睡觉时，灯火通明。亮着大灯、开着小灯，小灯放在书桌前，桌上铺满了我的作业，需要家长签字。我实在不喜欢写作业，对待作业的态度马虎得不行，草草了事，不会做的题就放着。有很多个夜晚，大约在凌晨两三点吧，我迷迷糊糊地看见母亲坐在桌前，认真地检查着我的每一项作业，用铅笔在我的作业本上涂涂写写。第二天上学前，我把作业本放进书包里时，总能看见书桌上那些签过名的作业，以及一张备忘录，上面经常写着，有哪些题是错误的、正确的答案是什么、思路是什么……我照着母亲给出的答案修改好，答案总是对的。当然，题目也有她不会的时候。比方说，某道数学题她做不出来了，那晚她便什么事都不做，专心地研究起那道题目，她可以为了一道题而彻夜不睡，直至题目解出来，她会像个孩童般兴奋地手舞足蹈，甚至在深夜里，将在睡梦中的我拍醒，给我讲解这道题。她是个不轻易向困难低头的人。这一点，我一直都清楚。她总说，我们绝不能被困难轻易地打败，即使摸爬滚打、遍体鳞伤，也要勇敢地战斗下去，不能服输。

母亲虽忙，但她对我的学业格外用心，也因此，我的童年是在各种培训班、辅导班里度过的。我常开玩笑道，邦德和青少年宫，是我第二个家。在上漫画、素描、服装设计、钢琴、声乐、舞蹈、英语、数学辅导班，她从不吝啬于钱财，每年花大量的金钱在这上面，她希望我有朝一日能为社会做贡献。偏偏我不争气，除了英语，其他都未曾坚持学下来，以致样样都半斤八两。

父亲则不希望给我报太多的补习班。他觉着这样我会压力很大，他认为，我需要一个健康的童年。渐渐地，他们开始因各自的看法不同而不和。

在我的脑海里，似乎存在着一个很模糊的记忆，我不知道是不是真的发生过，可照这样看来，的确是有的。在我还在上小学一年级时，母亲走了。一周后，她回来了，在厨房里做饭。我朦胧地记得，厨房烟很大。我看见了母亲的身影，飞奔着跑去从背后抱紧了她，恳求她留下来，求她不要再走。母亲应允了，她没有再走，直至在我三年级时，她问我，如果她跟父亲离婚了，我会跟谁。我开玩笑道，你们我都不跟。母亲沉默了。

后来，母亲还是走了，只不过，这次是带上我一起，她与父亲分居了。我转了学，新学校是全市最好的小学，距离家里有四十分钟的车程。母亲带着我在学校附近租了一间小房子，说是为了方便上学，不至于来回折腾。那间小房子里，有一个客厅、一间主卧和一间次卧，以及一个厨房。客厅里的电视机只是一个摆设，并无实际用处，根本不能看。主卧里只有一张床、一张桌子，桌子上有电脑，也没有丝毫用处，要么上了密码，要么拔了网线。母亲还是一如既往地忙碌，忙到八九点才回来。我总是一个人待在小房子里，整天与文学、音乐做伴，饿到天昏地暗、看到天昏地暗、听到天昏地暗。对于那时的我来说，文学、写作、音乐和幻想，才能缓解精神和肉体上的痛苦。

　　四年级后的记忆的确不是太美好，又好像不完全是。小房子外面的楼梯很高，大约有五厘米的高度吧，一次，我未踩稳，从楼梯上摔了下来，脚骨折。母亲顾不上工作，请了一周的假专门照顾我。每天背着我出入，给我洗澡，给我擦药上绷带和解绑带，给我按摩。为了缓解我的疼痛，她又开始每天给我唱歌讲故事。

　　有那么一瞬，我忽而觉着，好像又回到了那个天天躺在妈妈的怀里数星星的日子，做梦也笑醒了呢。

温 暖

　　睁眼，头昏昏沉沉，坐起来，仿佛整个世界都在旋转。想到现在正赶上换季，会头晕，也是正常的。

　　挺住快要倒下的身子，一步步艰难地前往医院。这是我在上大学期间首次去医院，不识路，只好问开着电动车的司机，他们路熟。

　　起初，司机并未告知我去往医院的路该怎么走，反而是提醒我，医院要花好多冤枉钱，倒不如去一位老中医开的诊所那儿治疗来得更快、更省钱。我愣住了，没想到司机会这么提醒我，可想起在这陌生的地儿不认路，迷了路可就得不偿失了。况且，还是正规的医院比较放心些，便婉拒了司机的好意，继续艰难地向前走。

　　当我过了马路又向前走了一段路后，隐约听到有人在叫我，我转过了头，有些惊讶。是刚刚的司机，他骑着电动车追了过来。他招了招手，喊我过去，很仔细地告诉了我去往医院的路该怎么走，还留下了联系方式，说道，有困难便打他电话找他，他会第一时间赶过来帮助我。而后，他骑着电动车离去，只留我在原地大哭。实属未想到，身在异地，会有这般温暖。

　　我步履艰难地走到了医院，挂号时才发觉忘带现金了，医院不能使用微信支付。当我正在考虑是否要回宿舍拿现金时，一位女士替我出钱挂号。我又呆住了，没想到在一天之内，会有那么多人向我伸出援手，帮助了我。正想着要道谢，女士却直接把我带到了急诊室，她看得出我很不舒服。

　　医生说我需要抽血化验，那位女士带我去了化验室进行抽血，一路上，都在嘘寒问暖，我则不停地道谢。她所有的举动，都让我想起了我的母亲。那位女士把我当成了她的女儿，待我像对待女儿般，以前，母亲也是这般待我。心，好温暖、好温暖，似被融化了的冰、化成一摊水般的柔软。

　　走在回去的路上，我是哼着歌儿的，心情从未如这般愉悦过，却也暗自发誓，一定要让自己变得更强大，才能在他人陷入困境时，将对方拉出深渊。

哪怕只是举手之劳，哪怕是那么微不足道。

"嘟嘟"，耳畔边响起了熟悉的电动车声，我抬头望去，那位骑着电动车的司机叔叔赫然出现在了我的眼前，他不放心我，又折回来看了看我的情况。

我诚挚地再次向他道了谢，并告知了一些现在的情况，他微笑着对我点了点头，再一次驰骋而去。他的影子，被夕阳拉得很长、很长……

读《把信送给加西亚》有感

《把信送给加西亚》我读了三遍。它是一个真实故事，其背景为美西战争爆发前夕，总统急需从西班牙反抗军加西亚将军处了解一些军事情报，因此派了最值得信任的罗文中尉给加西亚将军送信。罗文中尉做的一切努力，都是因为有强大的信念。他为了国家的利益奋不顾身，为能在大规模爆发战争时，将人员伤亡降到最低。

我们都是独立的个体，因所处时代不同，生长环境不同，经历阅历不同，从而导致看到的世界和对世界的认知也不尽相同。但无论有多少不同，我们身处的大环境都是一致的，无论贫、富、贵、贱，在灾难面前，我们都变得很渺小。

我自幼体弱，常年小病不断，受病痛折磨，因而不得不卧病在床，与病魔做斗争。住院期间，我听到了许多与恶性肿瘤、癌症做斗争成功的事例，内心备受感动。"战争"的定义有很多，或许是硝烟战争，抑或是与病毒、病魔抗争，它们都会是我们面临的巨大障碍。无论是何种战争，都是由一个个生命堆砌而成的，它们剥夺的，是我们活着的权利。

从某种意义上来说，我们每个人都是罗文中尉，都有属于自己的经历、思想和情感，也有自己坚定不移地想要去守护的人、事、物，同时也都爱着脚下的这片土地。经历造就了我们，使我们变成不同的人；但信念和信仰也同样造就了我们，使我们变成相同的人。或许人生中有时会有能力、背景、家庭、金钱等不平等的现象出现，但在生命、国家利益、战争、灾难面前，人人都是平等的。

写作，是一场自我救赎

"本手、妙手、俗手"是围棋的三个术语。"本"意味着基础，只有牢牢掌握好"本手"，在此基础上才能"另辟蹊径"，创造"妙手"。否则，就会出现"俗手"之况，整盘棋将会如一盘散沙。

围棋为一种技艺，是一种艺术，其蕴含的哲理，回味无穷。只是，细想下来，"本手、妙手、俗手"之意，只有在围棋中才会出现吗？如众多智力竞技一样，围棋是一种表现形式、表现手段，只有当我们能熟练运用某种技艺时，才能将自身情感、思想囊括其中，从而准确地另辟蹊径，实现"妙手"。从任何意义上来说，"妙手"都意味着其既有形式之美，又饱含深刻思想，"内容"与"形式"融合得恰到好处，正如"阴"与"阳"，也恰似艺术与哲学的辩证关系，艺术是表现手段，哲学是艺术的最高形式。

文学，是广义艺术中的语言艺术，以文字表达思想和情感，写作是基础，是手段，是表达的技艺。同时，写作还担当了"自我救赎"的角色。巴金曾说："我写作，是因为我有感情。"我时常被这句话深深吸引，正因为我有感情，是一个有血有肉、活生生的人，或因自身经历，或受某个人或事的启发和触动，我想抒发我的感情，想表达某些思想，我有"欲"，因此才有了创作。只是光有"欲"，并不足够，还需要练就能够将其准确传达的技艺。能否"准确"，是划分"俗手"与"妙手"之关键。字、词、句，都是写作的"本手"，若它们运用得不够恰当，抑或是情感不够浓烈、思想不够深刻，都会造成写作上的"俗手"。"够"这一字，代表的是某一水平的高度。先有"准确"，后有"够"，才构成了"妙手"。好作品，内容与形式缺一不可。优秀的作家，都会通过自身的"妙手"，譬如高超的写作技艺和丰富的情感、思想，从而构成了无穷无尽的想象力，为读者构筑了一个令人赞叹、令人抓狂、令人深陷其中又无法自拔的五彩斑斓的世界。可以说，一名优秀的创作者，是设计师，是建筑师，更是艺术家。

而对于创作者来说，创作同时也意味着"自我救赎"。不难发现，每位创作者，在创作时都逃不开自己的"潜意识"。生活上的经历，从未从某人记忆里消失，而是转化为潜意识。写作时作者加入的情感、经历，凝聚成思想；加入了艺术的创造，凝聚成了想象力，给作品抹上了一股浓厚且瑰丽的色彩。隔着这层"距离"，作者或释怀，或抒发，或从客观角度看到从前的影子，这就造就了作品的真实与感动，以及于作者的"自我救赎"。

　　任何人，都是独一无二的，人造就了经历，任何的经历和情感也都是独一无二的。无论是"本手""俗手"或是"妙手"，从不同的角度来看，便会有不同的解读，它们是阶段性的。于技艺而言，"本手"是基础，"妙手"是创造；于创作者甚至人生而言，"本手"是经历、思想、情感，"妙手"是自我救赎，是大彻大悟的境界。但不管是从作品还是人生来看，都不要有"俗手"，它意味着好高骛远，也意味着满盘皆输。

流淌在时光里的暖阳

大学即将毕业那年，我到一所培训学校实习，岗位是助理实习生。在正式就任之前，机构给我们所有助理实习生做了一次岗前培训，我被分到了初一年级组，辅助一位姓龙的英语老师上课。

龙老师打扮得相当成熟，气场很强大，为人热情，性格大大咧咧。她给我的第一印象是，她有着相当丰富的教学经验。第一次见到她时，她对我还算亲和、友好，我们谈论得很愉快。我们谈论了班级里的大致情况，她带我到上课的班级把我介绍给大家认识。

我们推门而入，教室里很吵闹，我看到教室里坐满了学生，大约三十多个同学。同学们看着我们进来，不停地在窃窃私语、小声嘀咕，不免让我觉得，我像一个被窃笑的小丑。龙老师见此状，连忙圆场，令我松了一口气。但是想着这样的场面可能要持续许久，我又开始感到些许担忧。

我要辅助龙老师的工作其实很简单：听写、分发作业、批改作业、记录课堂情况并发至家长群。第一次总是手忙脚乱，但是几次之后，就熟能生巧了。然而，对于同学们，我却始终感到陌生，尤其到了分发作业的时候，我总是叫错人、记错人，分不清谁是谁，闹得场面好不尴尬。每到这时，我心里便会浮现深深的歉意。

下课后，龙老师拉着我说悄悄话，我说出了我遇到的困难。龙老师笑了笑，让我打开手机里拍摄的同学们的照片，继而拿起学生名单和笔，开始娓娓道来。龙老师将他们的性格、爱好、学习状况、家庭状况等，每提起一个同学，她便会找到名单上的名字与对应的照片，并说一件她印象中比较深刻的事情。

听着他们的故事，我忽而觉着他们并不是那么陌生了。我对于他们的认知，似乎不仅仅只停留于他们的长相与姓名上，他们开始逐渐形成了各自的颜色和光彩。

逐一讲解后，龙老师开始认真查看起我拍摄的照片来。她总能从每张照片中寻找出问题，并告诉我应该如何构图，如何寻找角度。她给我提了一个要求：尽量把每个孩子都拍摄到，展现每个孩子在课堂上最认真、最活跃的姿态。对此，她是这么解释的：群里的每位家长，都对自己的孩子饱含深刻的期待。每个同学都是独立的个体，有着自己的思想、情感、故事，也有着自己的喜、怒、哀、乐。他们像是一本书，需要打开它，细细品读，方可识、可赏、可赞、可叹。教师的职责，便是认识学生的世界，继而引领他们发现自己的世界有多美。

　　我被这段话深深触动着。自此，对于教学的认知，开始有了完全不同的体会与感受。之后的一段时间里，我还是一如既往地做着本职工作，但不同于第一次课，我已经把同学们都认全了，并同他们玩成了一片。课上，我无时无刻不在寻找最合适的角度，记录他们最认真、勤快而又美好的样子，也不忘在照片上写上评语。我深知，群里的家长在眼巴巴地盼着看到自己的孩子的成长；下课后，我与同学们聊动漫、游戏、小说。渐渐地，和几位女同学成了十分要好的朋友。

　　岁月忽已晚，每当教师节来临，我都会想起龙老师，尤其是她对我说的那番话，使我看到了一个个五彩缤纷的世界。孩子们也深深温暖着我，让我意识到，我的世界原来很美。

梁慧专辑

梁慧，笔名雨薇子，广东省肇庆市人，现居肇庆市端州区。语文教师，从事基础教育。2021—2022 年分别获全国青年作家大赛诗歌组一等奖、二等奖；2022 年获青年作家网"十佳书信"奖。现为青年作家网签约作家。作品散见于《清风文学》《文学少年》等。已出版个人诗集《诗海拾趣》。

重游珠海：邂逅渔女与情侣路的浪漫时光

  珠海，这座美丽的海滨城市，犹如一颗镶嵌在南海之滨的璀璨明珠。在2013年的寒假，我携女儿一同踏足这片迷人的土地，重温我曾经的美好回忆。早在20世纪90年代中期，我在中山市环城区执教时，便已被珠海的静谧、洁净与美丽深深吸引。

  谈及珠海，不得不提的是，她那令人陶醉的夜景。当夜幕降临，华灯初上，整个城市仿佛被五彩斑斓的霓虹灯点亮，宛如一个多姿多彩的梦幻世界。无论是街灯、路灯，还是建筑物上闪烁的灯饰，都散发着迷人的光芒，将这座城市的夜晚装点得如诗如画。

  漫步在情侣路上，感受着海风吹拂的惬意，倾听着海浪轻柔的涛声。这里，连空气都仿佛弥漫着浓情蜜意。成双成对的情侣们手牵手，肩并肩，低声细语，倾诉着彼此的心事。在这段绵延的情侣路上，一声"我爱您！"突然响起，或许是小伙子为心爱的姑娘献上的真挚誓言，也或许是孩子对疼爱自己的父母的深情告白。无论怎样，这句简单而真挚的话语，都传递着人与人之间的深厚情感与心灵的交流。

  来到珠海，怎能错过与渔女雕像的亲密接触呢？这座矗立在大海中的渔女雕像，以她婀娜多姿的身影和深情款款的眼神，吸引着无数游客驻足观赏。在四季的阳光中，她仿佛在海风中翩翩起舞；在大海的怀抱里，她静静地注视着每一个过往的游人。那温柔的海风轻轻吹过，将渔女心中的相思之苦全部吹散，让人不禁想起她与相爱之人之间的动人故事。而她那深情款款的眼神，又仿佛在诉说着一个甜蜜的梦。

  在这迷人的夜晚，海风轻轻吹拂着我的心灵，让我的心随风而动，随潮而涌。从我的眼眸中流露出对这座美丽城市的无限眷恋，从我的指间流淌出对这段美好时光的深深怀念。而这一切，都随着海风飘向那甜甜的梦乡……

我的家乡，魅力肇庆

相信每个人的内心深处，都对自己的家乡怀有一份特别的热爱，那份情感在我们离家远行时，变得尤为浓烈。我的家乡，美丽的肇庆市端州区，便是我心中那份永恒的牵挂。它坐落在珠江三角洲的腹地，湖光山色间流露出无尽的秀美与恬静。

端州区，拥有如诗如画的自然景观。鼎湖山，被誉为"世界长寿之乡"，是北回归线上的一颗璀璨绿洲。山中负氧离子丰富，每年吸引着无数中外游客纷至沓来。那蜚声中外的"飘雪"与"鼎湖山泉"，正是源自这片神奇的土地。

七星岩，由七座独特而秀美的山峰组成，每一座山峰都仿佛是大自然的匠心独运。而"七星岩"的牌坊，为朱德总司令亲笔题名，它屹立在星湖牌坊广场，成为每一位游客留影的必选之地。

站在北岭将军山眺望，西江水宛如一条玉带，轻盈地穿城而过。它源自广西梧州，经过肇庆羚羊峡，浩浩荡荡地向东流去。这条肇庆的母亲河，以其优良的水质，滋养着西江两岸的生灵。它宛如一条蜿蜒的龙，默默地守护着这片土地和这里的人们。

星湖畔的景致更是美不胜收。中心湖、仙女湖、波海湖、青莲湖……每一个湖泊都清澈迷人，仿佛仙境一般。特别是中心湖，每晚的喷泉表演都伴随着动听的音乐，吸引无数游人驻足欣赏。而仙女湖，则传说有一位美丽的仙女曾在此停留，为这片湖泊增添了几分神秘与浪漫。

青莲湖则是我最喜欢的一处。夏日傍晚，凉风习习，沿湖漫步，别有一番风味。这里的岩前大道更是一道亮丽的风景线，无论是散步还是度假，都让人感到无比惬意。

此外，肇庆还是端砚的故乡。早在唐朝，端砚就已名扬四海。诗人们用优美的诗句赞美它的细腻与绮丽，如今，它依然是文人墨客的心头所好。

肇庆这座城市绿树成荫、鲜花盛开，整洁而宜居。它曾登上中央电视台的"魅力中国城"竞选舞台，展现了其独特的魅力。肇庆市不仅荣获"文明城市"的称号，还是全国的"卫生城市"。

　　美丽的肇庆啊，你是一座让人流连忘返的城市。我深爱的家乡啊，你的魅力让我无法抗拒！

乡愁的思绪

离乡背井已久,那遥远的故乡,是我永恒的牵挂,时常萦绕在我的梦中。梦中,我回到了那片熟悉的土地,仰望那澄澈如洗的蓝天,那片天空高远而宁静,仿佛能吞噬一切烦恼。云雾缭绕在山间,如同轻纱般缥缈,给人一种超脱尘世的感觉。如画的山水在眼前展开,青山绿水交相辉映,美不胜收。而我最深爱的亲人,他们的笑容依旧那么温暖,那么亲切。

每次从这样的梦中醒来,我总是感到有一股莫名的温暖与柔情围绕我身旁,醒来良久,我仿佛还沉浸在那份乡愁的思绪中,梦中的笑容还挂在脸上。

记忆的思绪带我重返那个纯真的童年。我清晰地记得,家门之外,便是一条潺潺流淌的小溪。溪水清澈见底,波光粼粼,我常常蹲在溪边,用手掬起一捧清水,看着水珠从指间滑落,感受那份清凉沁人心脾。活泼的小鱼儿在水中自由自在地游弋,时而摇摆着尾巴,时而轻盈地跃出水面。我手持一根小竹棒,轻轻地伸进水中,搅动那翠绿的草丛,小鱼儿们仿佛受到了惊吓,纷纷蹿了出来,溅起一朵朵水花。我兴奋地追逐着这些灵动的小生命,沿着溪水一路奔跑,欢笑声回荡在山谷之间。

那时,我还常常带着自家菜园里摘下的新鲜蔬菜,来到溪边仔细地清洗。我轻轻地将蔬菜放入溪水中,用手轻轻地搓洗,看着那些泥土和污渍被溪水冲走,露出蔬菜原本的鲜艳色彩。虽然名义上是洗菜,但实际上,我更享受那清澈的溪水从指间流过的感觉,它带给我一种心灵的洗涤和净化。

大约在我六七岁的时候,我常常跟随在奶奶身后,到路边去捡拾干枯的树叶和枝条,用作家中的柴火。那时,我总是满心欢喜地跟在奶奶身后,挑着一对小巧的竹篓,蹦蹦跳跳向前走。每当我发现一片干枯的树叶,或者一根粗壮的枝条时,就会兴奋地捡起来放进竹篓里。当竹篓被塞得满满当当的时候,我就会摇摇晃晃地挑着它们回家,心中充满了成就感。

我的奶奶是一位勤劳而坚强的人，她一生都在为家庭操劳。她的身体健康而硬朗。然而，在我师范毕业、离家工作的那年，八十二岁高龄的奶奶离世了。那年11月的一个寒冷冬日，我收到了父亲写来的信，沉重地告知我奶奶去世的消息。那一刻，我仿佛被雷击中一般，心中涌起无尽的哀伤和思念。父亲在信中流露出深深的哀伤和无助。他说，自己从此再也没有母亲了，那份无私的母爱已经永远地离他而去。我深深地体会到，无论我们年纪多大，在母亲的眼中，我们永远是那个需要呵护的孩子。而母爱，始终是我们内心深处最温暖的港湾。

如今，我身处异乡，远离了故乡的土地和亲人。每当夜深人静的时候，我总会想起那个熟悉而亲切的地方，想起那些曾经陪伴我成长的亲人和朋友。那份对故乡的眷恋和对父母的思念与感激之情，始终如一地铭刻在我的心中。乡愁的情结如同那蜿蜒的小溪一样永不干涸，在我生命的每一个角落流淌着。每当我想起那些美好的时光和温馨的场景时，心中总会涌起一种莫名的感动和温暖。

回忆我亲爱的父亲

我的父亲,那个生于20世纪40年代,在家排行老三的男人,被家乡的人们亲切地称为三伯、三叔或三哥。在学校,他是威严的校长,而在家里,他是我们的慈父和榜样。

兄弟姐妹四人中,父亲对我与弟弟总是偏爱有加,小时候便把我们俩带在身边悉心教导。直到我上师范,才第一次真正离开父亲的庇护。那如山的父爱,即使岁月流转,回忆起来依旧温暖如初。然而,令人心痛的是,父亲在2015年的冬天永远地离开了我们。

父亲一直是我们成长的灯塔。他的言传身教,让我们兄弟姐妹四人在人生的道路上坚定前行。

读师范时,我离家求学,只有寒暑假才能回家与父母团聚。那时的父母依然年轻力壮,我们尚且不知生活的艰辛,更未曾想到会有失去父亲的那一日。严厉而慈爱的父亲,因病辞世已经六年有余。每每想起,泪水仍会不自觉地滑落。

父亲在世时,我们对父爱的深沉与伟大体会得并不深刻,总以为他会永远陪伴在我们身边。然而,当父亲突然病逝,我们才真切感受到失去他的痛苦和空虚。那种拥有时不知珍惜,失去后方觉珍贵的感受,让人痛彻心扉。

父亲身材高大,瘦削而精神矍铄。年轻时,他的帅气和魄力让人敬仰。作为单位的领导,他为人正直、光明磊落,赢得了广泛的尊重。

我还记得,小时候父亲会画画、写毛笔字,他的爱好广泛,篮球、象棋都是他的拿手好戏。可以说,父亲是一个多才多艺的人。

退休后,父亲选择回老家居住。他热心于家乡的公益事业,在邻里间有极好的口碑。无论是集资建祠堂、修族谱,还是春节时写春联,他总是出钱出力、亲力亲为。他的毛笔字写得极好,每年春节都会为乡亲们书写春联,深受大家的喜爱。

20世纪90年代中期，我在佛山市南海区教书。有一次，父亲到广州出差，顺路来看望我。那时，我刚踏入工作岗位，对一切都感到陌生和不适应。父亲耐心地指导我如何教书育人，他的教诲让我茅塞顿开、受益匪浅。如今回忆起那些日子，仿佛就在昨天。父亲的笑容和话语依然那么清晰、那么温暖。

2000年我结婚时，父亲疼惜我，拿出几千元作为嫁妆。在当时物价不高的年代，那笔钱相当于我半年的工资。这份厚重的父爱让我感动不已。

父亲一生节俭朴素，对自己总是舍不得花钱享受。他的退休金大部分都用来资助我们了。即使母亲也有稳定的退休金收入，在家庭经济并不拮据的情况下，他依然保持着勤俭节约的习惯。

退休后父亲过着轻松自在的生活，带带孙子、孙女，早晚骑自行车锻炼身体。而母亲则喜欢在地里种种蔬菜和花生等农作物来打发时间。

然而，好景不长，在2015年那个寒冷的冬天，父亲突然高烧不退，被送进医院救治。虽然第二天他醒来了，但病情却急转直下。第三天，病情恶化后转到市医院接受治疗，但当晚就陷入了昏迷状态。当我匆匆赶到医院看到父亲最后一面时，他脸色苍白得如同一张纸般脆弱不堪，已经无法回应我的呼唤了，我的眼泪止不住地往下流。

我与家人一起料理完父亲的后事，在接下来很长的一段时间里，都难以走出丧父之痛，心中充满了无尽的悲伤和对父亲的思念。

父亲不仅给予了我们慈祥的爱和关怀，还为我们树立了做人的榜样，他的品格和教诲将永远激励着我们前行，我会永远怀念他，如果有来生，我还愿意做他的女儿！

在文章的结尾，我想用一首诗来缅怀我亲爱的父亲：

    身居师位德义兼，清正廉洁人皆赞。

    桃李芬芳满天下，功勋卓著青史传。

    琴棋书画样样通，含饴弄孙享天年。

    谁料高烧突离世，悲痛欲绝泪涟涟。

回忆那逝去的光阴

父亲的生日，农历十二月初四，这一天对我而言，意义非凡。家中总是弥漫着别样的喜庆与温暖，因为大哥会亲手筹备一场盛大的生日宴会，以此表达对父亲深深的敬爱。

每当这一天来临，亲朋好友们便从各处赶来，叔伯婶母、亲戚们带着满满的祝福聚集在一起。父亲的旧同事们也前来捧场，他们的到来让宴会更加热闹非凡。弟弟的同学们和大哥的商界友人们，也都纷纷到场祝寿，欢声笑语萦绕在每个人的耳畔。

然而，欢乐的时光总是那么短暂。一转眼，多年已过，那些美好的瞬间仿佛还历历在目，但光阴的流逝却无情地提醒我们，一切已成为过去。老父亲的头发已由乌黑变得斑白，脸上也刻下了岁月的痕迹，那是经历风雨、磨砺岁月的印记。

我深深地记得，少年时代，我和弟弟常常紧紧跟随在父亲的身后，一起去上学。那时的父亲，身居学校领导岗位，他意气风发、才华横溢，不仅精通球棋书画，还总是能用他的智慧和幽默，让我们度过一段又一段难忘的时光。每当我和弟弟在学习或生活上遇到困难，父亲总是用他那双温暖的大手，轻轻拍着我们的肩膀，鼓励我们勇往直前。

然而，岁月是无情的。它悄无声息地改变了父亲的模样，也带走了他的健康。当年的他，身强力壮、精神焕发；而如今，疾病无情地侵袭了他的身体，让他步入了暮色苍苍的老年。父亲退休后仅仅十多年，病魔便夺走了他的生命，让我们痛彻心扉。

我永远无法忘记，在父亲生命的最后阶段，他依然保持着那份坚强和乐观。每当我去探望他，他总是微笑着对我说："孩子，不要担心，我会好起来的。"可是，病魔最终还是夺走了他，让我再也无法听到他那温暖的话语，再也无法感受他那双大手的力量。

每当回想起这些，我的心便如刀割般疼痛，泪水也如泉涌般涌出。岁月匆匆，光阴易逝，让我们更加珍惜与亲人在一起的每一刻。那些与父亲共度的美好时光，将永远镌刻在我的心中，成为我人生中最珍贵的宝藏。我会将这份回忆化作前行的动力，勇敢地面对未来的每一个挑战。

夏日观景

今日正值星期天，难得休憩的一天。午后，天空突然阴沉下来，随即一场滂沱大雨倾泻而下，洗涤了整座城市。待我午睡醒来，雨已停歇，天边露出一抹淡淡的阳光，正是出门观景的好时机。

我漫步至附近的玫瑰园与荷花池塘，去领略一番雨后的自然风光。雨后的空气中弥漫着泥土的芬芳和花草的清香，令人心旷神怡。在玫瑰园中，我找了一个幽静的角落坐下，周围是盛开的玫瑰，色彩斑斓，娇艳欲滴。那朵朵盛开的玫瑰，宛如少女的脸庞，羞涩而热烈，吸引着每一个经过的人驻足欣赏。

荷叶上的小水珠在阳光的映照下晶莹剔透，如同颗颗珍珠镶嵌在绿叶之上。我静静地凝视着这些小水珠，它们在荷叶上滚动、跳跃，仿佛在诉说着雨后的故事。这一刻，我仿佛置身于一个清新的童话世界，感受着大自然的宁静与美好。

离开玫瑰园，我踱步至荷塘边。只见嫩绿的荷叶已静悄悄地铺满了水面，它们或舒展，或卷曲，形态各异，别有一番韵味。虽然荷花尚未绽放，但那含苞待放的花骨朵已透露出勃勃生机，让人期待它们盛开时的美丽景象。

周末的时光总是格外宝贵，它让我有机会放慢脚步，细细品味生活的点滴美好。在这自由自在的时刻，我尽情享受着大自然的馈赠，感受着夏日的清凉与宁静。

我的历程，我的诗

回溯往昔，我对文学的初次探索，源于那师范求学的纯真年代。20世纪90年代初，正值改革开放的春风吹拂大地，社会文化逐渐繁荣，人们对知识的渴求与日俱增。在那样的时代背景下，我怀揣着一颗对未知世界的好奇心，步入了师范的校门。

课业之余，我最大的乐趣便是走进那座宏伟的图书馆，那里是我心中的知识圣殿。在琳琅满目的书海中，我总会花费许多时间精心挑选，寻找那些能够触动我心灵的书籍。那些关于历史、哲学、文学的书籍，如同磁石一般吸引着我，让我沉醉其中，无法自拔。

图书馆里的每一排书架，都仿佛是一个个神秘的世界，等待着我去探索，翻阅着那些白色的书页，感受着文字带来的震撼与魅力，我时常在那里度过一个又一个安静的午后。那些书中的故事和人物，仿佛都跃然纸上，与我分享着他们的喜怒哀乐。

在书海中，我偏爱文学类书籍，那些人物传记、小说、散文，总能引我深陷其中。尤其是诗歌，那简洁而深邃的文字，总能触动我内心深处的情感。记得当时，我参加了一个杂志社举办的诗歌培训。半年的培训时光，在老师的悉心指导下，我逐渐领略到了诗歌的韵律与意境。结业时，那份上面写着"优"等次的结业证书，不仅是对我学习成果的肯定，更是对我追梦之路的鼓舞。

那时，我热爱诗歌与散文，笔耕不辍。我的诗作有幸被当地的《千层峰》杂志刊登。当同学们争相告知我这一喜讯时，我心中的那份喜悦与自豪，令我至今想起仍扬扬得意。后来，我尝试创作散文诗，并将作品投至广播电台的《艺海语丝》栏目。每个周末的傍晚，当听到自己的文字通过电波传向千家万户，那种成就感与满足感，无法用言语形容。虽然稿费微薄，但在那个年代，每一份收入都显得弥足珍贵。

然而，随着工作日趋繁忙与生活的琐碎，我的写作逐渐搁浅。结婚生子后，家庭与工作的重担更是让我无暇顾及写作。但心中的文学梦，却始终未曾熄灭。

前年，我决定重拾写作。虽然投稿屡遭拒绝，但我并未气馁。每一次的尝试与努力，都是对梦想的坚守与追求。我深知自己的长处与短处，对于长篇小说这样的鸿篇巨制，我自知能力有限，难以驾驭。就这样，短篇小说与诗歌，则成了我抒发情感与表达思想的最佳载体。

如今，我专注于诗歌创作，在多家文学平台上留下了自己的笔墨。那些短小精悍的诗句，如同我内心的缩影，记录着我的历程与感悟。虽然写作之路充满坎坷与挑战，但我将怀揣着对文字的热爱与对梦想的执着，继续前行。

燕子山下的悲怆之歌

燕子山，双翼如燕，展翅欲飞，静静地坐落在粤西的大地上。而在这座山的脚下，曾有一个温暖却又悲伤的家。

那里住着一个名叫阿义的女人，她的一生仿佛被命运之神捉弄，她的经历如同燕子山下的一曲悲怆之歌。

早年，阿义是个被嫌弃的童养媳，生活的重担几乎让她喘不过气。然而，她依然怀揣着对幸福的渴望，勇敢地改嫁，希望能找到生活的温暖。

岁月流转，阿义成了四个孩子的母亲。他们如同四颗明亮的星星，点亮了她灰暗的世界。然而，命运却一次次地将这些星星从她的天空中夺走。

小女儿的难产离世，让阿义心如刀绞，一夜之间，她的头发被悲伤染白。大女儿因高血压诱发疾病突然离去，二女儿患癌症离开，每一次的打击都像是无情的冰霜，将她的心渐渐冻结。

而当她唯一的儿子也在车祸中离世时，阿义的世界彻底坍塌。她游荡在田野间，那凄厉的哭声在夜空中回荡，仿佛是在向命运控诉，又仿佛是在呼唤那些离去的亲人。

然而，在这无尽的悲伤中，阿义依然保持着对生活的热爱。她会在清晨的阳光下，轻轻抚摸那些孩子们曾经喜爱的玩具，仿佛能感受到他们的温度。她会在傍晚时分，静静地坐在燕子山下的石凳上，凝视着远方的天际，仿佛在等待着孩子们的归来。

她的故事传遍了整座村庄，人们无不为之动容。她的坚强和勇敢，让人们看到了生命的力量。即使生活给予了她无尽的苦难，她依然选择勇敢地活下去。

如今，阿义已经离开了这个世界，但她的故事却永远留在了人们的心中。每当夜幕降临，燕子山下仿佛还能听到她那凄美的歌声，那是她对孩子们的思念，也是她对生活的热爱与执着。

宋东涛专辑

宋东涛，中学教师。西安市作家协会会员、湖南省网络作家协会会员、青年作家网签约作家，番茄小说网签约作者。2020年开始发表文学作品，文章散见于《人民日报》《天津日报》《亚省时报》《思维与智慧》等国内外报纸杂志。

春至人间芳菲季

春天是短暂的，是稍纵即逝的青春，充满活力与朝气；春天是永恒的，是绵延不断的爱，充满温情与希冀。无论四季怎么轮回，春天始终是万物之始，永远是最雄浑、最瞩目的开篇曲。人们总说"一年之计在于春"，就是这个缘故。

世人总认为，万紫千红才是春。殊不知，早在立春之时，春的脚步就到了。若留心便随处可见：那黑褐色的枝丫上，一粒粒饱满的叶苞，虽然被一层深褐色包裹着，依然可以感受到它们生机勃勃的生命力。阳光下，泥土中呼之欲出的小草，昂头等待拔节的小麦，齐刷刷地准备抽薹的油菜等，这都是春天的痕迹。只是此刻的春是含蓄的，是蓄势待发的。

一场春雨加快了春的脚步，整个世界变得那么清新、柔美。柳树最是耐不住性子，也是发芽最早的。它的枝条在春雨中渐渐变得柔软，小小的腋芽伸着柔黄的小脑袋，错落有致，让人心生喜爱，不觉吟出"诗家清景在新春，绿柳才黄半未匀"的诗句。紧接着，喧闹、喜庆的迎春花一丛丛、一簇簇绽放，闪耀着金色的光芒，似繁星点点，又似一泻而下的瀑布。它们是春天的眼睛，路过的人看到了，惊呼"春天来了"。

惊蛰之后，春天大踏步走向人间，整个世界变得多姿多彩。无论街头巷尾，还是田间地头，在某一个清晨，人们会惊喜地发现春的身影。高高的玉兰树上缀满一朵朵洁白的花，犹如一只只形态各异的白鸟，有的在精心梳理羽毛，有的准备展翅高飞，有的翘首遥望远方，还有的在凝神沉思。红叶李则不同，初开时如千万只闪着光的灯盏，盛放时又如一把把巨大的花伞，一团一团，如烟如雾，又似天边的霞，映得大地一片粉嫩。若用它作为行道树，一树一树粉白晕染开，绵延、飘动，像移动的巨幅水粉画，美得令人窒息，令人陶醉。忽然几树桃花、杏花在身旁两侧隐隐浅笑，左一棵、右一棵，在小径的两边错落挺立。黑褐色的虬枝上绽放着一朵朵粉色的、白色的花。轻风拂拂，吹落无数花瓣，如星星般闪动着，飘过一阵花雨。树上的、空中的，一动一静，相映成趣，一幅浓妆淡抹的水墨画便呈现在眼前。海棠花开了，那娇嫩的柔粉在微风中摇曳，像极风情万种的女子，微醉于绿丛中，看得人如痴如醉，驻足花下，久久不愿离开。

　　春天的脚步总是忙碌的，不知不觉已是清明。它的脚步遍布神州大地，无论南方还是北方，所到之处春光明媚，处处皆是绿意盎然、花团锦簇的风景，处处皆是春天播撒的美好希望。人们三三两两相约去郊外踏青，去旖旎的风光里寻春。

　　谷雨时分，暮春已至，这时的春是缠绵的，婉约的。它在绵绵细雨中依依不舍，因此有了"杨花落尽子规啼"淡淡的忧伤；它在"牡丹破萼樱桃熟，未许飞花减却春"的诗情画意中悄悄转身。

　　春天，一个有爱的季节，一个播撒希望的季节。她悄悄地来，悄悄地走，我们的生命因此一次又一次地聆听到花开的声音，一次又一次地感受到生命的绚烂。

童年掠影

　　儿童节快到了，望着欢欢喜喜过节的孩子们，不由得回忆起我那遥远、快乐的童年。

　　无忧无虑的童年，虽然它是稍纵即逝的梦，却深刻地印入每个人的记忆深处。它是一帧帧动人的画面，记录着每个人的幸福时光。童年是与美梦交织在一起的，所以它是彩色的，是一段闪闪发光的岁月。

　　一提到童年，我的眼前便浮现出一个个欢快的镜头——逮知了、抓蝴蝶、摘野花、爬树、翻墙……真是数不胜数，想起来都会暗自发笑。那时虽然没有洋娃娃，没有旋转木马，但并不影响我们拥有快乐的童年，只要走出家门，到处都是天然的游乐场，以及妙趣横生的游戏。

　　童年是姐姐顶着烈日，步履艰难地背我回家；童年是我在哥哥自制的土坡滑滑梯上尽情玩耍；童年是带着弟弟学神农尝百草，然后幸灾乐祸地站在一旁看他被捉弄后的丰富表情……童年是自由自在的，连呼吸都是甜的。

　　童年时光里，要说最热闹的是夏天。5月，梧桐花开了，整座村子弥漫着香甜的味道。一个黄昏，哥哥说带我去吃梧桐花，他说梧桐花可甜了。一个"甜"字深深地吸引了我，那时，糖水都很珍贵，偶尔受到表扬了，才有机会喝到。我一边咂巴着嘴，一边跟着哥哥跑出院子，直奔一棵梧桐树。看到地上散落着淡紫色的梧桐花，我半信半疑地捡起一朵，舔了舔花蜜，哇，真甜！那股甜丝丝的味道滑入喉咙，似蜜般浸润了我的心田。见我喜欢，哥哥得意地说他上树摇花，让我捡新鲜的花吃，说新鲜的花尝起来会更甜。哥哥说完噌噌几下就麻溜地爬到树上，站在树杈处，用劲儿地晃动着树枝，一朵一朵如铃铛般的梧桐花纷纷飘落，天地间宛若下起了一场淡紫色的花雨。我在树下兴奋地呼喊，竟引来整条街道的孩子们纷纷奔来捡花。那是多么美的一幅画面，一直珍藏在我的记忆里——夕阳西下，一个小男孩站在树上用力摇着梧桐枝，一群小孩子站在星星般的花雨中欢快地呼喊、嬉闹。童年的快乐就是那么纯粹、简单，却留下足以浸润一生的甜蜜。

　　夏天的村庄，野花遍布田间地头，引来无数蝴蝶在花间飞舞。这个时候，"捉蝴蝶"是我最常玩的游戏。每次我都和一群小女孩拿一个盖子上扎过很多小眼的空瓶子，去田间捉蝴蝶玩。翩翩起舞的蝴蝶在花间和我们玩起捉迷藏来，一会儿飞来了，一会儿又飞走了，惹得我们东奔西跑，忙得不亦乐乎。方才看到一只落在花上，待小伙伴蹑手蹑脚地靠近，手才伸过半空，它就倏地飞走了。若蝴蝶来不及飞走，被抓住了，它的一对触角会轻轻晃动，可怜巴巴的样子似乎在求饶。每次抓满一瓶子的蝴蝶后，大家都会围坐着观赏，开心上好一阵。因为瓶子透气，它们大多活着，回家前我们必定会将蝴蝶放飞。当十几只蝴蝶从瓶中飞起时，如一道绚丽的彩虹喷薄而出，如梦如幻，美丽极了。我们会一直目送着它们飞远，像仰望自己五彩斑斓的梦一样。

　　童年的天空很蓝，地很绿，日子很甜。童年的四季有各种玩不厌的游戏。春天摘野花，做花环；夏天抓蝴蝶，逮知了；秋天在地里寻找比甘蔗还甜的玉米秆儿吃；冬天大雪之后，和小伙伴们嬉闹在天然滑雪场里，上演一场又一场白雪童话。

　　童年的故事是五光十色的，丰富多彩的，一本故事书就是一个安静的下午，一个弹球就能玩上大半天，一个冰棒就是最昂贵的零嘴……一晃这么多年过去了，不知道姐姐可否记得稚嫩的肩上趴过妹妹，不知道哥哥可否忆起黄昏的那场花雨，更不知弟弟可否还记得蒲公英苦涩的汁液，还有童年的那些伙伴可想起一同捉蝴蝶的快乐时光啊！

　　童年是花，芬芳浸润岁月；童年是诗，悠远绵长回味无穷。虽然偶尔像掠影闪过，却温暖我的一生。

六月麦香飘

每年6月中旬，我都会回到乡下，陪父母小住几日。

清晨6点钟，母亲已经打开大门，站在院里浇菜，侍弄围墙旁蓬勃生长的花草。我也起床来到院里，帮母亲给黄瓜、西红柿搭架、浇水。

6月的清晨是饱满、温润的。改良过的月季花植株健硕、丰满，红丝绒般的花瓣层层叠叠，在晨曦中昂首怒放，在高高矮矮的绿色枝叶的映衬下，愈发明艳动人。围墙边一排柔绿的细茎上点缀着各色的格桑花，红的、黄的、白的、紫的，五彩斑斓，似飞舞的蝴蝶。闭上双眼，我贪婪地吮吸着，凉凉的，甜甜的，像含了一口清冽的山泉水。

吃罢早饭，走出家门，在村里闲逛。

宽阔的街道上晾晒着金黄的麦粒，三三两两的邻居不时拿木推或竹耙翻动麦粒。阳光越强，每一粒麦就会晒得越干，磨出来的面粉才会又白又细，做出来的馒头暄软，面条筋道。我沿着路面上麦粒的缝隙小心前行。一旁推麦子的邻居大叔，一边擦着脸上的汗珠，一边大声和我打招呼。我说："今年可是龙口抢粮食呀！"大叔回应："可不是，收割前几日的连阴雨可把人愁坏了！"他黝黑的脸上露出憨厚的笑，几道深深的皱纹，像刀刻出的岁月的痕迹。不知为什么，大叔的笑容带着沉甸甸的欢愉，和着热烈的麦香扑面而来。忽然觉得，农人就像麦子一样，一粒粒成熟的麦子被农人从地里收割回来，经过多天热烈的炙烤，麦粒变得更加结实、精壮。而农人工作的辛劳恰恰与麦子经受的炙烤一样，虽说酸涩，却也甜蜜。

太阳越升越高，已近中午，我在浓郁的麦香味中走回家。

母亲已在厨房忙开了，她正在擀面。母亲一边忙活着，一边唠叨着今天夏至。老话说"冬至饺子夏至面"，吃了夏至面，预示着清清爽爽过夏天，不易上火。不一会儿，案板上雪花似的面团被母亲擀成一个规规矩矩、薄厚均匀的大圆饼，将其叠起，切成均匀的面条，下锅，捞出，过水。铁锅里兑

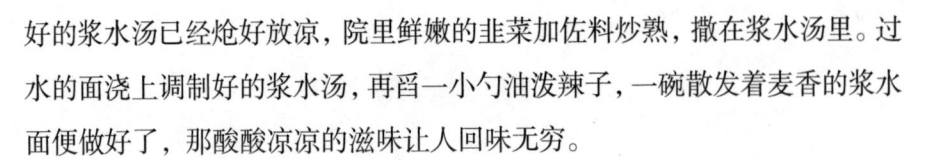

好的浆水汤已经炝好放凉，院里鲜嫩的韭菜加佐料炒熟，撒在浆水汤里。过水的面浇上调制好的浆水汤，再舀一小勺油泼辣子，一碗散发着麦香的浆水面便做好了，那酸酸凉凉的滋味让人回味无穷。

  6月的午后，热浪和麦香混合在一起，洋溢着喜悦的味道。

  街上安静极了，只有木推推麦粒摩擦地面发出的哧哧声，有一两个调皮的小孩光脚在麦粒上飞奔，被烫到脚时，发出嗷嗷的叫声，为辛苦的劳作带来欢乐的音符。

  这个镜头让我想到很多年前，一个城里的朋友坐在一大片晾晒的麦粒上，让我给她拍照。起身后愤愤地向我诉苦，我才明白她把这片麦粒当作"沙漠"的背景。我惊诧于她丰富的联想，而我怎么也不会将丰收的麦粒和沙漠相提并论。一个从小生活在农村的姑娘，看到眼里的丰收盛景，首先想到的是人们浸泡在汗水里，才换来的喜人的金黄。

  6月的傍晚，是悠闲、醉人的，散发着醇香的味道。

  屋前房后的花草漾起幽幽的芬芳，裸露的田野唱着欢愉的歌，空气中飘着泥土和青草的清香，夕阳缓缓收起白天的燥热。此刻的农人三五成群，嬉笑打闹着，或在街头巷尾，或在田间地头，自由自在地徜徉在这片热土里。

  6月麦香飘，人们在这个季节收获着热烈、激情和美好。

端午记忆

我的家乡在北方的一座小镇上，每到端午，粽子的清香弥漫整座镇子。这时，除了吃粽子、插艾叶，最让孩子们惦记的是戴花绳、佩香囊，这也是我端午节最期待的礼物。

香囊挂在胸前，既是装饰物，又是避瘟防病的药包。我戴着它，走到哪里都散发出淡淡的草木香味。戴上五彩手绳和香囊的我，满村子转悠，神气极了。

按照家乡的风俗，外婆们要在端午当天给外孙送粽子，送平安祝福。小时候端午节当天，兄妹几人早早地跑到村口，抻长脖子等外婆给我们几个小馋猫送粽子。当外婆拄着拐杖，挎着竹篮蹒跚着出现在村外的小路上时，我们便一边大声叫嚷，一边奔向外婆，几只小手纷纷凑上前接过沉甸甸的竹篮，簇拥着外婆欢天喜地地朝家走去。篮子里的粽子饱满、丰润，散发着特有的清香味道，而外婆青布大襟衫的口袋里，肯定装着漂亮的香囊和花绳。

当时的我们认为，外婆给我们送粽子天经地义，外婆不怕累，包一天粽子也是应该，我们兄妹四人心安理得地享受外婆的粽子。我们陆陆续续成年了，外婆也老了，包不动粽子了，而粽子也不再是什么稀罕物了，想吃随时都可以买到。只是，外面卖的怎么能比得上外婆亲手包的呢？

外婆心灵手巧，我们不但有可口的粽子，还有精美艳丽的花绳和香囊。外婆的香囊样式繁多，有椭圆形、心形、桃形、石榴形等；颜色非常鲜艳，红的、绿的、黄的，五颜六色的香囊系上五彩丝线绾出的流苏，古朴中透着优雅，别致极了。香囊里的香料有雄黄、菖蒲、佩兰、艾叶、薄荷等中草药，外婆分别用棉花将香料包起来，放进香囊内。

有一年，我吵着要和外婆学做香囊，她就教我做简单易学的心形香囊。外婆在一个油光发亮的小笸箩里翻出一堆花花绿绿的碎布头，挑选了一小片红绸布，用剪刀一分为二，用手在布上比画着，再剪出心形，对折缝在一起，留口，翻面，将事先准备好的香料同棉花塞进去，捏匀后再一针一针地缝上。不一会儿工夫，一个精致小巧的香囊置于外婆的手心。我居然在外婆的指导下也学会了。尽管是一个蹩脚的香囊，并不怎么好看，手艺好歹没有失传。现在每年端午节前，我都会给孩子做一个心形香囊，编五色彩线的花绳。

又是一年端午节，大街小巷弥漫着米粽和草药的香味。从时空中，我仿佛又看到外婆挎着装满粽子的竹篮，举着一个个精巧的香囊笑吟吟地走来。

生如夏荷

夏荷，总是在不经意间绽放。它是淡泊的，静静舒展如花的笑靥；它是纯洁的，默默摇曳一池的芬芳。

那日雨后，路过公园的池塘，我惊喜地发现湖面上漂浮着一片新绿，圆圆的如旋转的绿罗裙铺满湖面。雨后的荷叶清新、明艳，沾满晶莹的雨珠，如水晶，似珍珠，映射着无限生机。粉嫩的小荷刚刚冒出水面，紧挨着碧绿的荷叶，带着几分羞涩，给繁华喧闹的夏日带来无限恬淡与芬芳。诗仙有诗云："清水出芙蓉，天然去雕饰。"一翠一红交相辉映，荷花愈发明艳、袅娜，不愧被称为花中仙子。

一阵风吹过，荷花的清香迅速传送，仿佛连空气都醉了。湖水被风吹皱了，荡起一圈一圈的涟漪，闪动着粼粼的波光。忽见荷叶下冒出几个毛茸茸的脑袋，原来是几只小鸭在悠闲地戏水，它们穿梭在荷叶间，整个池塘都灵动、活跃起来。眼前碧绿的荷叶、亭亭玉立的荷花、嬉闹的小鸭、追逐的小鱼、堤岸的垂柳以及池塘边形态不一的白石，宛如一幅天然的丹青，令人心旷神怡、流连忘返。

若说白日里的夏荷是活泼的，那月下荷花就是从容的。

那晚，与老友相聚在郊外的一处院落。我推开小小的木门，一眼被院中的一大池荷花惊呆了。如水的月色下，一抹浅浅的粉色惊艳了我的双眼，让我难以忘怀。挤挤挨挨的荷叶，如漫天飞舞的绿纱，把千姿百态的荷花包裹在朦胧月色中，而那荷花，羞涩中带着妩媚，寂寥中透着淡然，那份淡然一直荡漾到我的心底。

夜未央，月似钩。一圈圈黄晕从夜空轻轻洒下，淡淡的黄色缓缓落在一池的荷花上，朦朦胧胧中一朵朵娇羞的荷花如一幅幅工笔仕女图，秀丽、神秘。一枝枝挺拔、修长的荷花，全然没有白日里傲然的姿态，尽是洒脱与飘逸。我与荷花对视的瞬间，所有的语言变得苍白无力，这是我在这月色里遇到的最美的荷花呀！一池的荷花，有的花瓣微微合拢，有的似开非开抿着嘴偷偷乐着，脸上淡淡的红晕，若有若无，像酣醉的少女，更像一首优美动人的小诗。我一边欣赏，一边陷入沉思，这一池的荷花为谁绽放，又为谁妩媚？微风拂面的月色里，荷花笑而不语，静静守望着如烟的岁月，直至我自己也仿佛成为池塘中的一朵。

荷花的高洁、清新脱俗，象征着品德高尚的人，被历史上的很多文人称颂过。屈原曾吟诗"制芰荷以为衣兮，集芙蓉以为裳"，诠释了洁身自好的高尚品质；王昌龄的"荷叶罗裙一色裁，芙蓉向脸两边开"，恰恰体现了荷的纯真、脱俗；而最妙的却是周敦颐笔下的花之君子，他的《爱莲说》可谓千古绝唱。对于荷花来说，花中君子的赞誉实至名归。一句"出淤泥而不染，濯清涟而不妖"彰显人性的清高，"中通外直，不蔓不枝，香远益清"表达人性的磊落。荷花是君子的象征，人们因此愈发喜欢荷花。

凝视间，我想这世间有多少人如同这高雅、美丽的荷花呀！有多少人不惧风雨，一如既往地追寻梦想；有多少人不畏艰难，坚守内心的平静；有多少人不受尘世的纷扰，清清白白地活着。众多的世人不正是这满池的荷花——尽心尽力地开放，豁达淡然地谢幕，在有限的时光中绽放生命的美丽。

远去的夏日

街上传来一阵嘈杂声,打破午后的宁静。紧接着,哥哥急匆匆地跑回来,神色慌张地躲在后门处,见无人追进门,才探头探脑地走出来。

八岁的哥哥和小伙伴去村东头偷葡萄。谁知,非但没有偷到葡萄,反而被主人指名道姓地在街上追赶。最糟糕的是,慌乱中他还跑丢了一只凉鞋。凉鞋是母亲前几日花了十几块钱买的,哥哥穿上神气极了。可还没几天就弄丢了,想到这,不免为哥哥少不了挨骂而担心。

母亲回家后知道事情原委,便去葡萄主人家拿回哥哥跑丢的鞋。她把鞋丢给哥哥淡淡地说:"鞋丢了可以找回来,有些东西丢了就找不回来了。"哥哥听完,低下头,脸上白一阵红一阵。母亲的话,我似懂非懂,隐隐约约觉得,是不该觊觎别人的东西的意思。

那个夏天,哥哥被父母罚抄了两本书。从此,小伙伴再来怂恿哥哥,东家的枣子红了,西家的梨子黄了,他也不为所动。

暑往寒来,转瞬到了第二年春天。积雪化了,冬麦返青了,新绿染遍了田野。一日,母亲乐滋滋地捧回两株葡萄苗,把它们栽植于后院中。她告诉我,这些果树发芽后就会结果,到时候想吃多少,就吃多少。于是,我天天站在葡萄藤下,盼着它们快快长大。

当两株葡萄藤伸出细嫩的藤蔓,冒出嫩红的叶子时,我便憧憬着满树葡萄的盛景。母亲趁着周末,和父亲为葡萄藤搭了个小小的棚架。葡萄藤像懂得我的心思一样,细嫩的藤蔓顺着棚架拼命向上爬,争先恐后,谁也不愿落下。渐渐地,叶片褪去嫩红,像张开的手掌,又大又密,片片青翠铺满枝蔓,直至变成两座翠绿的凉棚。我天天站在藤架下,满心欢喜地等着它们长出满架葡萄。

一日,我惊喜地发现铺满绿叶的棚架上挂着一串串淡黄色的花絮。没几天,花絮上结了一粒粒小小的绿球。"葡萄——"我惊叫一声,喊来母亲,喊来哥哥，也喊来了左邻右舍的小朋友们。从此，小朋友们有事没事总来我家凑热闹。那年葡萄结得并不多，数得清的十来串。而我日日守望着青葡萄，像守着一座宝库，一边咽着口水，一边耐心等待着葡萄成熟。

葡萄渐渐成熟了。邻家的小孩们闻着香，一趟一趟地来串门，什么也不说，就那样喜滋滋地盯着架上的葡萄。胆小的只是眼巴巴地望着，胆大的趁人不备跳起来摘葡萄。我看见了别人摘我还没吃到嘴里的葡萄，非常生气，而父母亲总是笑着说："葡萄熟了，和小朋友一起吃。"

终于，可以摘葡萄了。母亲剪下成熟的葡萄，洗干净分给邻居的孩子们。那日，整条小街都荡漾着葡萄的醇香。

意犹未尽的我，又开始盼着下一个夏天。

寒来暑往，朝来暮去，葡萄越结越多，越来越甜。后来，我们一家随父母亲离开了家乡，搬往一座陌生的城市。

从此，葡萄藤经常出现在我的梦里。

多少年后，再回故乡。

院里，两棵葡萄藤枯瘦的藤蔓攀在棚架上，它们如同年迈的老人，寂寥、羸弱。葡萄藤老了……我无限怅惘地望着，却意外地发现——半黄半绿的叶下，垂挂着几串葡萄，稀稀拉拉，却透着坚强和执着。

我立刻摘下葡萄，和年迈的父母一边品尝依然香甜的老葡萄，一边听他们诉说着童年的陈年往事。恍惚间，我仿佛回到从前。眼前出现了一幅熟悉却遥远的画面：因偷葡萄而狼狈不堪的小男孩，日日站在葡萄树下的小女孩，眼巴巴地瞅着葡萄的邻家小孩儿们……

阳光下，一粒粒瘦小的紫葡萄，颗颗闪着光，犹如一个个平淡而又珍贵的日子，闪烁在记忆深处。

阿 黄

赶在照相机发出"咔嚓"声之前，一只黄色的土狗傲娇地出现在镜头里。

拍这张照片时，父亲也才二十岁。这张摄于五十年前的全家福，被父亲珍藏在影集里。照片的左边有一只狗，它半蹲在地上，竖着两只耳朵，既威风又开心。对，它就是父亲说的家庭成员之一——阿黄。

我是听着阿黄的故事长大的，觉得它很了不起。虽然从照片上看，它就是一只普通的土狗，但是，它的聪明、忠诚、尽责、通人性，的确特别。

父亲不喜欢养动物，可是提起阿黄，眉眼里都是笑意。他说，20世纪50年代的农村，很多家庭有六七个孩子。大人们通常忙着生计，手里有干不完的活儿，哪有时间照顾孩子。吃完午饭，奶奶带着十几岁的大姑忙着织布，把两三岁的三爸丢给只有六七岁的三姑照看。天黑了，一家人围着饭桌吃饭，这才发现三爸没回来。爷爷、奶奶慌了，连忙带着大点儿的孩子分头去找。夜色越来越浓，朦胧的月光衬着黑夜，四周安静极了。小脚奶奶走不动路，只能在村里一家一家找。

爷爷一人走在空旷的田野，却看不到三爸小小的身影。那时，夜里经常有狼出没，爷爷心里一惊，莫不是被狼叼走了。"阿黄，你去那边找找小六。"爷爷说。阿黄好似听懂爷爷的意思，朝爷爷所指的方向奔去。大概过了半个小时，一家人在村口看见一孩一狗摇摇晃晃地走来。阿黄一路摇着尾巴，一路叫着护送着三爸。从那以后，阿黄在家人的眼里，再也不只是一只狗了。

那些年，家里男孩子多，口粮不够吃，爷爷身体不好，干不了重活，就养了几只羊补贴家用。奶羊下奶了，几个男孩子就被安排一早去镇上送羊奶。阿黄不放心，天天跟着，不管刮风下雨，从不落下。送完羊奶，它像家长一样再送他们上学，看着爸爸兄弟几人进了学校，才转身回家。

奶奶养了一辈子小猫、小狗，对待它们像家里的小孩子一样，她尤其喜欢阿黄。

有一阵县里安排打狗，奶奶不忍心养了很多年的狗被打死，偷偷地把阿黄藏起来。后来，还是被人举报，眼看保不住它。一天夜里，奶奶哭着对阿黄说："家里怕是躲不过了，你自己跑吧，能跑多远跑多远，千万别被打死。"奶奶解开狗绳，拍拍它的脑袋，示意它快跑。阿黄竟然像听懂了，起初不愿离开，后来被奶奶赶走，临走时，竟然呜咽着流出眼泪。

　　打狗风波终于结束了。一个深夜，阿黄拖着一身疲惫，悄悄躲在家里的柴火棚里。奶奶早上烧饭取柴时意外地发现它，已经瘦得不成样了。那时天麻麻亮，它拖着瘦弱的身体围着奶奶转了几圈，打算离开。奶奶叫住它，抚摸着它的脑袋说："阿黄呀，不走了，过去了，你也算命大呀！"

　　从此以后，阿黄更是尽心尽力地看家护院，做着力所能及的事情。

　　阿黄终归老了，最后的时光它不吃不喝，任凭奶奶和家里人想尽办法，它都一口不吃。大概料到自己没有几天光景，它在一个寒冷的夜里悄悄离开家，最终，死在离家四五里路的野地里。我很不解地问奶奶原因，她说，有灵性的狗是不愿意死在家里的，怕家里人伤心。

　　那张有趣的照片因为有了阿黄，而愈发珍贵。在我心里，它不仅仅是一只狗，更像一位逝去的家人。

小镇的夏日

小镇只有一条主街，顺着这条街道向北通往省城，向南是莽莽青山，一如祖辈远远守望着故土和家园。

晴好的日子，山绿得发蓝，隐约可见半山腰的民居。天越蓝，白色的屋舍愈发干净，像散落在翠玉盘中的珍珠。阴雨的日子，山的轮廓氤氲在白色的水雾中，空旷迷蒙看不真切。

清晨，5点多钟，小镇被树上小鸟欢快的嬉闹声唤醒。东方隐隐露出红光，投射在两排高大的梧桐枝叶上，落在浅灰色的苏式建筑物上。宽阔的街道，早起的人们，都笼罩在晨曦里，像一幅巨大的剪影，光影里的小镇上平添了几分神秘、肃穆。

镇中心的位置有几家卖早点的。天微亮，随着吱扭一声，男摊主熟练地打开木门，架锅生火，女人麻利地擦洗厨具，他们偶尔抬起头交换眼神，或者吐出几个简单的字，就匆匆低下头忙碌自己手里的活儿。他们熟练地揉面，炸油条，给灶头里添煤，他们是默契的，语言交流都仿佛是多余的。简短的交流也无外乎"面发好了没""数数钱够不够找零"，或者叮嘱"红豆稀饭不要太稠了，免得后边加水稀释口感不软糯"等。他们有一搭没一搭地说上几句，手里一直忙碌着。

6点多钟来吃早点的客人，免不得和店家拉上几句家常。"稀饭太稀了吧，明天可不能这样了。"他们一边喝着红豆稀饭，一边嚼着酥黄脆香的油条。"现熬的，5点多就架火上了，火候欠点。"这时，女人瘦削的脸上露出一个浅浅的笑，转身瞪了一眼闷头做事而一言不发的男人。

街上渐渐有了生气，吃早点的人越来越多。

工厂在街道的最南边，这是一家万人的国有工厂，住宅和生活服务区从南至北分布在街道的两边。汽车的汽笛声，自行车的车铃声，上班族的聊天声，上学的嬉闹声，从四面八方传来，交汇在一起，像一首活泼、喧闹的曲子。整条街兴奋、躁动起来，如刚梳洗好的姑娘踩着高跟鞋，伴着热切的目光从街那边走过来。

　　太阳越爬越高，才9点多钟，就蹿到镇子的上空。它挥舞着火红的火芯子，肆意地抛向小镇。深绿色的山远远地站着，雄壮挺拔的山脊将一束束晃动的火芯子揽进怀里，直至融进一片深绿中。

　　中午，街上没有几个人，沿街店铺也没有开几家，索性回家休息，下午太阳快落山时再开门营业。偶尔能看到被拴在梧桐树下的小黑狗，四肢慵懒地躺在地上，吐着红舌头呼呼地喘气。白色大冰柜被商家拉到树下，讲究点儿的商家会再撑起一把大伞，这样方便购买冷饮的顾客乘凉。有顾客靠近，坐在竹椅上的店家懒懒地瞟一眼，吐出三个字："自己拿。"如果有人在冰柜里乱翻一阵，他会腾地一下起身，瓮声瓮气地问："到底要哪个？"来人这才不好意思地付钱走人。

　　小镇最热的时候，若寻一棵枝叶繁茂的梧桐树下停留片刻，热浪会消退很多。再来一根冰棒咬在嘴里，从后脑勺到脚后跟都是凉的。夏天，冷饮的生意好得出奇，什么啤酒、饮料、冰激凌，从早到晚，都不够卖。

　　好不容易等到太阳落山了，小镇又沸腾了，这是一天中最热闹的时光。

　　街两边卖西瓜的最多，一车一车滚圆的大西瓜欢欢喜喜被人抱回家，那些卖葡萄、苹果等水果的摊位显得冷清很多。

　　夜晚悄悄降临，小镇被五彩的霓虹灯装扮得异常绚丽。这时，人们往往拥到电影院或者夜市。

　　电影院在街道的最北边。每到傍晚，电影院的铁栅栏门周围站满了年轻人，他们三五成群地凑在一起，大声打趣的，窃窃私语的，期待和兴奋洋溢在每张脸上。这是小镇最快乐的时刻，连路灯都咧开嘴，投下活泼的光，光影在年轻人热烈的交谈中悦动。

　　门口检票的是一个涂着口红的漂亮姑娘，十八九岁的样子，娇嫩得如一朵出水的芙蓉。她刚刚顶替了母亲的工作，这个消息一上午的工夫就传遍小镇的每个角落。新上映的电影五角钱一场，很多人总是等到半个月之后两角钱一场的时候才舍得看。自打姑娘来了，新上的电影场场爆满。尤其开心的是小镇的青年们，能和漂亮的检票员聊上一句，比什么都开心。

夜市是小镇一天人流量的高潮，众多的摊点分布在镇中心街道两边。这是一天最放松的时间，撸串、喝啤酒、吃海鲜，以及各种卤肉等。谁能想到，这竟是小镇几十年以来不变的烟火。

各种各样的灯箱上醒目地标注着各地的小吃，天南海北，五味俱全，令人咋舌。其实也不稀奇，小小的镇子因为有座好几万人的工厂，聚集了五湖四海的人，自然也带来了故乡的不同味道。例如：南京老鸭汤、上海生煎包、温州大馄饨、重庆烤鱼、四川串串香、东北酸菜饺子……美味应有尽有。恍惚中，让人忘了身处何地。

镇子的街道不长，看完电影，吃完夜市，散着步慢慢走回家。

夜越来越深，南山渐渐隐匿在黑色的夜幕里，一如既往地守护着小镇。天幕升起一轮明月，无限温柔的银光轻轻泻在小镇的树上、房屋顶上，以及路上，轻轻吟唱着一首甜甜的月光曲。小镇完全褪去白日的暑气，凉爽的风从街的尽头吹来。这是下山风，带着淡淡的草香，裹挟着湿润的泥土味，将小镇慢慢浸润，浸润……

路边的草丛里，低低的虫鸣似夏夜在呢喃，"嘶——嘶——嘶——"的声音回荡在小镇的夜空，小镇在静谧的夜里也睡着了。

多少年了，几代人在这里繁衍生息，不管籍贯在哪里，小镇永远是真正的故乡。

又见柿子红

傍晚,我在公园里散步,发现湖心岛上有几棵柿子树。柿子树上缀满了亮晶晶的柿子,与天边的晚霞交相辉映,宛如画卷。望着这片艳丽的红霞,幼时摘柿子的记忆突然鲜活起来。

那是多么温馨的一幅画面——秋高气爽的午后,抬眼可见瓦蓝的天空,堂哥带我们和邻家几个小伙伴一起摘柿子。男孩子在堂哥的指挥下爬上柿子树,女孩们站在树下捡拾掉下来的柿子。待男孩子像小猴子一样爬上枝头,找到合适的树杈间站定,堂哥就会递上事先绑好的长竹竿。竹竿有两三米长,顶部有一个钩子,钩子下边有一个敞口的布袋,盛放摘下来的柿子。那些熟透的根本夹不住,稍稍一碰,就吧唧掉下来,摔得稀巴烂。

硬点的柿子摘起来虽然费劲,进入布袋的概率却很高,即便掉下来,也不会摔破,最多蹭破皮。这些柿子颜色已经变红,却还没熟透,如果忍不住咬一口,甜中带涩,口味稍差。放上几日,待它们变软,吃起来绵软香甜,回味无穷。运气好的话,能摘到熟透的柿子,不待撕掉皮,轻轻咬破一个口,小口嘬吸,用手慢慢挤压,丝滑的柿子泥慢慢滑过舌尖,一直甜到心头。

摘柿子是一件美妙的事。掉进布袋的柿子就像进球一样,迎来孩子们"哦——进了哦——"的欢呼声;如果掉到地上,就会呼啦冲上前伸手去捡;万一掉下来摔了个稀巴烂,大家会拖长音调"哎——哟——"叹息一声。随即,仰起脸,兴奋、期待地盯着树上的柿子,目光随着男孩子手中的竹竿,一起一落,快乐洋溢在每张稚嫩的脸上。树上的男孩子会越爬越高,堂哥站在树下要把控大局,否则,呼喊声容易影响爬树人的判断力和安全。

路过的孩子们听到院里叫喊声也会迅速跑来,兴奋地参与到摘柿子的活动中。本来树上只有一两个孩子,后来,越来越多,树枝间蹲着的、攀爬的、站着的,有趣极了。柿子不是稀罕物。因为柿子树有一生一世,红红火火的寓意,农家的庭前屋后都有它们的身影,所以今天摘了这家,明天就去摘那家。虽说是在摘柿子，却更像是一起做游戏，只有大家互相配合，采摘的果实才显得更加美味。

最后，树顶上总要留下几个柿子，这是规矩。每次奶奶都会站在树下叮嘱："柿子不要摘完，顶上熟透的柿子，留给鸟儿吃。"这时，男孩们会在胜利的欢呼声中跳下树，采摘的喜悦久久回荡在院里，这恐怕也是柿树最开心的一天。

夜幕降临，擎着一盏盏红灯笼的柿子树，此刻也隐匿在夜色里。身处城市的它们，一年又一年，绿了，红了，红了，落了，无人采摘，还好有鸟儿相伴相依。而我童年的柿树，是一幅充满童趣的画，是一代人甜蜜的回忆。

秋意渐浓爱更浓

直至汽车的后备箱再也塞不下了,母亲才满意地直起腰。她一边拍打身上的灰尘,跺跺鞋上的泥巴,还不忘叮嘱我吃完了回来再拿。

"南瓜爬了一地,茄子、丝瓜挂满枝……抽空回来摘哟!"电话那端母亲兴奋地说着。那一刻,丰收的味道扑面而来,我的内心充盈着无尽的喜悦。我心里清楚,母亲想我了。

周末是一个秋高气爽的日子,我迫不及待地向家冲去,看望年迈的父母亲。"走,带你去采摘秋天。"父母亲挎着竹篮,笑盈盈地站在院门口等着我。

秋天的农庄,目之所及,皆是风景。一个转身,一个回眸,稍加留意,眼前便是一幅幅色泽柔美的油画。这里的秋是随意的,似乎漫不经心,却又无不藏着酝酿已久的浪漫,绽放令人心动的美丽。放眼望去,这儿是一片绿油油的蔬菜,那儿是果实累累的玉米搭起的成片的青纱帐,在蓝天的映衬下,既纯美又壮观。地头的小河沟更是惊喜连连:瞧!野草里零星开放的野菊花,金黄金黄的直晃人眼;纤细的一年蓬擎起粉白色的花瓣;几株凤仙花,一株桃红开得正浓,一株竟开着素雅恬淡的白花,一红一白鹤立鸡群般挺立着,相映成趣。农庄的秋,简单朴素,明朗美好。

我陪着父母亲慢慢地走到一面土坡前。坡顶种着南瓜,南瓜藤蔓顺坡匍匐向下,如一条条蜿蜒流动的碧水,在微凉的秋风中摇曳着、闪动着。一个个硕大的南瓜藏在藤蔓、绿叶之间,不仔细看就很难发现。父母亲带着我数着藏在叶下的南瓜,一个、两个、三个……看,那里还有一个,他们弯着腰认真地寻找着。我心里明白,父亲和母亲每日不知要数上多少次,这些南瓜就像他们的孩子一样,长在哪里没有人比他们更清楚了。

母亲突然像孩子般天真欢愉地喊着:"你看,这个南瓜调皮不,我天天来,都没有发现它呀!"顺着母亲手指的方向,一个足有四十厘米长的南瓜慵懒地卧在几朵粉紫色牵牛花下。怪不得呢,南瓜藤和牵牛花藤交织在一起,为它搭上一床小花被。母亲含笑凝视着南瓜，那宠溺的眼神仿佛在注视一个活泼任性的小孩，而不是南瓜。七十多岁的父母亲一定要自己摘南瓜，那坡虽说不陡，但是脚下横亘着各种植物的藤蔓，稍不留意就会被绊倒。在他们心里，亲手采摘是多么幸福的事。母亲缓缓地蹲下，轻轻地扭动瓜蒂，慢慢捧出一个精壮敦实的大南瓜来，以一种赞叹的深情注视着南瓜。母亲得意地说："你看，我和你爸种的南瓜结得最多。"她小心翼翼地把摘下的南瓜递给父亲，再由父亲放进坡下的竹篮里。父亲慢慢走下坡，像捧着一件艺术品，神情庄重又带有收获的欢愉。

坡下种有几行茄子，枝上挂满了长长的紫茄子，在秋阳下闪动喜悦的光。挨着小路是几株丝瓜，它们的藤蔓缠绕在几根细竹上，挂满大小不一的浅绿色的丝瓜，像一道绿色的屏障。眼前的丰收景象，多像含辛茹苦的父母，用辛勤的汗水浇灌着儿女，成就着儿女。

夕阳下，农庄的上空飘着淡蓝色的炊烟，各家各户的小院里飘荡着浓浓的饭香。餐桌上摆放着焖南瓜、炒丝瓜、青椒炒茄子等几盘简单的菜肴，母亲不停地为我夹菜，父亲张罗着泡上一壶菊花茶。虽不是珍馐佳肴，却也是一餐盛筵，口齿间醇香的滋味不仅是秋的馈赠，更是父母的给予。

暮色里，我在父母的注视下缓缓离去。我知道，在我转身之后，牵挂和思念便在那一刻又生根发芽了。

秋日私语

我喜欢秋天，喜欢它明净高远的碧空，醇香飒爽的秋风，绚丽丰饶的大地，悠远缠绵的秋雨。

行走在秋的世界里，如同行走在迷人的画卷里，让人惊叹，匠心独运；如同品尝香醇的佳酿，让人陶醉，回味悠长；如同徜徉在一首优美的旋律里，让人沉醉，思绪万千。秋，更像一位温柔美丽的母亲，轻启朱唇，向世人娓娓道来。

秋，是抬眼可见的迷人画卷。

秋高气爽的日子，来到郊外。天空一碧如洗，暖阳和煦，如水般轻轻洒下，光与影在天地间流淌。碧空下，娇红的枫叶宛如满树的星星眨巴着眼，银杏树放飞一把把金箔扇在空中打着旋，闪着光，高大的柿树挂满了笑盈盈的小柿子，一个个红彤彤、油亮亮，在黑褐色的虬枝间荡秋千。几个顽童，爬上柿树，拿着竹竿夹柿子。那些熟透的，稍稍一碰，吧唧掉下来，摔得稀巴烂；掉进布袋的柿子如同赛场进球，精彩的瞬间迎来同伴的欢呼声。

田间地头，放眼望去。成片的稻谷泛起金波，高粱挥起跳动的火把，玉米托起棕红的胡须，它们携手在秋风中描绘丰收的画卷。这是忙碌的季节，大地因此变得热闹起来，有人在收割，有人在下种，空气中传送着丰收的喜悦。现代化机械有条不紊地工作，站在田间的老人们，偶尔捡拾起遗落的谷穗，纯朴的脸上荡漾着幸福的微笑。

秋，是随处可饮的琼浆玉露。

大街小巷，桂树处处可见。不论是公园庭院，还是街角路边，到处都有它们的身影。秋风乍起，一树的桂花被轻轻唤醒，一朵朵、一粒粒羞怯地挤在一起，悄然绽放在叶腋间，散发出沁人心脾的幽香，如同斟上一盏盏美酒佳酿。这时，若深深吸上几口，整个人都像是浸润在香甜、绵软的桂花酒里。

街头挤满盛开的菊花，独有的一股股清香，弥漫在空气中，吸上一口让人神清气爽，心旷神怡。真可谓"冲天香阵透长安，满城尽带黄金甲"。

秋是五谷丰登、瓜果飘香的季节。夜幕降临时，一个人或几个好友，坐在路边的长椅上，就算什么都不说，单单沉浸在丝丝缕缕的清香中，就会沉醉在秋的纯露里。

秋，是随时可听的优美旋律。

游弋的雁群自由盘旋在空中，和掠过的云雀一起鸣叫，如无数个音符响彻天际；风把树叶吹得哗哗作响，时而如丝竹发出悦耳的声音，时而如琴键敲下的激烈的重音。天和地，雁雀和树叶，一唱一和，奏起最美妙的交响乐。

旋律里怎能没有秋雨！秋雨不像春雨那么细腻，不像夏雨那么狂野，更不像冬雨那么冰冷。它是神奇的，滴在树叶上，红了枫叶，黄了银杏叶；滴在水果上，红了苹果，红了石榴。漫步在秋雨中，随着心脏的跳动倾听雨的节奏，一滴、两滴……

听！绵绵秋雨在细诉，忽而喃喃私语，忽而滔滔不绝，忽而浅浅偷笑，忽而低吟感叹……

秋是四季中最美的岁月，我爱秋天。

霜 菊

连绵的秋雨终于停了，初晴的清晨，我迫不及待地走进公园。

当东边的天空显现一片红光，天地间仿佛披上了一层轻柔的纱衣，朦胧中透着清冷。又到霜降时，天已渐凉雁南飞，一幅草枯叶落的悲凄景象。我一边惋惜着，一边踏着落叶向前走。蓦地，眼前一亮，一大片明艳的花色映入眼帘，光彩熠熠，耀眼夺目——原来是路边几丛傲然绽放的菊花。

菊花在冷清中兀自开放，默默装扮着雨后初晴的清晨。一丛一丛的菊株，浓郁葱茏，自成风景。深绿色的枝从根部十几厘米处分出许多细茎，不蔓不枝，凭着一股蓬勃向上的劲头，用擎起的一把把花伞点缀萧瑟的深秋。那些绿色的茎或直或斜，布满着卵圆形带着锯齿的绿叶，似一根根绿色的羽毛包裹并托举着它们的茎，是那么团结、齐心协力。

我惊叹于菊的生长历程。春天，从扎在泥土里的老枝上萌发出新芽，就不紧不慢地藏在角落里。它不像旁的植物，见风就长，没几天工夫就蹿成高大健壮的模样。可谁又知道，到了秋天，菊将它蓄积的所有能量一并迸发，绽开枝头的花苞蕴含着无穷的力量。霜降的日子，草木凋零，而菊花却傲然枝头，粲然怒放。白居易在《咏菊》中写有"耐寒唯有东篱菊，金粟初开晓更清"的诗句，字里行间无不表达对菊花不畏凌寒品质的赞赏之情。

我望着这一丛丛或黄或紫的菊花，内心充满喜悦。仔细看那黄的花、紫的花，含苞的，清新可爱，懵懂纯真如一个个嘟着小嘴唱歌的娃娃，开心地露出嫩生生的小乳牙；绽放的，由外向内渐次打开层层叠叠的花瓣，一丝丝，一层层，围着花蕊向四周翻卷着，伸展着，每一丝都微笑着尽情绽放。盛放的菊花，千姿百态，娴静优雅，比张开的手掌还要大。如果不留心，怎么知道仅仅一元硬币大小的花苞竟然蓄积了如此巨大的力量！我知道，面前的每一朵菊花都深含着对秋的挚爱，要不，怎么会在草木枯零的清晨，独独盛放在秋的怀抱里？当晨曦洒在花团锦簇的菊株时，我分明感受到了生命最壮美的赞歌。

如果说春风吹醒了万物，吹开了姹紫嫣红的春花，吹响了四季轮回的新篇章，那么菊花便是四季最深刻的回眸，是回馈大地最美的礼物。菊花在寒风中傲然绽放的激情与风采，让我震撼，并生出深深的敬意。

忽然，一阵秋风吹过，无数落叶在空中飞舞，仿佛在落幕前为菊的恬淡鼓掌。转瞬，空气中弥漫着阵阵若有若无的清香，丝丝缕缕，沁人心脾。仔细嗅几下，那芬芳中竟藏着淡淡的药香，令人心旷神怡。

菊花被赞誉为花中君子，在无数文人墨客的诗作中频频出现。如"秋风扫尽闲花草，黄花不逐秋光老"，倾情表达了菊花不畏时光的从容洒脱；"欲知却老延龄药，百草催时始起花"无不流露出苏东坡对菊花品性的赞赏之情；而陶渊明的"采菊东篱下，悠然见南山"将菊花的恬淡与人的淡然处世融为一体，意味深远。

盛放的菊花固然潇洒自在，然而凋零的菊花是震撼的，是壮美的。它不比旁的花，一片一片，一瓣一瓣地飘零那么凄美，它的凋零更像一件绝美的艺术品，独一无二。凋零的菊花，依然保持挺立的姿势，如同初放时紧紧围拢在一起。一朵菊花就是一尊雕塑，诠释了生命的执着与努力，那一刻，时光凝固了。

菊花，从含苞到凋零，永不落幕，因为它在我心里已然定格成一道壮美的风景。

蜡梅花开

　　清晨，推开窗户，一股冰凉的空气挟着阵阵幽香，丝丝缕缕直入心底。我看到窗外那一树的蜡梅开花了，思绪随着那星星点点的柔黄回到我的母校。

　　我的母校是一座美丽的乡村学校。它区别于别的学校，目之所及皆是如画般的风景。春天有金黄的迎春花，夏天盛开着娇羞的蔷薇和如烟如雾的紫藤花，秋有挺立寒霜的菊花，冬天有傲然绽放的蜡梅。各种大大小小、高高矮矮的树木错落有致，不论是挺拔婀娜的柳树，还是一排排高大的水杉、秀丽的国槐，每一处都是一幅清新柔美的水彩画。校园里弯弯曲曲的小河、几座小石桥、几处假山、一小片竹林等，这些常常出现在我脑海的画面，出自母校辛勤的园丁之手。这些花草树木中，我最喜欢那株蜡梅。

　　初识蜡梅的情景，我至今难忘。那是一个冬日的午后，上四年级的我参加镇上作文大赛获得一等奖，还未来得及高兴，就因为练习过同类题材的文章而被取消评选资格。我一个人徘徊在校园，心情极度低落。突然被一股若有若无的幽香吸引，大冬天哪来的香味？我循着香，一路找到廊前的花台处，发现一棵很特殊的小树。它的枝干是丛生的，漫不经心地向四周伸展开。黑褐色的枝条上结满一粒粒黄色的花，有的还是花苞，有的已然盛开，若有若无的香气竟然来自它。我仔细瞧，那一朵朵柔黄、娇小的花朵静静地绽放，每一朵都带着盛放的光芒，仿佛在枝间默默含笑。我见识过春的烂漫，夏的热烈，秋的浓郁，却没见过冬的纯美。这小小的蜡梅花，就这样独自绽放，不惊扰任何人。我的心情随之恢复平静，那一刻起，悄悄喜欢上它。

　　我喜欢蜡梅，不只是喜欢它的幽香和冷傲，更喜欢它愈是寒冷，愈是灿烂地绽放的气节。临毕业的那年冬天，一场大雪下了三天三夜，校园被厚厚的白雪覆盖，校舍、花园里银装素裹，如雪雕般壮观、震撼。那晚下自习后，我经过蜡梅树旁，被它安静、孤傲的美深深打动。雪后天空升起一弯淡黄色的月牙，冷冷的银辉落在蜡梅一根根雪条间，黄色的花被冰雪包裹着，像晶莹剔透的黄宝石，折射出璀璨的光芒。香气在冰冷的空气中回旋，突然我的脑海里跃入"疏影横斜水清浅，暗香浮动月黄昏"的诗句，我的心为之一动。

我喜欢蜡梅，因为它们像母校陪伴我成长的老师们。当年教我的大多是民办教师，他们把一生心血奉献给讲台，奉献给孩子们。这里的一花一木是他们课余时间辛勤耕耘的硕果，这里走出一级又一级出类拔萃的学生，是他们精心培养的见证。想到昔日那些老师给予我的过往，我的眼睛潮湿了。

此刻，院里的蜡梅在凛冽的寒风中盛放，我闭上眼，静静地吮吸它的幽香。这小小的柔黄盛放在枝头，星星点点，与挺立的虬枝，难道不是高雅与朴实、清高与坚忍的品质吗？这朵朵含香的梅花，像极儿时的老师们，虽然清贫不富有，却一如既往地坚守在教育岗位，始终如一地热爱乡村教育事业。

我喜欢蜡梅，喜欢它不取悦于别人，单纯只为绽放。

过年旧事

那年腊月，即将过年，父亲、母亲早早地备下走亲戚的礼物。

那时生活条件普遍差，好点儿的拜年礼物也不过点心、罐头之类的副食品。要说点心，那可是当时最美味的东西——粗麻纸包着，面上裹着大红色的油光纸，一根细细的麻绳扎起来，走亲串邻时就那样拎着。自打那十几包点心锁到柜子里，我就天天盼着吃到它，可往往要等到过完年有剩余的才能吃到。

大年三十下午，家里人忙着贴春联、挂灯笼、准备初一的饺子馅。大家忙进忙出，没人留意我，而我正被里屋柜子上放着的一包点心魔力般吸引着。点心那甜丝丝的味道不停在召唤我，我一边咂巴着嘴，一边幻想着父亲分给我一块。等啊等啊，天都快黑了。看来没戏了，我懊恼地想。突然，我的大脑闪出一个大胆的念头：悄悄拿走一个。

于是，我小心翼翼地爬上柜子，心里紧张极了，用颤抖的手指捅那层粗麻纸。我心虚呀，怎么也捅不开，而且越着急越捅不开。来来回回了捅了好几次，心都提到嗓子眼，终于一使劲，捅开一个洞。我兴奋不已，毫不犹豫地掏出一块装进衣服的小口袋，迅速穿过厅堂，一溜烟躲在后院的麦垛旁边。四下望望没人，我乐滋滋地掏出那枚点心，正要张开嘴……"好你个小家伙"，耳边传来父亲的声音。再看那块千辛万苦得来的点心，一转眼就跑到了父亲手中。父亲铁青着脸站在我面前，他一只手托着点心，一只手提溜着我，呵斥道："难怪你鬼鬼祟祟的，学会偷东西了，你才多大！嗯？不知道那些点心是走亲戚用的？……站着，别吃饭了！"父亲的声音威严而冰冷。望着他手里那块点心，我的眼里噙满委屈的泪水。

大年三十的夜晚很冷，家家户户门口的灯笼点亮了，红彤彤一片，整个村子都笼罩在一片朦朦胧胧的红光中，祥和而美丽。此起彼伏的鞭炮声，热闹的欢声笑语汇聚在一起，给辞旧迎新的夜晚增添了无限欢乐。小朋友们此刻正舒舒服服地坐在热炕上嗑瓜子、吃花生、听广播，而我又冷又饿，在大年夜里被孤零零地丢在院子里罚站。过年了还这样狠心，我一边责怪父亲，一边后悔偷点心。

也不知道站了多久，鞭炮声越来越小，整座村子恢复了寂静。随着门吱扭一声响，父亲出来了，他小声问道："知道错了吗？不经允许拿东西就是偷，自家的也不行，你懂了吗？"我似懂非懂地点头，跟着父亲回屋睡觉。那晚，我没吃饭，在饥肠辘辘中迎接新年的到来。

大年初一一大早，我睁开眼，竟意外地发现床边放着一个盛着一块点心的碟子。我愣住了，难道出现幻觉啦？揉了揉眼睛，没错，是点心！那香甜的味道多么熟悉。这时，父亲在厅堂里吆喝道："过年啦，孩子们，看到礼物了吗？"我立刻明白过来，兴奋地跳下床，小心翼翼地捧着这块珍贵的新年礼物。

那是1980年春节的故事。现在想起来，我心里都会泛起一股苦涩的味道。如今，过年谁还会惦记吃点心，但是，那年春节发生的事情让我一生难忘。

覃晓倩专辑

　　覃晓倩，笔名覃儿、心语，湖南省株洲市人。"简书"创作者、青年作家网签约作家，作品散见于《简书》《青年作家网》《运河桨声》《东南散文》《今日头条》《辉煌之旅》等。《写给2023年的自己》获得青年作家网征文大赛"优秀书信奖"，《故乡》获2023年全国青年作家文学大赛散文组二等奖，《赏株洲旖旎风光，品株洲人杰地灵》获第四届"全国青年作家杯"散文组一等奖。

故 乡

"故"是时间的距离;"乡"为记忆的度量。

记忆中总有那么一段烟花往事,仿若春天倒映在水中的一抹花影,在微风的吹拂下,便会泛起阵阵思念的涟漪,如烟似雾缭绕在静谧的时光里。

陶渊明笔下的"忽逢桃花林,夹岸数百步,中无杂树,芳草鲜美,落英缤纷",曾令无数人神往。

我想,属于怎样的仙境美景,才能让人亦梦亦醒。

而我的故乡就位于陶渊明笔下的湖南省常德市的桃源。

这里也是我半醒半梦中神往的"世外桃源",历史上这块"风水宝地"孕育了众多名人政客。

近代历史记载,江盈科就是"桃源人"。他是明万历二十年(1592)进士,历任长洲县令、大理寺正、户部员外郎,是明朝晚期文坛公安派的重要成员之一。

清朝进士罗人琮也是"桃源人",民国时期的中国"宪政之父"宋教仁曾呱呱坠地于此。

故乡有块富庶之地,由沅水下游冲积而成,土地肥沃,四季分明。它是桃源的一首民谣"金丹洲,银木塘"中"银木塘"的"木塘垸乡"。

这里一面依山,三面临水,气候舒适,耕种条件适宜,盛产水稻、油菜、棉花、蚕豆和小麦。

这里的人们朴实诚恳,一辈子任劳任怨、辛勤劳动,种着自己的田地,过着自给自足、怡然自乐的生活。

故乡的老屋坐落在一面小山坡上,遂美其名曰"山坡"。

但却无山,只有一面长长的坡。坡上被勤劳的人们层层开垦,种上了红薯、棉花等庄稼,让原本荒芜的山坡变得生机盎然。

弯弯曲曲的村路,曲径通幽,路旁房屋鳞次栉比,不甘落后的树木郁郁

葱葱，菜地满目油青，好似老坑翡翠。

近看，鸡、鸭在院中闲庭信步，小鸟们在树枝上打情骂俏，顽皮的猫猫、狗狗在花丛中与蝴蝶追逐着，好不热闹。

在农忙时节，天未亮，母亲便吆喝着孩子们下田劳作。

那时的我，虽极不情愿，但碍于母亲的威严，也不得不挣扎穿衣起床，待我揉着惺忪的双眼，慢吞吞地走出家门时，母亲和姐姐早已不见了踪影。

后来，就因为去农作时间晚了一会儿，便挨了母亲好一顿训斥，彼时彼景犹如此时此景，记忆犹新。

母亲长相秀气，但性格刚毅，行事风格和言语态度雷厉风行、铿锵有力，一生要强，从不示弱。

那时的母亲作为妇女主任，其能干程度传遍十里八乡。

听奶奶说，母亲很年轻就嫁到了夫家，那时她年轻气盛，脾气执拗，得幸于奶奶明事理、心胸宽厚，将母亲视如己出，家庭大小事务全交由母亲掌管，任其统筹调配。

关于母亲，我是十分感激她的。父亲长年在外工作，所挣工资只够自己温饱。

可想而知，母亲带着我们四姐妹是多么的不容易。可我却从未听母亲抱怨过生活的艰辛。

或许就是因为母亲这种吃苦耐劳的品质，让我学会了坚忍，学会了吃苦，学会了坚强。

也因为母亲的能干，在实行包产到户后，家里的条件逐渐得到了改善，生活也好了起来，每年的粮食也多得吃不完。

待腊月来临，母亲便早早地请人到家里杀猪，好酒好菜招待，临走还不忘送一块肉给他。

记得小时候在田间劳作，最害怕的就是稻田里那形态像蚯蚓一般的蚂蟥，吸附在腿上甩也甩不掉，只好硬生生地将它们从身体上强拉硬拽下来。

然而，令人开心的是，稻田里除了蚂蟥，还有泥鳅。

我和姐姐常常会趁母亲不注意的时候，偷偷地边拔草，边捉泥鳅，然后带着露水，携着清晨的阳光，跟在母亲的身后，一蹦一跳地满载而归。

清晨的村庄，炊烟袅袅，偶尔传来几声狗吠和公鸡的啼鸣。

在灶前忙碌的奶奶被燃烧的柴草映红了脸庞。那一缕缕炊烟里，弥漫着饭菜的清香。

姐姐在屋后的台阶上洗着全家人的衣裳。而此时的我，搬一把椅子来到菜园，对着满园的瓜果、蔬菜、绿植，大声地朗读，引来了蜜蜂在花间翩翩起舞。

栅栏上开得正欢的月季也陶醉在了这优美的文字中，一个劲儿地鼓掌。

野菊睁开了惺忪的双眼，好奇地从绿草丛中探出了头。

我喜欢这样带着诗意的清晨，温暖而又充满了力量。

幸福的感受总是在经历过困苦后才倍感深刻。这不免让我回忆起那段久远的时光。

记得还没包产到户时，家家户户出集体工。那时我和妹妹年纪尚小，家里只有妈妈和姐姐参加队里的劳作。

由于劳动力有限，每日所得工分微薄，每逢过年时节，队上杀猪分肉，我们家因为是"超支户"，没有资格享受这样的待遇。

母亲怕我们眼馋，就叮嘱我们留在自家，不要串门。

回想起来，那段岁月虽艰苦，但却也乐在其中，真是少年不识愁滋味，母亲交代之事照做便是了。

乡村的傍晚，每当夜幕降临，奶奶便会点上一盏煤油灯，放在桌子的中央。在昏黄、微弱的灯光下，我和妹妹便开始学习。奶奶总也不闲着，在我们身后不远的地方或纺纱，或剁猪菜；妈妈则忙着做全家人的鞋子。那时日子虽清贫，但也算平安顺遂。

艰苦的日子里也有令人惊喜的事。父亲还未成年时，在队上认了一位干爹。我那时叫他继爷爷。继爷爷是大队（现在叫村）的书记。

那两年，每到大年三十晚上，继爷爷会趁着夜色赶来家里，急促地叩响

大门，走进屋，便直接从上衣口袋里掏出四元钱，递给我们姐妹，每人一元。

那时的我们甭提有多高兴，将钱拿在手上左瞧右看，蹦蹦跳跳，就连睡觉都攥在手里不舍得放下。

我十岁时，姐姐和妈妈相继去了父亲工作的城市。隔年，我也在朋友的帮助下，被送到父母亲的身边。

依稀记得那天离开时的情景。我独自伫立院中，久久凝视而不舍得离开，没走几步就忍不住回望，不知道一别何时才能再回了。

又过了一年，母亲特意回了一趟老家，接妹妹和奶奶。

可是，奶奶舍不得老屋，执意不肯离开。拗不过奶奶的母亲只好带着妹妹先行离开。

于是老屋便只剩下年迈的奶奶，在秋去冬来、寒来暑往里，伴着孤灯，守着一窗明月，背影孤寂，没个人说话。

尽管奶奶舍不得老屋，可毕竟年纪大了，家人实在放心不下，不便将她一个人留在那里。奶奶最终在一个阳光洒满村落的清晨，被叔叔接到了让人心驰神往的桃源。

奶奶走后，老屋就真的空了……

日子一天天地过去，老屋也随着时间的流逝如风烛残年的老人，岁月在它身上留下了深深浅浅的印迹。

但它依然守护在那儿，在不知不觉之间，凝成了我心底挥之不去的、淡淡的乡愁与深深的眷恋。

蓦然回首，从我十一岁离开故乡至今已有几十个春秋。其间，除了奶奶病故，我只回过一趟老家。

此后，我便再也没有回去过，不是因为遥远，也不是因为不想，而是身不由己。

时常在梦中听见奶奶在老屋里呼唤我的乳名，答应着醒来，是梦，怅然若失，徒增无限思念和惆怅……

故乡是我永远割舍不下的牵挂。无论走到哪儿，故乡在我心里都要比别处亲切些、温暖些、安定些。

此刻正是春暖花开的好时节，想必桃花源的桃花也要开了。

如果你也对陶渊明笔下的"世外桃源"充满神往，就来我的故乡桃花源看一场桃花雨吧。

循着陶渊明笔下的足迹，在春天的光影里采摘一束关于桃花源的故事藏于书页，慢慢去品味故事中的美好。

在梦中我回到令我魂牵梦萦的老屋，去找寻我最爱的奶奶的身影——她坐在院里，背对着我，我唤一声："奶奶，我回来看您了！"

株洲风光

　　株洲是一座拥有着悠久历史文化的城市，集炎帝文化、工业文化、红色文化、民间文化为一体，也是一座优秀的旅游城市。

　　现在的株洲，被称为"工业新城""动力之都"，轨道交通享誉海内外。

　　株洲古称建宁，人杰地灵，先后出现了许多的传奇人物。例如，红色代表人物李立三、谭震林、耿飚、杨得志等。他们中有的是党和国家的领导人，有的是中国人民解放军优秀将帅，还有更多的人，用生命诠释了理想和信仰的伟大。

　　株洲还是一座"舌尖上的美味"的城市。

　　这里极其传统，却又极其包容，沿江路深秋的木芙蓉、肃穆的炎帝广场、喧嚣的建宁老街、总是灯火通明的希尔顿酒店和王府井商场……构成了这座城市建筑独有的古朴风情。

　　说起王府井，大家一定会联想到北京的王府井。很遗憾，我没有去过北京的王府井，自然不知道北京王府井的奇妙之处，但我却深知株洲王府井的魅力。

　　株洲的王府井坐落在市中心，位于株洲百货大楼的东面，与家润多、电信大楼、希尔顿遥遥相望，它们形成了株洲最繁华、最热闹的美食、游玩、购物一条街，贯穿南北，交通极其便利。

　　株洲的王府井距株洲新建的火车东站很近，走路大约十几分钟便可抵达。王府井东侧的红卫桥，将芦淞区与荷塘区相牵；各大服装市场和宾馆也会集于王府井的周边，如此极佳的地理位置吸引了很多南来北往的过客品美食、购物、游玩、写生、摄影、打卡。

　　王府井楼上的密室店、私人影院、清吧等娱乐场所，更是年轻人极其喜爱的休闲场所；还有很多美容美发店、手工店、舞蹈室和培训学校等，让王府井每天热闹非凡。

王府井夜市的服装、琳琅满目的小商品和各种各样的特色小吃摊，让你目不暇接。一饱眼福的同时，更能让你一饱口福，穿梭其间，令人流连忘返。

王府井的负一楼集各种美食店、饮品店为一体，中西合璧。不管是湖南家常菜、四川麻辣火锅、西安肉夹馍、青岛海鲜、东北烧烤、韩国料理、还是泰国菜，只要你想吃，都能在这儿寻到。

我常常会被这些美食所诱惑，下班路过时也会买一些带回家和家人一起品尝。像蛋包土豆、铁板豆腐、肉夹馍、麻辣兰花干和臭豆腐，都是我平时喜爱的美食。美食散发着诱人的香气，让人垂涎欲滴，吃了还想吃。

作为株洲市重要枢纽的株洲大桥，将东西两区的经济发展紧密相连。

从王府井步行几分钟便可到株洲大桥，俯身纵览，江水清澈见底，江面上往来行船如织。有阳光的时候，湘江水面波光粼粼，像有无数的金星闪烁其间；若遇烟雨，则又是一番别样的景致，云雾缭绕，让人仿若置身于仙境之中。江上的渔船、远处的房屋及树木若隐若现，让人不由自主地心生感叹：好一幅江南烟雨水墨画呀！

站在王府井的楼顶眺望，株洲城一览无余，炎帝广场的美景和炎帝雕像尽收眼底，形成株洲一道亮丽的风景线。

头戴牛角、身背药篓、手持耒耜的炎帝像，高19.97米、基座高7米，仿佛是站在山岳之上，俯瞰中华大地，是如此庄严、肃穆。记得前几年，我在炎帝广场附近的舞蹈室工作时，每每经过，都会停下匆忙的脚步，驻足凝眸以表敬意。这里也是很多游客打卡的去处。时常也会看见游客手持相机或手机，虔诚地拍摄炎帝的雕像留存纪念。

也正因了这个雕像，让我对"炎黄子孙"的由来产生了好奇，于是做了进一步的深入了解。

据记载，炎帝被人们尊称为"神农"，是一位慈爱的大神；传说炎帝和黄帝原本是两个部族的首领。后来由于种种原因，把炎帝和黄帝合并为一个族，成为华夏先祖。其子孙后代就是炎帝和黄帝的后代，誉称为"炎黄子孙"。其后"炎黄子孙"就成了华夏民族对自己骄傲的称呼，一直延续至今，成为

中华民族团结、奋斗的精神动力。

株洲炎陵县的"炎帝陵"被视为"中华第一陵",是中华民族始祖炎帝神农氏的安息地,拥有悠久的传承和厚重的历史。

我为自己生活在株洲这座人杰地灵的城市而倍感自豪。

如果你也喜欢这座古老的城市,就来我的故乡株洲看看吧,这是一座温暖且浪漫的城市,也是一座装满故事的城市。这里不仅拥有、保存着清乾隆年间建造的镇南桥和吊脚楼,还有最美的官渡古镇,还有号称湖南"小南京"的落寞古镇,以及承载着悠久历史记忆、美丽的朱亭古镇。

大码头、麻石路,此时此景,会让你恍若回到穿着古装的那个年代。

位于株洲市茶陵县严塘镇的国家AAAA级旅游景区花湖谷,不仅能让你体验到露营野餐的快乐,还能让你感受到紫薇花海的浪漫和木居民宿的舒适,是工作疲惫之余放松身心的最佳休闲度假场所。

这里还有修建于唐代、距今一千四百年的仙庾岭风景区。

仙庾岭又名仙女岭,相传唐代宗李豫之妻沈珍珠为避"安史之乱",在此修行成仙而得名。株洲方特黔江古镇、中国最美的黄姚古镇、株洲淦田千年古镇、株洲云龙水上乐园、有着"世外桃源"美誉的神龙城,每一个地方都有它与众不同之处,置身其中,定会让你沉醉不知归路。

这里除了醉人的美食和风景,还有迷人的烟花节,色彩斑斓的灯笼节与美丽的樱花节。这儿还有散发着浓郁历史气息的博物馆、更有"有朋自远方来不亦乐乎"热情好客的学生和老师。

记得2018年3月28日—4月1日,香港、株洲两地姐妹学校特色课程体验营在株洲市举行。来自香港循道中学的三十二名师生实地体验株洲中学生的学习和生活后,惊喜连连,他们对株洲的校园和校园活动、学生的多才多艺,还有老师渊博的知识和有趣的教学方式大加赞赏,特别对株洲温馨的家庭生活赞不绝口。

百闻不如一见。如此美丽的城市,如此热情的城市,如此优秀的城市,还有什么比身临其境更让人心驰神往的呢?

遇见更优秀的自己

人生是一场自我的修行。我们每个人在这个世界上都是独一无二的存在，命运掌握在自己手中，没有人可以主宰。

所以，我们唯有依靠自己，才能走出人生的低谷，到达自己梦寐以求的高度。

很多时候，我们总是故步自封，用原始且固有的模式去思考看待一个问题，以致在困境中越陷越深。因为不懂变通，所以很少站在他人的立场，或者从不同的角度去看待一件事情。

而阅读与写作就像一本哲学书，能给人以启迪，能潜移默化地给我们植入一种新的人生理念。它能改变一个人的思维模式，引领我们向一个正确而又健康的方向前行，能让我们变成一个自我调节能力超强的人。

阅读和写作的内容涵盖事业、家庭、情感、信任、给予等。所以，它又像一本人生教科书，给人一种向善向上的生命力，引领着我们走出迷茫，走向人生的巅峰。

有时候，我们身体里总有一种小声音不停地否定着我们积极的思想，让我们深陷于情感的沼泽里无力自拔。所以，一个人对事物的认知，必须从精神层面去认识，才能起到真正对事物认识的效果，才会不被外在的环境所影响与控制。

要让自己的精神层面去主导外在的因素，只有打开自己的思维，开阔自己的视野，让内心更加丰盈与开阔，才能容纳百川。那些我们认为痛苦的事都会变得风轻云淡、不值一提。因为知识的匮乏，灵魂不能进入更高的境界，所以，我们的想法才会如此的狭隘，身边才会被无尽的烦恼缠绕。

我们总是把自己所经历的事情无限地放大，让自己沦陷在痛苦的深渊中。而阅读与写作，就像我们人生路上的摆渡人。它让我们学会了用语言来与这个世界连接，也让周围人与人之间的关系更融洽。它让我们做一个内外

兼修、知行合一，富有正能量的人。

时光荏苒，岁月如梭。屈指一数，与文字相伴的日子已经数十载，感谢这一路走来自己的坚持，更感谢身边同频伙伴对我不离不弃的支持与相互影响。

于我而言，写作与阅读是密不可分的，写作让我的心充满喜悦，而阅读却给了我积极向上、朝气蓬勃的生命力。

也许在过去的岁月里，我们失去了美好的青春时光，或许也遗失了很多美好。但是，此刻在红尘的阡陌上，因机缘巧合，让我们相逢在"青年作家网"这个美丽而又温暖的家园。我很庆幸能在茫茫人海中与热爱文学的你们相遇，是写作让我放下了疲惫，感受到了心的宁静，也让我寂寥的人生变得丰富多彩。我很感动，能在时光的转角与同频的你们，在各个写作平台相遇，一起走过了每一段温暖的时光，一起游弋在浩瀚文字的海洋，一起感受人间值得的美好。

人与人的相遇靠的是缘分。我不知道自己经历了多少的轮回，才在恰好的时光里遇见了你们，不早也不晚。而此刻的我是如此的欢喜，如此的感动。

也许会有人问我，究竟是什么样的动力让我能一直坚持写作？我只想说，是对文字的热爱。文字和我就像水和鱼的关系，文字是水，我是鱼。我还想说，也缘于从小受父辈的熏陶与耳濡目染的影响。父亲一生与纸墨为伴，兢兢业业执着于宣传事业，是我人生路上的导师和指路明灯。所以，我在少年时代就喜欢舞文弄墨。

记得上小学时，我的作文常常作为范文被老师粘贴在教室的墙报上以供大家学习。这是我少年时期最引以为豪的事，让我至今难忘。我认为我喜欢写作最重要的原因是，写作能让我的身心获得自由，能给我注入一种向上的生命力。文章中的每一个字、每一句话，都像阳光、雨露，让我欢喜。

是文字陪我度过了每一个孤单的时光，给我力量，也温暖与感动着我一路向前。

写作是对自我的一种修炼与修行。不要把写作当成一种负担，更不要把它当成一种束缚。而是要把它当成灵魂的伴侣，生命的摆渡人。只有真的热爱，你才会坚持不懈，内心才会变得丰盈。将所有的情感都融入在这灿若繁星的文字中，在日复一日的笔耕不辍下，你的文章才会变得枝繁叶茂，有血有肉，充满生机。从而你在写作中会发现语言的魅力，发现生活的美好。

坚持写作，把写作当成吃饭、喝水一样的习惯，你自然就会觉得，眼睛所见之处都是文字。读书时遇见的某一句话，走路时恰逢的某一个景，都会妙笔生花，成为一篇绝美的文章。坚持还能让自己变成一个严于律己的人，会让我们变得更加专注；坚持也是提高写作水平的终极秘诀。因此，坚持比开始更重要。

努力提升自己比仰望别人更有意义。正所谓"业精于勤，而荒于嬉"。只有坚持才能让我们的文采越来越出众，才能让我们的写作之路走得更远。

输出与输入同等重要。我们在坚持写作的过程中，总是会觉得文笔匮乏，甚至会有一种江郎才尽的感觉，觉得没素材可写。这时，我们需要的不是停止，而是输入。

我曾经听过一个故事：南朝的江淹，他年轻的时候就成为一位鼎鼎有名的文学家，诗和文章在当时获得极高的评价。但当他在朝中为官后，便不再看书、写诗。因为他不再勤于练习，渐渐地，他文思枯竭。之后几年，他写的诗越来越平淡无奇。由此可见，输出与输入同等重要。

多品读名家名作，多阅读简友或文友的文章，取长补短，丰富自己的内心。这样，才能文思泉涌，下笔如有神，写出动人的文字。

红尘漫漫，只想在可期的未来里，不论朝夕，不管风雨，我都能与热爱文学的你们在写作的道路上携手同行，留下浓墨重彩的一笔。

我很期待在不久的某一天，我们的文字都能变成铅字出版。

以后的每一天，我都会在静静的时光里，守着岁月的一隅，把写作当成心灵的港湾，当作情感的花园，当作向梦想出发的驿站，珍惜每一个与文字朝夕相伴的日子。

也愿自己在写作的红尘陌上能够走得久一点、再久一点；希望时光能够

慢一点、再慢一点，让我能够有时间悉心珍藏与文字相拥的点点滴滴。

感谢上苍的恩典，让我在孤单前行的路上爱上了写作，让我的心在举步维艰时有了寄托。

感谢在平淡如水的时光里，因为文字的出现，让我的人生变得多姿多彩，让我能在喜欢的时光里奔赴更好的自己。

最后想送给自己和大家一句话：最慢的步伐不是跬步，而是徘徊；最快的脚步不是冲刺，而是坚持。

愿我们在余下的岁月里不谈以前的艰难，只论现在的坚持。

许自己一场花开

江南的雨总是殷勤，隔三岔五来一场，浅淡了花色，浓郁了离愁。

静静地坐在时光的一隅，一个人，一支笔，任思绪游走在幽深的雨巷。

不知不觉间已是暮春时节。微雨迷蒙的时光里，只能写几行叩击心灵的小字，或诵读一段排遣寂寥的短句，来渲染烟雨迷离中寡淡无味的生活。

从前节奏很慢，但心很满；现在车水马龙，却深感孤独。

岁月中那些没能守住的远古誓言，也早已随风飘散在了时光的尽头，匆忙的日子里只剩下如花瓣一样飘零的记忆。

此刻，在这暮春向晚里，心随风飘摇，落花无声地漂在水上。

那些掩藏在如水日月里，欲诉却无人诉的情愫，在微雨里渐渐凝结成眉间的一缕忧愁，落入杯中化作一抹淡淡的苦涩，让原本枯寂的心又平添了些许迷茫与伤感。

我知道，此去经年，那些曾经烟尘过往里的缱绻再也无法拾起；清浅的日子里，只剩月下独酌的孤寂与清冷；无垠的时光里，再也无法凝望到红尘彼岸的目光。

而我的心，也终究是无法从唐诗宋词里的那份深深哀怨里抽离。

我更知道，从此，春日的一树繁花里再无春风骤起的纷飞思念。

无垠时光的人间烟火里，也再无云中锦书纸短情长的绵绵情话。

午夜梦回的兜兜转转里，更无心心念念的人萦绕于怀。所有的情和念都被岁月留在了远去的风里。

日升月落、花开花谢里，也只剩下深深的叹息。

而我却只能将心事搁浅在黄昏的暮色里，任凭檐下的风铃摇响淡淡的惆怅。

光阴总是在不经意间带走了很多的人和事，让那些略带酸涩的记忆，在时光的皱褶里泛滥成灾，久久无法散去。

如果可以，就让我把旧时光里的那些如烟似雾的过往，掩埋在岁月的深处吧。

如果可以，请给我一段温暖的时光，允许我在风轻云淡的光阴里，诉几许情怀，将心间的温柔折叠成诗行，许自己一场花开；在一地桃花红、梨花白里，与旧事同归于尽，去遇见新的风景，去拥抱温暖的人。在春光生暖意、夏风醉人心里，去遇见落字为念的欢喜。

与一场冬雨擦肩

秋，已悄然而去，而我却还停留在深秋的遗憾里，久久不愿离开。

初冬的路口，老树的枝叶半是青色，半是枯黄。

迎风而立的夜来香中挺立着两三朵我叫不上名字的花儿，格外引人注目，或许是因为它们承载着我的念想，所以才如此热烈地盛开着。偶尔几声鸟鸣传来，给这个清冷的晨冬带来了几许生气。也因为它们，我的内心也跟着变得柔软。

冬，如期而至，她带着希望，带着对未来美好生活的向往，轻轻地落在山巅，落入湖泊，落进我的心里。

风，席卷着往昔里的遗憾，穿过花间、长廊、屋舍和书页，飘向了憧憬的远方。

门楣上喑哑的风铃随风摇曳，将光阴中的故事谱写成一曲云水谣。

静默在季节的转角，任记忆划过紧锁的光阴。那些走不出的烟雨往事，也在时光中成了青砖黛瓦檐上的一阕词。

静静地立在风中，一场冬雨不期而至，我不知这场雨里是否有欢喜。只是可惜我与它擦肩而过，没能感受到这雨里的深情。

细听心间的声音，花未开，只有点点忧愁静静地流淌。

窗外，雨落梧桐，打湿了石阶。凝眸，远处的山笼罩在烟雨中。

寒风萧瑟，吹落了片片愁绪，也清冷了心间的寂寞。

熟悉的街道，凋零的季节，擦肩而过的，或许不只是这场雨，还有那些渐行渐远的人。

遇见，是缘分，也是劫数，就如你我。

我原本是想与世间的万物交好，也与你好好相守，却终究还是负了这美好的年华，也怠慢了那些静好的时光，让万千情丝都化作一帘幽梦。

今年的冬还是如往年一样，不早不晚。可是已不再是往年的冬，今年的

冬里多了一份清冷与寂寥。

　　人生很短，天涯很远，烟火人间，不过是一半繁华，一半凋零。

　　于我而言，我喜欢孤独，也害怕孤独。我厌倦人潮汹涌里的喧嚣嘈杂，也渴望人来人往中的温暖与恬淡。我时常黯然神伤，却不知道为何忧伤，又时常对这个世间充满期待。我珍惜身边的所有，也对身边的人和事无能为力。

　　在时光的默然不语里，有多少往事不堪回首？有多少曾经渐行渐远？那些逝去的流年，让身边再无温暖相伴的欢喜。

　　冬来，风起，掀起了多少暗藏在心底的情愫。可是从此，无涯的时光里，再无踏雪归来的人。

一枚小小的邮票

"从前车马很慢，书信很远，一生只够爱一个人。"

记得上中学的时候，没有微信，没有视频通话，与远方的亲朋好友联系全靠书信来往。

信写好后，装入事先准备的信封，再贴上一枚小小的邮票，然后投入马路边的绿色邮筒，紧接着就是漫长的等待。

令我记忆深刻的是，邮票的种类繁多。根据距离的远近，粘贴的邮票价格也各不相同。

可惜，那时没有将这些邮票保存，只收集了少许几张夹在了相册里留作纪念。

其实，我对上海民居的印象，就来源于这小小的邮票。

因此，几十年后，它仍让我记忆犹新，念念不忘，并对上海充满神往。也因此，我与江苏结下了不解之缘。

或许，冥冥之中，是上苍的安排。2003年10月，我与先生在广州相识。他是地道的江苏靖江人，家住名曰孤山的小镇。很感谢我的先生，是他让我有幸走进江苏，认识江苏，了解江苏。

江苏位于长江三角洲地区，跨江滨海，湖泊众多，物产丰富，一年只种一季水稻。

我很喜欢那里产的大米，清香软糯，吃在嘴里，让人唇齿留香、回味无穷。

我喜欢江苏的很多特色小吃，如靖江的猪肉脯，远近闻名。鸭血粉丝、老婆饼、油炸馓子，泡上一碗，美味绝伦。

我公婆家的房前，是一片绿油油的稻田，夏种水稻，冬种麦。屋后是一条东西贯通的小河，属于长江的支流。每天都有运送货物的船只从此经过。

这里的河水，清澈见底，有鱼有虾。夏天，是吃龙虾的好时节。此时的

龙虾肥大，肉质鲜美。

我和先生的堂弟、堂妹，每逢夏天，便会拿着一根由芦苇秆制作而成的简易鱼竿，上面绑上棉绳和鱼钩，去河边钓龙虾。不一会儿工夫，我们便满载而归，大家经过一番厨艺展示后，一家人围坐在一起，美美大餐一顿，以饱口福。

江苏房屋的排列与别处截然不同。这也许是与地形、地貌有关吧。那儿乡村的房子，都呈一字形排开，井然有序。

我的家乡湖南，地属丘陵地带，故房屋在排列上也没有什么规律，就像雨后春笋。虽然错落有致，但少了整齐。

湖南的田地也与江苏迥然不同——湖南稻田高低不平。因此，农忙时节，只能靠人工收割。

而江苏则地势平坦，田与田之间只隔着一条田垄，给收割机的操作带来了极大的便利。

每个地方有每个地方的优劣特点。江苏固然好，但是，冬天很冷且风沙大，皮肤容易干燥开裂。

特别是像我们这些外地去江苏生活的人，居住一段时间后，脸上的皮肤就会被长江的风吹得黝黑。

我记得，有一年的冬天，因为每天要骑车接送儿子上幼儿园，一来二去，被凛冽的寒风吹过的脸上，竟生起了冻疮。

就这一点，湖南与江苏相比起来，就要好多了。湿润的空气，亚热带季风气候，让湘妹子皮肤看上去白皙水嫩。

公公在世时，我曾在江苏、湖南两地居住。每每回家探亲，姐妹们一见面就会取笑我像个大妈，皮肤黑，人显老。这使我无地自容。

可是，在湖南住上一段时日，再返回江苏，村上的邻居见了面，第一句话则是夸我回了趟湖南皮肤变白了，人也变漂亮了。

这可能是一方水土养一方人吧。因为生活的环境、气候、饮食的不同。所以，才会形成如此大的差异。

有一次，带着儿子去靖江的公园游玩，遇到一位年轻的妈妈，于是，素昧平生的两个人便闲聊了起来。

得知小孩的妈妈曾在湖南长沙求过学，于是便让她谈谈对湖南的印象。还真没想到，她的看法与我所见略同，她也喜欢湖南的气候。

我爱湖南，也喜欢江苏。江苏有我曾经最爱的家人，也有我喜欢的美食。家家户户都会做的荠菜春卷、萝卜丝肉包、菜团，还有各种馅的手工饺子。这些都是我最钟爱的美食，至今让我念念不忘。

虽然我现在长居湖南，但是，我时常也会在网上购买江苏的食品，以解我对江苏美食的惦念之情。

一枚小小的邮票，承载了岁月的变迁，也承载了我对过往美好的回忆。

所有的友谊、亲情都浓缩在了这枚小小的邮票里。

浅冬，与一缕墨香为伴

绿萝依偎在夜来香的身旁，诉说着浅冬里的心事；风牵着阳光漫步其间，阅读着人间的悲喜；牵牛花的藤蔓缠绕在百转千回的故事里，久久不愿离开。

无数次，我与这红尘烟火里的薄凉偶遇，让孤独盛开成一朵青莲。

时光无痕，岁月有迹。那些如烟似雾、若隐若现的过往，曾湿了多少眼角，又皱了多少眉梢。

那些被岁月裁剪过的时光，因为没有了期盼，变得斑驳。虽然如此，夜阑人静的孤独时刻，还是会忍不住回头凝望。

时过境迁，虽然已经无法捡拾过去的岁月。但是，总感觉那段曾经令人患得患失的日子里，除了酸涩与失落，还有星星点点的梦遗落。

每每忆起那些如一帘烟雨的往事，心间便不由自主地泛起阵阵涟漪。

那种触摸不到的无力感让绵长的岁月变得分外忧伤。

有时候或许还会在梦里与旧人不期而遇，任凭久违的情愫萦绕于怀，任凭渐凉的心平生几许暖意，将心间的遗憾风干。

一季凝眸，花开；一个转身，风起。很多时候，我们来不及相爱，就已经擦肩。我们来不及相伴就已经放手，只能将渐深渐浓的惆怅写在暮色里，任凭哀怨密布成无声的忧伤。"陌上一点愁，离人心上秋。"

今年的冬，风里都抒写着季节的清冷，雨里都飘着淡淡的惆怅。

我多想偶遇一抹阳光，温暖这无眠的夜色；我多想偶遇一分温柔，将心中的火苗点亮，在冬雪来临时，有人能穿过秋的门楣来赴一场冬之约，让落字为念的忧愁化为欢喜。

我在等，等一场雪的倾城，等一场久违的梦醒来，等梅花的幽香自远处飘来。

摊开心的扉页，触摸着被情愫晕染过的脉搏，那么清晰，又那么炽烈。也因了这份情怀，四季的故事里少了一分酸涩的凝重，多了一分明媚的缱绻。

一场冬雨一场寒，一场花事渐远，或许心中再无热烈的花开，或许梦里再无婉转的深情。

倾一段回忆，洒落在雨巷，任一丝丝寒凉冷了心底的思念，任一抹浅语暖了这蒙蒙的烟雨。

心如皎月，身若孤云，轻展思绪，把念想化作一首诗、一阕词，让它摇曳在风里，让它在禅意里旖旎。

在这暮色向晚里，不问花开几许，花落谁家；也不问落叶几重，故人何时归；只管风来听风，雨来听雨，与几许闲愁做伴，将心妥帖地安放在一缕墨香里。

邀一丝月光，等一缕清风，把玫瑰的低语请进半卷书页，任欢喜穿过寂静的诗行，渲染略带忧郁的心田。酌一杯清酒，在山水的写意里，在心事坠地成诗里，任由月光穿过竹影，花影落在庭前，变成缱绻的小令。

我知道，在这斗转星移的人间，不是只有山高水长的爱恋，还有倚栏独自观赏花开花谢的悲喜、日升月落里的遗憾和雨落屋檐的惆怅。

只想在悠长的岁月里，捻一段旧时光，舍一窗旧念，在一花一草、一风一月里枕着新梦，将深情安放在半盏茶香里，让欢喜遮蔽内心的寂寥。

只想在滚滚红尘的缄默无语里煮字疗饥，将时光里泛滥成灾的念想酿成一壶佳酿。把苍老的记忆存放在庭院深深的秋叶飘落里，任凭岁月将那些幽暗的过往带走。只想在水墨丹青的浓淡相宜里，把心交付给深深浅浅的文字，任由希望的光照亮荒芜的心灵，让余下的岁月在唐诗宋词的韵脚里沉浸。

蓝素莹专辑

蓝素莹，女，广西都安人。都安瑶族自治县作家协会会员，河池市作家协会会员，青年作家网签约作家。在河池市、都安瑶族自治县举办的文学大赛中多次获奖，在青年作家网举办的全国青年文学大赛中多次获奖。

嘴下留情

屋外，秋雨如丝，又如线，在空荡荡的田地间交织，缠绕。一群羊在不远处撒欢儿，有黑的、白的、灰的、黄的，相衬成一幅山村秋雨景色图。

也许睡不安稳，母亲一大早就起床，可她并没有像往常那样马上点火熬玉米粥，而是蹲坐在堂屋中间发呆。母亲的旁边堆着红薯，远远看着就像一座小矮山。红薯是前几天刚刚从地里收回来的，个头大小不一，颜色暗淡，甚至有些红薯的表面还有疤。今年雨水过量，红薯的长势和品质都不如往年，产量也大幅度下降。

家里静悄悄的，我蜷缩在被窝里，吧唧着嘴，做着吃烤红薯的美梦。母亲昨天已经答应，今天烤红薯给我吃。小时候，我的零食是玉米煎饼和烤红薯，我尤其喜欢吃烤红薯。春天，当红薯芽刚刚从地里伸头探脑，我就开始盼望秋天。因为秋天是收获的季节，也是红薯收获的季节，到了秋天，我尽可能地撑开肚皮，吃着母亲为我烤的红薯。当香喷喷的红薯穿肠而过时，我曾经天真地想，如果时光永远停留在秋天，母亲就不会变老，会永远烤着红薯给我吃。

"这老天爷，也不知道这雨要下到什么时候！"母亲终于开口，她抬头看了一眼旁边的红薯堆，眼里满是不舍。估摸过了一两分钟，母亲似乎下定了某个决心，她站起来，向堂屋右边角落走去。角落里，一摞箩筐整齐有序地堆叠在一起，母亲抽出三个大箩筐，在红薯堆旁一字排开，然后再次蹲下来，轻轻地刮掉红薯身上残存的红泥土。有好几次，母亲拿着红薯的手停留在半空，似乎在顾虑什么，但最终，她还是把手上一个稍微丰腴匀称、没有疤的红薯丢到箩筐里，接着丢第二个、第三个……每丢一个红薯，都会听到母亲发出一声轻轻的叹息。

抑或是母亲的叹息声如千斤重，我一下子从睡梦中惊醒，用手背抹了一下嘴角尚未干的口水，睡眼惺忪地跑出来，搂着母亲的脖子撒娇。母亲继续选红薯，当三个箩筐都被装满时，她又从堂屋的角落抽出另外三个箩筐。等所有的箩筐都装满，地上只剩下一些零零散散的有疤红薯。刚开始我以为，母亲会把挑选出来的红薯烤给我吃，可是当我看见她把红薯全都倒到后屋的红薯坑里的时候，猛然间感觉不对劲。每年秋天，母亲都会选一些大小丰腴匀称、颜色深红诱人、表面光滑无疤的红薯收藏到红薯坑里，留到第二年作种子。我抱着侥幸的心理询问母亲，母亲不作声，只是默默地往红薯坑里填土。想到今天的烤红薯就这样泡汤，委屈、生气，立即像汹涌的波涛一股脑儿向我袭来，我哇地哭出声，抬起脚发泄地踢着前面的空箩筐。

看着我像个陀螺在堂屋里骨碌碌地转，母亲手足无措。等我稍微平静，她一把搂过我，轻声哄着："傻瓜，把这些红薯种子全都种到地里，来年咱就有吃不完的烤红薯。"

稍停一会儿，她又说："等天晴了，我再下地去挖些红薯回来烤给你吃，好吗？"真是年少不懂事，当时，我丝毫没有感受到母亲话语里的无奈和自责。

"哪儿还有什么红薯？你尽管忽悠我吧！"望着屋外空旷的田地里那些正在撒欢的羊群，我心里直犯嘀咕：那些红薯早已成为羊群的腹中美食了。

都说小孩爱忘事，一转身，我就把这件不开心的事给忘了。有一天放学回家，老远我就闻到了一股红薯的香味，正当我使劲吞咽口水的时候，母亲站在家门口笑盈盈地向我招手："孩儿，快，快点儿洗手吃红薯。"吃红薯？我以为自己又在做梦，猛地掐了一下耳垂，疼！等我洗好手，母亲已经把锅里的红薯倒到簸箕里，透过升腾的水雾，我发现那些红薯参差不齐，而且每个红薯都有被刀削过的痕迹，就像一道道白色的疤痕。由于太馋，来不及追问这些红薯的来处，我便迫不及待地狼吞虎咽起来。

接下来的日子，每天放学回家，我都会看到一簸箕的"疤痕红薯"端放在餐桌上。不知不觉，后山的枫叶变红了。有一天，我偷偷地溜出家门，手脚并用一溜烟爬到一棵枫树上，透过红枫叶的缝隙，我睁着一双大眼观看正在田地里追逐、嬉戏的羊群。羊群比我还要可怜，它们好不容易等到秋收完毕，才能从羊圈里出来捡吃地里的红薯落叶，然后利用它们特殊的嗅觉探寻田地里遗漏的红薯，刨土"捡漏"。其实，我冒着被母亲责怪的风险爬到枫树上，目的也是"捡漏"——劫羊嘴边来不及吃掉的半截红薯。和羊儿抢红薯，是我童年最开心的事，想到嘴里含着半截红薯在前面拼命奔跑的羊儿，自己则拿着小石头在后面吓唬它们的情景，有时候在睡梦中我都会情不自禁地笑出声来。

也许是红薯歉收的缘故，良久没见到羊群有任何动静，它们只是在尽情地撒欢儿。我有点儿失望，正要从枫树上滑下来的时候，突然看见母亲背着一个小背篓从屋子里走出来，她拿着一根木棍对着羊群吆喝一声，羊群似乎受惊了，一下子散开。母亲支开羊群，走到羊群刚刚聚集的地方，她微屈着腿，双手扒拉着泥土，没多久就掏出半截红薯。我似乎想起了什么，两眼紧紧地盯着母亲手上的半截红薯。母亲摸索着从口袋里掏出一把小刀，小心翼翼地削去被羊刨伤或者咬伤的红薯边角，在手上细细掂量良久，才把它轻轻地丢进背篓，然后又步履蹒跚地朝另一块地走去……

后来，母亲偷偷地告诉我，那些半截红薯，都是羊群故意留下的。

豆腐瑶

刚刚嫁到夫君家的那些日子，家婆就说要为我弄一餐可口的豆腐瑶。"豆腐瑶，好好吃哦！"家婆言笑晏晏。我一阵恍惚，情不自禁地想起母亲。在我的记忆里，母亲是一位制作豆腐的能手，在我的潜意识里，豆腐瑶就是豆腐。

小时候，尽管家里很穷，可是逢年过节，聪明贤惠的母亲总会有办法弄来黄豆，亲自制作豆腐给我们解馋。那时候，黄豆就像金子一样珍贵，只有条件好点儿的家庭才有，但是也很少。平时家里有客人来，抓一小把黄豆放入锅中炒熟，再放些葱姜一起焖，虽然葱姜比黄豆多得多，可也算是一道上等菜，主客都觉得很体面。我们家自然没有多余的黄豆，平时种在地垄边的黄豆还没有泛黄，就被我们几兄妹抢在老鼠下手之前轮番采摘回来下锅解馋了。看着我们几兄妹像瘦猴一样，母亲把从牙缝间节省下来的玉米种子拿到别人家换回几斤黄豆，然后制作成豆腐。当一碟香喷喷的豆腐端上桌面的时候，母亲却不动筷子，而是坐在一旁，看着我们狼吞虎咽，满脸慈祥。

听家婆说，宜州人喜欢吃豆腐瑶，似乎远胜其他所有地方。夫君家毗邻宜州，风土人情和文化习俗虽然不尽相同，可也并不是大相径庭。所以在夫君家乡，不管到哪个乡、哪个村屯做客，在满桌丰盛的菜肴中，人们都会不由自主地向摆在桌子中央的那碗豆腐瑶伸箸。家婆说的豆腐瑶，该不会是小时候母亲经常为我们几兄妹制作的豆腐吧？我一边揉着被大米饭撑得有些发胀的肚皮，一边想着那香软滑嫩的豆腐，直吞口水。也许喝惯了大山里的玉米粥，在夫君家吃下的大米饭，就像发酵的面团，撑得难受。如果能喝上一碗热气腾腾的豆腐瑶，说不定会立马缓解我那正在痉挛的胃。我突发奇想，越发期待家婆的豆腐瑶。

记不清是哪一天了，我只记得那天一大早醒来，屋外正下着雨，滴滴答答的雨声就像一首动听的晨曲。下雨好入眠，我伸了一下懒腰，想再一次进入梦乡。这时候，卧室的门被轻柔地敲着。"笃笃笃……笃笃笃……"紧接着家婆的声音传入我的耳朵："闺女，起床啰，今天下雨，咱做豆腐瑶吃。"自打嫁到夫君家的第一天开始，家婆总是左一声闺女，右一声闺女地叫得热乎亲切，有时候，我还真的以为自己还住在母亲家，被母亲无限地宠爱着。

一听到有豆腐瑶吃，我一骨碌爬起来。厨房里，家婆两手托着竹筛子微弯着腰正在筛选黄豆，随着她手腕的抖动，一颗颗金灿灿、饱满的黄豆宝宝在竹筛里欢快地滚动跳舞。选好黄豆，家婆把它们全都倒进厨房角落的一个碓臼，然后拿起舂杆慢慢地舂。我有些好奇，在母亲家，碓臼是用来舂玉米、猪食菜（牛皮菜）等东西的，舂黄豆来制作豆腐瑶，我可是第一次看到。见我歪着脑袋不解的样子，家婆开始细细说来，她说碓分手碓和踏碓，她现在使用的是手碓，手碓最大的优点是占用空间小，易挪动，是制作豆腐瑶不可缺少的工具。看着显得十分笨重的舂杆在家婆的手里被举起又落下，我心里暗暗琢磨：这样子舂多费劲，还不如用电动粉碎机来打碎黄豆。家婆似乎看出我的心思，她抹了一下额头上的汗珠，笑着说："用粉碎机打黄豆粉，虽然简便，可制作出来的豆腐瑶口感没有那么好。制作豆腐瑶的过程是很复杂的，甚至很苦，可生活不就是这样吗？不经一番寒霜苦，哪得梅花放清香。

我似懂非懂地点点头。这时候，家婆把舂好了的黄豆粉放入锅中，交代我用文火水煮，而且一定要用柴火来煮。柴火慢悠悠地燃烧着，橙色的火苗静静地舔着锅底。我坐在灶火旁，感受到一股暖流正涌入怀，不断上升。待到家婆把从菜园采摘回来的一把南瓜苗择好的时候，锅里的水早就开了，从锅盖边缘冒出"嘶嘶"白气的同时，也飘送过来一股黄豆香，这是壮乡里瑶壮人家最熟悉的一股黄豆香。家婆打开锅盖，用一把木锅铲轻轻翻动锅里的黄豆粉，黄豆粉渐渐变稠变成黄豆糊，淡黄淡黄的，和母亲家的"玉米洋"差不多一样。家婆把洗好了的南瓜苗叶子揉搓成碎片，然后放入黄豆糊里，再添些盐和猪油，翻动均匀后又盖上锅盖，大概过了十几分钟，再一次打开锅盖，一股浓郁的黄豆香味霎时飘满厨房。透过满锅升腾的热气，我看到许多黄豆粉凝结在锅边和碧绿的菜叶上，乍一看，像一朵朵、一串串"恋枝不舍的桂花"。

　　家婆装上一大碗,在上面撒些葱花后就交到我的手上:"这就是豆腐瑶,赶紧趁热尝尝。"我接过碗刚刚吃上一口,就完全沉醉在黄豆原汁原味的芬芳里。和母亲制作的嫩滑豆腐比,豆腐瑶柔滑又筋道,让人回味无穷,尤其是挂满一朵朵、一串串"桂花"的菜叶,似乎吸尽了黄豆精华,刚抵达舌尖就让人感受到一种独特的味道。我吃完一碗,又忍不住盛了第二碗。吃完两碗后,我揉着肚皮,感觉这是我人生中吃到的最好的东西。那晚,我的肚子不再发胀,而且还做了一个甜甜的梦,梦里,我看见母亲那笑弯了的眼睛。

　　其实,豆腐瑶是壮家人招待客人的一道家常菜,壮家人叫豆腐瑶,城里人叫瑶豆腐,即瑶家人的豆腐。

　　说到瑶家人的豆腐,宜州壮家人中有一个古老的传说。在远古时代,瑶、壮两兄弟长大后,一个走南,一个走北,各自成家立业,形成两个族群。壮家的先祖莫一大王惦念亲情,有一天,他带领十多个子孙到广西和湖南交界的"千家峒"去看望兄弟瑶王。久别重逢,瑶王非常高兴,立马隆重设宴招待兄弟莫一大王。觥筹交错中,餐桌上有一碗类似于玉米洋的"糊糊"吸引着莫一大王的眼球,他不禁感叹离别多年的瑶王生活依然这么艰辛,还拿玉米洋当菜吃。瑶王听后哈哈大笑,他告诉莫一大王:"这'糊糊'叫'豆腐瑶',比玉米洋好吃多了。"说着,用木勺舀了一勺到莫一大王碗里,并且叫他赶紧品尝。莫一大王品尝后,吧唧着嘴连连称赞,说这豆腐瑶是人间精品,并且当场请求瑶王把制作豆腐瑶的手艺传给他。回到南方后,莫一大王又把制作豆腐瑶的手艺传给子子孙孙,并告诫他们:不论何时何地,都不要忘记瑶王,忘记亲情。往后凡是有贵客来,要像接待亲人一样,用豆腐瑶来招待。就这样,豆腐瑶作为一道壮家人招待客人的家常菜,一传就是几千年。

　　如今,又到了采摘南瓜苗的季节。看着那一片片碧绿的南瓜叶在风中摇曳,我想起了那一朵朵、一串串"恋枝不舍的桂花"。

　　"吃豆腐瑶啰!"我学着家婆呼唤,却好像听到母亲的声音在回应,听到拧成一股绳的声音在回应:吃豆腐瑶啰——吃豆腐瑶啰——"

金钱树

小美把最后一个月的房租和水电费结清后就走了。临走的时候，她给我发了一条微信："漂亮房东，我回老家了，店里的那盆金钱树就送给你了。"

其实，我并不是真正的房东，我只是从原房东手里租下整栋楼房，然后再转租给他人，算是个二手房东。小美是我的一位租客，租了一楼的一间店铺做烧烤生意，平时有事没事总叫我"房东"，还美其名曰"漂亮房东"，一来二去，我们俩的关系非常亲密。

小美是在 2020 年年初搬到我这里来的。那一天，太阳明晃晃地照着，我站在店门口，心却像冰封一样冷飕飕的。那时候，我刚刚接听完房东催交房租的电话，我自己也记不清房东打电话催我多少次了，可是房子租不出去，房租就一直往后拖。这一次房东显然很生气，说话的声音似乎超过了六十分贝（正常人说话的声音是四十至六十分贝），我明显地感觉到耳膜在振动，最后电话在房东嘶吼完"不交房租就立马卷包袱走人"后挂断。

大概是潮湿多雨的缘故，挂在店铺门边上的招租牌子被濡湿了，牌子上用毛笔写的"旺铺招租"四个大字，字边缘的墨水好像长毛一样向四周洇染。牌子因为风吹雨淋，损毁严重，被我换了好几次，可是来店铺问津的人算起来没有几个。我按了按突突直跳的太阳穴。每一次房东打电话催房租，"好朋友"偏头痛就会准时来拜访我。我重重地叹了一口气，伸手就要把牌子取下来，这时候，背后突然传来了声音："老板，这店铺需要招租吗？多少钱一个月？"我转过身，看到一个大约二十左右的女孩正笑盈盈地看着我。女孩貌似学生，完全不像做生意的人。"年轻人，我现在没心情和你开国际玩笑！"我心里直犯嘀咕，连敷衍的话都懒得说。

对于我的不搭理，女孩并不介意，她自我介绍："我叫小美，今年二十岁。我想租你的店铺经营烧烤生意，我想当老板。"简单明了却不乏自信的开场白，似乎激起了我的兴趣，我不禁多看女孩一眼。

女孩像是抓到了一根救命稻草，眼睛闪过一丝不易察觉的亮光。"漂亮房东，我……我没有那么多钱，租金方面……能不能……少一点儿？"女孩低着头，不安地搓着双手，说话的声音也比刚开始低了好多。

在大城市里，"美女""靓女"等称呼大家都耳熟能详，可称一位将近知天命年龄的女人为"漂亮房东"，确实是寡闻少见。我彻底被逗笑了，这可是这么久以来我第一次发自内心地笑。

最终，我以一个月三千元的费用，把房子租给了这个叫小美的女孩子。实际上，我一个月上交给房东的房租正好是三千元，不但一分钱赚不到，而且还垫上物业费，算是做了一桩亏本生意。可是，我还是很高兴，因为被我放空了半年的店铺终于租出去了，而且租我店铺的小美，让我有一种似曾相识的感觉。

小美在店铺的外面架起一个烧烤炉，屋子里再摆上两排桌椅，简简单单的装置，和别的烧烤店没有什么两样。选好日子，她在收银台最显眼的位置摆上一盆长势旺盛的金钱树，算是开张大吉。一到晚上，附近的人三三两两结伴到烧烤店来吃烧烤，聊聊天，非常热闹。烧烤店虽然简简单单，但由于小美善于打理，店铺看起来整整齐齐，异常温馨，尤其是摆在收银台上面的那盆金钱树特别惹人眼球，绿油油的叶子在夜灯下泛着光。

小美既是老板，又是服务员，一个人里里外外不停地跑，但是，她把所有的工作都安排得有条不紊，烧烤的手法也相当娴熟。见她忙不过来，我闲着没事，也会偶尔过去帮忙收拾一会儿碗筷。当然，走的时候也会偶尔带走几串香喷喷的烧烤。小美从来不收我的钱，说是免费给"漂亮房东"品尝。可实际上，我每次收水电费的时候，都会偷偷地把我拿走的那份烧烤钱减掉，因为我最清楚，一个二十岁的女孩子在外面打拼，谈何容易。一来二去，我和小美混熟了，也无话不谈了。

有一次忙完，看着满头大汗的小美，我禁不住问道："小美，你为什么不读书呢？二十岁的年龄，正好读大学呢。"小美没有正面回答，她反而笑嘻嘻地问我："和你一样当老板不好吗？"面对眼前这个阳光灿烂的女孩子，我竟然语塞，平时挂在嘴上的马克思主义辩证唯物论、认识论这时候却没有派上用场。后来，一次偶然的机会，我无意中听到关于小美的故事。

小美出生在一个峒场，生活在那里的人们一年四季在"九分石头一分土"的喀斯特地貌上劳碌，但也只能勉勉强强地填饱肚子。为了摆脱贫困，有的人通过努力读书，凭借"知识改变命运"走出峒场，但更多的人为了养家糊口，只能到外面打工。当然，打工族中久不久也会有一两个人混出些名堂来，峒场里的人羡慕不已，背地里称他们为"老板"。

也许是耳濡目染，小美从小就立志长大后进入大城市当老板。那年高考，偌大一个考场，所有考生都在认真答卷，小美拿着笔，心早已飞到大城市。原来在考试前，她和一位同乡约定，考完试就立马到大城市打工，实现她的老板梦想。那时候，在小美的潜意识里，打工就是当老板。

那年高考小美像梦游一样走出考场，她考得一塌糊涂。"高考落榜"也自然成了她去大城市打工的理由。一想到老板的美梦近在咫尺，小美逃离似的跑出村庄，登上开往大城市的末班车。

城市霓虹璀璨，让初来乍到的小美睁不开眼睛。但是她异常高兴，每天就像一只快活的小鸟，在大城市里不停地飞呀飞。有时候，她还恍惚地认为，那是一个老板该有的飞翔姿势。怀揣着老板梦，小美很快在一家露天烧烤店应聘上班。也许峒场里的人天生就有吃苦耐劳的劲儿，刚刚走出校门的小美，很快就把烧烤的技术活儿学到手了。一年后，小美打工的烧烤店因资金问题被迫关门。在家闲着的那些日子，小美终于悟出了一个道理：要想当老板，首先要自己做生意。于是，小美几经辗转，来到我这里。

也许小美人缘好，手艺好，开始的时候烧烤店的生意很旺。我暗暗地替她高兴，也替我自己高兴，因为小美的生意好，我就不愁没有房租交给房东。小美的笑容越来越灿烂，叫我"漂亮房东"的声音也越来越甜。

但很多时候，人算不如天算，就在这个节骨眼儿上，事情偏偏出了岔子。烧烤店开业刚好满一周年的时候，我所在的区域被封控了，小美的烧烤店也被迫关门。虽然很快就解封了，但解封后的街道冷冷清清，走动的人少得可怜，烧烤店的生意一落千丈，来吃烧烤的人寥寥无几。刚开始，小美依然有说有笑，好像什么事也没有发生。一个月过去，两个月过去……烧烤店的生意还是不见起色，小美的话似乎没有平时那么多了，每个月的房租也不能按时交到我的手上。望着空荡荡的店铺，小美常常一个人坐在收银台后，对着收银台上面的那盆金钱树出神。

　　小美已经拖欠三个月的房租了，房东那超过六十分贝的声音又在振动着我的耳膜。可是好几次，当我徘徊在烧烤店门口，看到小美那倔强的背影时，我似乎看到了当年那个刚刚进城的自己，于是强忍着差点儿脱口而出的各种催租理由，转身悄悄地离开……

　　小美最终还是关门了，听说是回到原来的那个峒场去当种植老板，在当地政府的资助下发展种植业。后来，我还听说小美生活的那个峒场已经发生了翻天覆地的大变化，峒场里的人如今都过上富裕的生活。

　　"小美，你一定会成为一名出色的老板。"

　　我轻抚收银台上长势依旧旺盛的金钱树，像是对小美呢喃，更像是安慰自己。

蓝素莹专辑

驿 站

  陆乡长的小轿车驰过内屯村坳口的时候，村支书老韦正带领内屯村人给村道修建锌钢式波形护栏，这是一条连接外界经济命脉的通道，是内屯村脱贫致富的生命线。

  坳口一片喧腾，像一锅沸水。"老韦，马上回村委，我有重要的事情和你商量。"陆乡长把头伸出窗外，冲着正在忙碌的老韦挥手。老韦抬起头，汗水从他黢黑的脸上淌下，接着，像一条条小蚯蚓顺着脖子往洗得发白的衣领底下爬。"看来，抖音上传的一点儿都不假，这么热的天气，人摔在地上不赶紧爬起来的话，就要被烫熟啦。"老韦打着哈哈，扯开贴在肚皮上几乎拧出水的衣襟，让汗水顺畅地从胸膛窜过。

  7月的天气确实很热，早上喝下肚的几碗玉米粥来不及消化，就蒸发掉了，老韦的心也是热的，那是被党的光辉照热的。他随意地抹了一下脏兮兮的手就朝小轿车走去。陆乡长端坐在驾驶座上，轻轻转了一下方向盘，小轿车就沿着宽敞的水泥路滑进内屯村。老韦撩起衣襟揩了一把额头上冒出的热汗，脑子里突然闪过"运筹帷幄"这个成语。

  "老韦呀，那个'驿站'你考虑好了没有？"在村委，还没等老韦的屁股焐热板凳，陆乡长就直接开门见山。"驿站"只是一个代名词，指的是乡政府，就像平时人们称呼"老韦"一样，用的也是代名词，"韦忠红"才是老韦的全名。多次动员老韦调到乡政府工作，陆乡长可没少磨嘴皮子。

  窗外，7月的太阳炙烤着大地，平时窸窸窣窣、交头接耳的树叶，这时候没有了山风的"推波助澜"，正耷拉着脑袋。老韦像被感染似的，也跟着耷拉着脑袋。在领导面前，他习惯地耷拉着头；在群众面前，他也习惯耷拉着头。可老韦不是随时都耷拉着头，那要看是在什么样的场合，在什么样的人群面前。就比如刚才在村道修建锌钢式波形护栏的时候，面对故乡这片喧腾、充满无限活力的土地，他激情满怀，始终把头抬得高高的。

陆乡长继续说他的"驿站",而老韦却在摆弄肚皮上刚排完汗正在收缩的毛孔,那干瘪的"蟑螂肚"瞬间清凉了好多。此时,金灿灿的太阳从天空落下,跌在坳口那条熟悉的村道上。老韦抬起头,目光所及之处让他不由自主地想起往事。常言道,一个人,一条路,一段往事。老韦想起那段往事,眼中瞬间像蓄了一汪水……

老韦的家就在内屯村。内屯村在河之上、山之巅,和许多大石山区一样,这里群山巍峨,大山连绵,路弯弯曲曲的,起伏不断。站在山坳口,看似近距离的乡政府,可是真正沿着狭长的红水河走也要走两个小时。"看到屋,走到哭。"内屯村人深有体会,卷起裤腿肩搭一条汗巾,日复一日地走在这条羊肠道上,是内屯村一代又一代人的真实写照。直到有一天,一缕春风吹绿了红水河两岸,吹进了内屯村,同时也给内屯村带来一个好消息:由政府出资,内屯人出力,拓建从坳口到乡政府这一段路为机耕路。这是内屯人梦寐以求的事,整个内屯村沸腾了!

那时候,老韦的嘴唇周边刚长出一圈细小的绒毛,也许是大山人的本质,老韦的骨子里透着一股"雄心征服千层岭,壮士压倒万座山"的豪迈气概。当然,那时候他不叫老韦,叫小韦,他加入了修建机耕路的队伍。跟着老韦干的还有同村的阿王、阿千,他们三个年纪相当,在施工中负责"放炮"。放炮除了要成功引爆炸药外,还要排除不响的"哑炮"。

事情就发生在哑炮这个环节。那一天,时间差不多接近傍晚,天空突然阴沉沉的,似乎在酝酿一场大雨。人们纷纷收拾好工具回家。按照常规,负责放炮的人要在放完炮后方能回家,当"轰隆隆"的炮声连续响后,老韦、阿王和阿千发现,坳口还有一个炮没响,没响的炮叫"哑炮"。十几分钟过后,阿王和阿千一起去拆除哑炮,老韦因为尿急慢了一步。当一声惊天动地的炮声响后,紧接着一朵蘑菇似的炮花在空中散开,阿王和阿千也跟着飘在半空……

这一泡尿救了老韦一命!在给阿王和阿千追授"优秀共产党员"称号的同时,老韦也在政府的安排下走进内屯村委,成为一名人民公仆。老韦继续和内屯人一起修建这条路，一起见证这条路的成长过程。

老韦完全沉浸在往事中。这时候，裤兜里的手机突然振动了一下。由于裤兜那层薄如蝉翼的里布紧贴肌肤，手机稍微振动就会立马有感应。手机是移动大厅做活动赠送给儿子的，儿子说用不到，又转送给他。其实，这是一部配置很低的手机，儿子根本不喜欢。老韦很清楚，但他没有说破。都说"便宜没好货"，何况这是白得的，不花钱的。可这部手机到了老韦这里立马成了宝贝。在脱贫攻坚期间，在巩固拓展脱贫攻坚与乡村振兴有效衔接工作期间，老韦经常进屯入户走访，做村民们的工作，手机成了他和村民之间不可或缺的纽带。很多时候，在人多喧嚣的地方，手机声音小不容易听到，老韦怕耽误工作尤其怕耽误村民们重要的事情，他特意给手机设置较强的振动模式。

"嗡嗡……嗡嗡……"手机还在继续振动，那声音听起来就像老韦睡觉时发出的呼噜声。老韦掏出手机——是阿宋打来的。

阿宋担任村委信息员，是内屯村唯一一个愿意留在村委工作多年的大学生，阳光、活泼、能干，反正这一代人所有的优点几乎全都集中在这个年轻人的身上。阿宋今天也在坳口参加"战斗"。

"喂，哥红，你快点到坳口来指导，安装锌钢式波形护栏这活儿不能没有你，这条路永远离不开你！"

电话那头，阿宋的一声"哥红"，让老韦觉得顺耳、亲切，这和平时人们叫他"老韦"和"韦老"或者"韦书记"自然不同，"哥红"除了含有辈分在里面外，还多了一层乡里乡亲相互尊重的成分。

挂掉电话，老韦刚转身走几步，似乎想起了什么，又掉过头来说："陆乡长，阿宋年轻有文化。这时候，正是他施展才华的最佳年龄，那个'驿站'的位置就留给他吧。况且，现在正在修路呢，这路长着呢，我得继续待在内屯村，让内屯保持一路通畅，路路平安。"

没等陆乡长开口，老韦已经大步流星地走出村委，阳光下，白了三分之一的头发显得更加刺眼。

"过这村,就没有这店了,这道理,老韦你比任何人都清楚……"见老韦倔得像一头牛,陆乡长急得直跺脚。可是,说出来的话还没传到老韦耳边,就被突然从山坳口吹过来的一阵风给带走了……

我的大嫂

"爸又念叨你了，抽个空回家看看吧。"电话那头，大嫂的温言细语、言笑晏晏，就像冬夜里的一把火，我的心被照得暖烘烘的。

大嫂所说的"爸爸"，其实就是我儿子的爷爷，我和大嫂的家公。两个月前，家公突然患上脑梗，尽管当今医术很高明，可从医院捡回一条命的家公，最终还是站不起来了，吃喝拉撒只能在床上或者在轮椅上。我长年在外，不能长时间待在家公的身边，照顾家公的重担自然就落在大嫂身上。

"常回家看看！"在一个风和日丽的冬日，当我轻轻推开老家大院的大门时，心里还在重复着大嫂的这句话。

院子里静悄悄的。平时展开歌喉竞相歌唱的鸡鸭们，这时候正眯着眼睛在正午的太阳光下，慵懒地晒着翅膀。院子的中央是一块水泥硬化了的晒坪，铺满了金灿灿的稻谷，正紧挨着窸窸窣窣地交头接耳，似乎陶醉在冬日的暖阳里，沉浸在丰收的喜悦之中。我揉揉鼻子，想多呼吸几口难得的稻谷清香、瓜果飘香混合着的空气，可是刚抬头，眼前的一幕却让我怦然心动，手不由自主地停留在半空。我曾经在脑海里勾勒过无数个漂亮的画面，也曾见过很多美丽动人的风景，可是像眼前这个让人动容的场景，我还是第一次遇到！

大嫂的身影进入我的视线。她推着轮椅，从家门口走出来，不知道是太阳太刺眼的缘故，还是大嫂的精力全部都集中在轮椅上坐着的家公，她竟然没有看到我回来。待到轮椅稍微停稳，大嫂将轮椅来了个一百八十度的大旋转，让家公面向着家门口，背对着东边晒太阳，也正好背对着我。也许是太使劲儿，随着轮椅的旋转，我发现大嫂的后背微微弓着。这让我想起了父亲的后背。小时候，父亲挑重担的时候，后背就是这么弓着。大嫂把轮椅固定好后，伸手整了整家公头顶上戴着的一顶雷锋帽。也许是担心家公的头顶被晒着，我心里想。虽然初冬的太阳暖洋洋的，可是头顶晒的时间太长，晚上睡觉时就会感觉头昏昏沉沉的，太阳穴突突地乱跳，似乎要爆开。这种难受，

小时候我多次领教过了。

大嫂给家公整好帽子，又弯下腰把缩在一边袖筒里面的袖口掏出来，轻轻扯平边缘卷起的皱褶。看着大嫂在太阳下忙碌的身影，我想起了村树《海卡》里的一句话："袖口相碰也是前世缘。"我和大嫂本就天各一方，而如今却是望衡对宇，这难道不是前世缘？

我和大嫂的妯娌缘是在二十年前开始的。那年冬天，喧嚣了一个秋季的大地终于静了下来。这时候，在外地执教的大哥回来了，和往时不同的是，大哥的身后还跟着一位姑娘。姑娘个子高挑，皮肤白皙，见到我们，她莞尔一笑，露出两个可爱的小酒窝。从大哥的只言片语中，我们知道了大概，跟着来的姑娘是大哥学校里面的一个同事，两人相处时间长了，日久生情，很快坠入了爱河。这姑娘也顺理成章成了我的大嫂。

都说爱情路上风雨多，大嫂和大哥也是历经重重坎坷才走到一起的。大嫂在爱情的逆风中把握方向，做暴风雨中的海燕，做不改颜色的孤星，这一点，让我不得不刮目相看。

大嫂的娘家位于广西东南部的贵港市平南县，和我们老家位于广西西北部的河池市都安瑶族自治县遥遥相望，在当时交通比较落后的条件下，去一趟娘家要转好几趟车，到家的时候天已经完全黑了，人也精疲力尽。大嫂是家里唯一的女儿，当妈的肯定不愿意女儿远嫁，想方设法让大嫂"回心转意"，还说，这穷乡僻壤的有什么好呢。可是大嫂不理会母亲，只想一心一意地嫁给大哥。有好几次，我看见大嫂把前来说服她的母亲送上班车后，自己转过身偷偷地抹着眼泪。那时候，我才真正理解了这句话：人为什么会流泪，那是因为流泪代替了嘴巴说不出的悲伤。

大哥和大嫂没有举行轰轰烈烈的结婚典礼，两人选个好日子，手牵手去民政局领了结婚证，就把婚结了。大嫂真正地嫁到我们家来了。其实，大嫂比我小三岁。在字典里，妯娌不分年龄，地位均等，可对于注重长幼排行的农村来说，妯娌是有区分的。也就是说，大嫂虽然年龄比我小，但她的排行比我高，我不能直呼其名，要称呼大嫂，不然就是对大嫂不尊重。刚开始，我不好意思开这个口,觉得有点儿别扭,毕竟大嫂比我小那么多岁。可大嫂却大大咧咧地说:"没关系呀,叫啥都行,就是一个称呼而已。"说完一个人呵呵地笑了。那情景让我们如同姊妹,从此,两颗心在慢慢靠拢。

大嫂来自广西,算是个外来媳妇。外来媳妇本地郎常常是人们茶后饭余的话题,说是鸡鸭共处。其实,这个比喻没有什么恶意,由于生活习性和各自方言的不同,刚嫁过来的外来媳妇在和本地人相处中常常闹出笑话,成为人们闲聊的笑引子。可是,大嫂不一样,她虽然不会说本地壮话,但她会说一口流利的桂柳话。在桂西北,你不会说壮话不打紧,只要你会说桂柳话就可以了。桂柳话,系属西南官话的一种,是广西最强势的汉语方言之一,人们基本上都能够听懂。没有语言交流障碍,那就不存在沟通问题,大嫂可以用桂柳话和家公、家婆促膝长谈,也可以用桂柳话和村上的人谈笑风生,完全不像个外地人。渐渐地,村里的老老少少开始对这位外来媳妇竖起了大拇指,感叹着"进门媳妇随门风"。

这里所说的"门风"即"家风",指一家或一族世代相传的道德准则和处世方法。我的家婆勤俭持家,家公也是村里德高望重的老人。也许是耳濡目染、潜移默化,村民们似乎在大嫂的身上又看到了家公、家婆的影子,看到下一辈传承了父辈的优良传统。

都说人生道路是九曲十八弯,这句话不无道理。就在大嫂进门的第三个冬天,她的人生路突然转了个大弯。一向健康的家婆突然病卧在床,年迈的家公照顾自己尚可,但照顾家婆那是心有余而力不足。在这种情况下,家里需要一个年轻人留下来照顾老人。那时候,我在外面创业刚刚起步,大嫂还在原来的学校执教,谁该留下来呢?就在大家酌情定夺的时候,大嫂从学校里打来了电话,说她辞职回老家照顾老人,而这一照顾就整整照顾了六年,直到家婆无憾离世。

送走家婆,我们都劝大嫂重回学校,那地方才是她施展才华的空间,是真正属于她的天地。可是大嫂总是笑着说:"等以后再说吧。"我知道,大嫂是不放心家公一个人在家。家公渐渐老了,身体也一年不如一年。可这"等"

又等来了家公的瘫痪，大嫂再一次用她的双肩挑起了这副重担，再一次挑起了这个家……

"孩子他婶，啥时候回来了？也不吱一声！"刚帮家公整理好衣袖的大嫂突然转过身，无意中看到直愣愣站着发呆的我。她佯装生气地嗔怪着，接着又笑呵呵地说："回来就好，你和爸唠唠嗑，我先去忙一下。"说完就走进里屋，不一会儿，里屋传来了歇斯底里的鸡叫声。我知道，大嫂开始为我准备晚饭了，她知道，我很爱吃家里养的鸡，每次回来，都要亲自弄一锅鸡肉，让我美美地饱餐一顿，末了，还叫我捎上几只，说在外面不容易，多补补身体才行。

夜幕降临了，远方的天边仅存的点点金光正悄悄退去。我分明听到院子里柿子叶掉落到地上的声音，起风了！这冬天的天气说变就变，总是让人始料未及。我感觉脖子上有一股寒意，拉了拉衣领。大嫂提来一桶热水，说是给家公搓搓后背。她告诉我，每天用热水搓背，相当于给家公按摩，促进血液循环。看着大嫂搓背时那娴熟的动作，我联想到军事演练时战士们冲锋上阵的动作，此时的大嫂难道不是在进行一场演练吗？这是一场生活演练：生活中的世界巨大，她以渺小来爱它；生活中的时间悠长，她以短暂来爱它。

夜很深了，万籁俱寂。万物沉睡在冬季，不愿意醒来。我睡不着，大嫂的影子总是在我的眼前晃动。我披着衣裳轻轻地走到院子里，大嫂的房间还亮着灯！雪白的灯光孤寂地从窗口泻出，平静地洒在树叶斑驳的院子里，我知道这种平静，不是避开车马喧嚣，而是在心中修篱种菊。

汪修平专辑

汪修平，在校学生，文学爱好者，作品先后在《新锐阅读》《语文周报》《清风文学》《桂林日报》发表，多次荣获全国征文大赛一等奖。

棋子一掷，似水流年

　　流淌的时间之河，浩浩汤汤，横无际涯，卷起浪花滔滔，翻滚着我们的如歌岁月，留下或美好或遗憾的水迹印痕。

　　西天远垂的太阳惨白地微笑着，颓废地收拾起光影，准备下山休息。街上反而愈加拥挤，促行的步履把欣笑抹得了无痕迹，因而此刻在逼仄斗室中的我更平添了些许愁绪，把棋子敲得哐哐作响。

　　棋室如一潭静水，除却棋子掷落声泛起一点涟漪，平日里都毫无波澜，难有风波。同学们低头看棋，冷静地移动棋子。我则听着清脆的掷棋声，观察已有倒悬之急的棋局，心如乱麻，又看向对面的朋友流露出胜利的微笑。我强压闷火，自废武功后，颓然而出。

　　失落、沮丧、挫败感，如盘旋的秃鹫占据我的心上空，为什么呢？没有缘故的，只因我毫无造诣吧。我叹息道。恰好老师挤过走廊，问我："怎么，你不是多次练习了吗？"我苦笑道："练习于我是无用功，还是算了吧。"老师皱起眉头，更严肃地说："你如果有不懂的可以找我，棋谱要多看，更要实践。好吗？不要给自己留遗憾啊。"语气中夹杂着期盼。

　　老师匆匆过去了。与我对弈的朋友出门，拽住我说："不好意思，我刚不小心得意忘形了。"我说："这不怪你，是我棋下得差，等级证书是你的了。""这叫什么话呢？我们是朋友啊！共进步、共欢乐，我们一起拿证书，咱多对弈几次，行吗？"

　　我听出了他的恳切，看着朋友眼里的光芒，回望老师的背影，我下定决心，不错，不给自己留遗憾，不辜负朋友的友谊！

　　烟火的气息渐渐浓烈，在煤气灯下翻腾。马路上的霓虹灯闪烁，灯火辉煌。我眼下棋盘仿佛连接了窗外的绚烂，一子掷，六陆并进，织棋如网，无数学过的棋谱交织在眼前，形成梦幻的光晕，又如粉碎的水晶，光耀人心。平白的棋子在指下飞掷，一粒粒凝聚我的汗滴，一步步织成一张棋网。我目下升尘，志气弘毅，满怀心悦与自信，落下决胜一子。"好吧！你赢了，赢了我好多次了！"我抬眼，是朋友真挚如珠玉般冰洁的笑。看向老师，老师正平静地微笑着。一刹那，我鼻头发酸。在年少时光里，遇见了正直交心的人，品尝了沁人心脾的美酒。欢快如潮水，幸运的美好让我的心怦怦直跳。

似水流年啊，流淌的长河唤醒人的疲惫心灵，美好是心灵的慰藉，是在劳累时莞尔一笑的肇因。披落尘若星，仰观繁星若尘。年华中的美好掩盖了其他，令人深深着迷。

年岁不挽留，韶光何曾停留，静静的春水上划过载满美好的小舟。

迈出一步，再迈一步

　　苦菊的清芬如溪流般流入空气中，缓缓流动，抚慰我的鼻腔。放眼望去，风和日丽，百花齐放，仿佛鼓励着人们奋勇向前。然而，我的双足却如胶粘住般固定。

　　我此刻开始后悔来玩这些"危险"项目了，明知恐高又夸下海口，如今面对一线钢丝，我心脏狂跳，更别提前方还有一段滑索。我早已汗流浃背，双目晕眩，阳光照在钢丝上，反射出一团团光晕，如同游动的水母。

　　"喂，快来！勇敢点儿！""别怕呀，你挂着安全绳呢！""再不来就瞧不起你！你看我……好端端的。"对岸朋友的呼唤接连不断，声震如雷，可却震不动我，让我有勇气动弹分毫。在我迷离的目光中，那一幅幅鲜活的面孔都变得模糊，似乎溶解在水里。唯一真切清晰的，便是丧魂落魄的恐惧感。"我不敢，说什么也不敢！"

　　突然，一个声音喊道："你别看这钢丝长，你就迈出一步，就迈一步！迈一步没事儿吧？迈一步后，不就再迈几十步嘛！"

　　我心犹悸，睁眼细瞧，尽力想把这一长段钢丝分解为几十小段，不过紧张使我不能集中注意力。蓦地，正好瞥见对面朋友期待的脸，一股无名之力推动我迈出了第一步。

　　一步踏上，钢丝摇晃，我几乎又被恐惧包裹。可我听见朋友喊："对！就是一步一步地迈！你瞧，没事吧！别管有多长，你权当就是好多个一步，像爬山，扎实地迈好每一步！"朋友热情洋溢的高呼令我信心大增。不错，虽然长，可也就是迈一步又一步而已，有什么可怕！我长吁一口气，奋力又迈一步，现在我双脚皆在钢丝上，心像钢丝般晃荡片刻，但我转瞬屏息，不留喘息，脚下若乘云，一连走出半程。"好啊！"朋友喊，"现在，就剩这一半了，小目标，快点儿，别给害怕留时间。"我应了这话，压住怯意，笃定地向前迈去，每一步如踏在钢板上扎实。风呼啸在耳边，提醒着我离地甚远，可我毫不在意，一步一步，直到最后一步，在欢呼声中走下钢丝。至于滑索，亦无所惧怕，我屏息凝神滑了过去，山风迅疾，我仿佛一只自由的飞鸟。

当我再度回望那钢丝时，即使在骄阳下，它也黯然失色。虽说是几十米，但也被我一米一米走过。

罗马建成非一日之功，拿破仑也并非一夕征服欧陆。"哀人生之长勤。"人生之路，道阻且长，一座大山是一步步翻越的，人生亦如是。"一朝惊鸣天下知"并非一蹴而就，唯有分割目标，夙夜匪懈，方能聚千钧于一击，一举越过山头，看见那最美的风景。

千帆竞渡。吾辈身沐朝阳，心浴天光，百千沟壑，笑之无妨。人生的长跑前，勿被那巨大目标吓倒，只要迈出一步，再迈一步，步步为营，就能一点一点实现目标。

难忘的青岛之旅

时光匆匆流逝，然而那个暑假的记忆，如同镶嵌在我心头的宝石，熠熠生辉。那是一个温馨的夏日，我和妈妈从北京搭乘高铁，向着那座闻名遐迩的海滨之城——青岛进发。爸爸因公差驻留青岛，得知我们将至，热情地发出了邀请，期盼已久的海滨之旅终于要成真了。

青岛，一个名字中弥漫着海风与浪花的城市。我们下榻于栈桥畔的一家典雅的星级酒店，当推开窗扉的刹那，那带着海洋特有咸鲜味道的海风便温柔地包裹住了我。它像是大海的使者，捎来了远方的问候，让人沉醉在这份独特的海洋情怀中。

那个阳光明媚的下午，爸爸领我和妈妈迈向了那片金色的沙滩。沙滩上，小螃蟹们像是顽皮的孩童，时而从沙洞中探出小小的身躯。爸爸眼明手快地捕获了一只。我兴奋地跳跃着，仿佛捕获了一份来自大海的惊喜。我也不甘落后，俯身细寻那些藏匿的小生命。一只小螃蟹悄然爬过我的脚边，待我伸手欲捕时，它却狡黠地躲回了洞中。我不服输地挖掘着，决意要找到它。爸爸妈妈站在一旁，眼中满是笑意，我们的欢声笑语在海风中飘荡，仿佛与大海共同谱写着一首欢快的乐章。

夜幕低垂时，我们漫步于特色小吃街，品尝着琳琅满目的海鲜美食。鲜嫩的海鱼、肥美的虾蟹，还有那些散发着海洋香气的贝壳类小吃，每一口都是对味蕾的极致挑逗。晚餐后，伴着轻柔的海浪声，我们陷入了甜美的梦乡。

第二天，天边刚泛起鱼肚白，我们便早早地起床，去迎接那令人神往的海上日出。起初的天空宛如一块蓝色的宝石，随着时间的推移，一抹淡淡的红霞开始在天边悄然绽放。渐渐地，那红霞越来越浓烈，如同天边绽放的一朵绚丽花朵。终于，太阳缓缓从海平面升起，它如同一位羞涩的少女，先是露出了娇柔的脸庞，然后逐渐展露出灿烂的笑容。霎时，金色的阳光洒满海面，波光粼粼的海水仿佛被镀上了一层金色，美得令人窒息。

日出之后，我们踏上了前往崂山景区的旅途。缆车缓缓上升，爸爸紧紧握着我的手，我能感受到他掌心的温度和他对我的深深爱意。在崂山的怀抱中，我们尽情地欣赏着山川的秀丽与壮美，一路上留下了我们的欢声笑语。

归途中，我们路过了一个静谧的小渔村。那里的房屋错落有致地依海而建，渔民们忙碌地整理着渔网，孩子们在海边嬉戏打闹。我们被这种淳朴的海滨生活所吸引，于是停下脚步，购买了一些新鲜的海产品，想要将海洋的味道带回家中。

三天的青岛之旅转瞬即逝，我们满载着美好的记忆踏上了归途。那些与爸爸妈妈共度的欢乐时光，仿佛一幅幅精美的画卷永远地定格在我的心中。

如今我已长大，但每当回忆起那段美好的青岛之旅时，心中依然涌动着无尽的温暖与感动。那不仅仅是我童年时光中的一段难忘经历，更是我人生旅途中一笔宝贵的财富。我期待着在未来的日子里能够再次与家人共同创造更多美好的回忆。

品味古城美食，探寻盛唐遗韵

　　西安，这座承载着厚重历史的古都，一直是我魂牵梦绕的地方。每一次提及，我心中都会涌现出对那"盛唐气象"的无限憧憬，仿佛能够听见历史的涟漪在耳旁轻轻荡漾。

　　那年暑假，我与父母终于决定去往这个向往已久的地方。在出发前，我精心策划了一份五日游攻略，囊括了西安的各大景点：古城墙、钟鼓楼、大明宫、大雁塔和小雁塔、陕西省历史博物馆、华清宫、秦始皇兵马俑博物馆、回民街、永兴坊美食街，以及大唐芙蓉园。

　　高铁飞驰在广袤的大地上，窗外的风景如同流动的画卷，美得让人心醉。当列车途经华山时，爸爸半开玩笑地提议："要不我们临时改变计划，去挑战一下华山？"我眼中闪过一丝渴望，尽管没有将华山纳入行程，但对华山的向往一直萦绕在心头。妈妈却连连摆手："自从爬过泰山后，我就对这些高山敬而远之了。我还是更倾向于在街头巷尾品尝美食。"她笑着说。

　　终于抵达了西安，我们乘坐网约车前往安定门。在选择住宿时，我们特意挑选了位于江苏大厦附近的西安紫金山大酒店。爸爸打趣道："就选你妈妈娘家的'领地'吧！这样，她就能感受到家的温馨了。"妈妈听后笑了。她是江苏人，所以爸爸每次外出旅游时，总会尽量挑选与江苏有关的酒店，让她在异乡也能感受到一丝家乡的亲切。

　　稍作休息，我们迫不及待地通过安定门，踏入了古城的怀抱。古城墙的沧桑与历史感迎面扑来，箭楼与明清贡院的古老建筑仿佛将我们带回了那个辉煌的时代。我们举起相机，记录下这些珍贵的瞬间。

　　沿着西大街前行，原本我们计划前往一家好评如潮的餐厅，但妈妈却被路边的各色小吃吸引得挪不开脚步。"看看这个，闻闻那个，简直太诱人了！"妈妈兴奋地嚷嚷着。我和爸爸相视一笑，耐心地陪着她品尝各种特色小吃。

　　途中，我们经过了一座古朴的天主教堂，它与周围的现代建筑形成了鲜明的对比，为这座古城增添了一抹别样的风采。

又走过两个路口，我们发现手机导航上显示，那家餐厅依然遥不可及。这时，一家热闹非凡的水盆羊肉馆闯入了我们的视线。店内人声鼎沸，香气扑鼻。妈妈迫不及待地提议："就在这里吃吧！"我和爸爸欣然同意。当那盆色香味俱佳的羊肉端上桌时，我们都被其分量和香气所震撼。羊肉鲜嫩可口，入口即化，让人回味无穷。

饭后，我们决定步行前往回民街。夜幕下的西安更显古朴的韵味，古老的建筑与现代的霓虹灯交相辉映，就像一幅美丽的画卷。妈妈说："这样漫步，不仅有助于消化，还能让我们更好地感受这座城市的韵味。"

在回民街，我们一路边逛边吃，尽情享受着这里的美食与文化。红柳羊肉串的香气、羊肉泡馍的鲜美，还有那些琳琅满目的小吃，都让我们流连忘返。直到夜深人静，我们才意犹未尽地打车回到酒店。

躺在柔软舒适的床上，我细细回味着这一天的精彩瞬间，心中充满了对接下来几天旅程的无限期待。西安，这座古老而又充满活力的城市，正等待着我们去揭开更多的历史面纱，探寻那些隐藏在岁月深处的秘密。

艺术在风雨中飘摇

当戴陶老先生离世的消息传来，我正身处他的宅邸，协助整理着繁杂的物件，为即将到来的搬迁做准备。此前，我从未将"先生"这一尊称与他相连，而现在，每当提及他，我的心中便涌起无法平复的情感。

那日，我从铁框窗向外望去，愁云依旧如一只僵死的老羊般瘫软在天空，只露出一丝缝隙，泻出两三道苍白而逃逸的光线。

我匆匆出门，穿过桥梁抵达对岸租界的戴陶老先生的宅邸。一瞥见那如银光闪烁的白须自然垂落在胸前，那双常含笑意的眼眸如同夜空中闪烁的星星的老人，我便确信，这定是戴陶老先生无疑。

他如往日般，带着微笑亲自迎接我，絮叨着五湖四海与家常琐事，不知不觉间，我们步入了书房。他再次以慈爱的目光瞥了我一眼，随后转身离去。我早已习惯了他这样的举止，于是默不作声地继续整理书房。对于这位总是面带微笑、和蔼可亲的老者，我心中充满了敬意。

戴陶老先生的书房，更像是一座博物馆，堆满了各种与一位画家身份不太相符的奇珍异宝：西洋香水、东洋八音盒、南洋的鹦鹉标本等，数不胜数。即便是与绘画相关的物品，也显得颇为另类。一摞摞名画的临摹作品如同废纸般被随意与各种古籍收藏混杂在一起。其中既有唐寅的桃花、仇英的人物画，也有各家所绘的"虎溪三笑"，甚至还有日本宫廷画和西洋风景画。更为夸张的是，当我清理完这堆画卷后，竟然发现底下赫然裱装着一幅鲁本斯的奔放狂热的群像画。这些跨越数百年、来自世界各地的画作汇聚一堂，即便都是摹本，也让这间昏暗的小屋熠熠生辉。或许正是这种别具一格的审美情趣，使得戴陶老先生在画家圈内备受排挤。然而，他毅然决然地退出了各种画社，成为一位涉猎广泛的文艺人士，并自我解嘲道："跳出三界外，好嘛！"

这让我想起了我们初识的情景。当时，我成天如同犯了热病一般，手头

的书如同潮水般涌过，却总是无法静心阅读，唯独偏爱抱着书本念叨。

一天，我正拿着一本华兹华斯的诗集，高声朗诵着忘情的诗句。戴陶老先生作为学校的教员恰好经过，他兴致勃勃地问我正在吟诵什么诗。然而，我却一时语塞。于是，他接过诗集，轻蔑地瞥了两眼后便飘然离去。

过了一段时间，我收到了他赠送的一幅画，画中描绘的正是诗中所提及的秀美河谷，画技精湛，形神兼备。当我问及他如何能画得如此传神时，他仰天大笑，回答道："艺术感知都是相通的嘛！"

随着时间的推移，戴老先生那里的消息渐渐稀少，想必他又沉醉于纵酒吟诗的生活，甚至可能已然大醉，连家里的老妈子也懒得去查看他的状况。在我与画、诗、题文的探索中，多了一份戏谑的宁静。就像人们每天在空气中行走、呼吸，却常常忘却空气的存在一样，我最近因为经常为戴陶老先生整理书房，而渐渐忽略了艺术之美。一幅水墨画中的远山近水在白黑交融中呈现出别样的韵味，旁边配以气势磅礴的书法题诗和朱红的印章，使得整幅画面如同"白银盘里一青螺"般独具匠心。我情不自禁地哼起小调，随手掀开又一摞纸卷，然而这一刻，我却突然愣住了。

那是一份公函和一份线稿。公函的大意是接收戴陶老先生为中华全国文艺界抗敌协会的会员，而线稿则是一份中西风格融合的抗日海报草图。我深知这两份文件的重要性，于是抓起它们飞快地冲向戴陶老先生面前，拿着那两张纸大声喊道："戴先生！日寇已经占领上海了！这里是租界，他们才没进来。您要是搬出租界就危险了！让日本人看见您就完蛋了！"

戴陶老先生猛地睁开眼睛，紧紧抓住那份公函。单薄的纸张和黑色的铅字仿佛具有魔力一般将他的双眸紧紧吸引住。他久久不语只是盯着、读着那份公函，让我感觉不到时间的流逝。渐渐地，他那银白的胡须仿佛月华般洒出清辉。他那张我尚未完全记清的脸突然颤动了起来发出声音："他们真的批准我入会了！我说，日本人怎么给我送了茶叶还托了熟人送来，原来是知道这个消息想毒死我啊……咱们中国的艺术这可都是祖先几千年养成的精华，里面有咱们的审美、咱们的思想、咱们的精神，得让它传下去。我这辈子还不算是个废物，公家还认可了呢……"说完，他的那张总是带着嬉笑的脸上庄严地蒙上了一层微笑。

之后，我逐渐了解到戴陶老先生其实是一位长期倡导"文化救国，艺术救国"的先驱。他因直率地批评业内同人的固守成规或全盘西化，以及他大力推崇的中西艺术融合的理念，而在艺术圈内备受排挤。然而，当时的我，作为一名涉世未深的人，仅仅觉得他是一位风趣可爱的小老头，却未曾察觉到他冒着生命危险加入中华全国文艺界抗敌协会，甚至那份重要的公函都被家里的老妈子藏匿了起来。

当我得知这一切后，内心深感愧疚。

因此，在中华人民共和国成立后，当首长希望推荐一位文化艺术领域的典型人物进行宣传时，我毫不犹豫地推荐了戴陶老先生。当首长询问我推荐他的理由时，我回答道："因为他不仅是一位卓越的艺术家，更是一位深知艺术对民族之重要，并愿意为之誓死捍卫的勇士。他对艺术有着深刻而独到的见解，是我们这个时代不可或缺的艺术大师。"

我与梅花的故事

我家旁边有一株梅花树,它矗立在众多五彩斑斓的花卉中,曾显得那么的不起眼。周围,桃花娇艳,杏花素雅,梨花如雪,它们似乎在调色板上各自挥洒着自己的色彩,而梅花,只是默默地站在那里,以它独有的暗红色调,静静地守望着四季的更迭。

幼时的我,对那绚烂多彩的花朵总是充满了好奇与喜爱。每当母亲带着我逐一辨认这些花朵时,我总是兴致勃勃地指着那些美丽的花朵,询问它们的名字。然而,当我的目光落在梅花上时,却总是不由得轻轻皱起眉头。与其他生机勃勃、色彩斑斓的花朵相比,梅花的暗红色调显得有些沉闷,花盘也小小的,仿佛不敢与那些艳丽的花朵争艳。

随着时间的流逝,我逐渐长大,开始接触到一些关于梅花的诗句和故事。老师们也常常会讲述梅花在风雪中傲然绽放的坚强品质。然而,即便我吟诵着"遥知不是雪,为有暗香来"的诗句,对梅花的敬意也仅仅停留在表面。在我心中,梅花依然只是那个不起眼的存在,每当提及它时,我也只会想到它坚强的品质,而并未真正领略到它的美。

直到那个傍晚,我手里拿着一份糟糕的成绩单,心情沉重地走在回家的路上。夕阳已经渐渐收起了它的余晖,天空开始飘起雪花。那些我曾经喜爱的花朵都已在寒风中凋零,连青草都被厚厚的积雪覆盖。我漫无目的地走着,心中充满了烦躁和悲伤。

就在这时,一抹暗红色突然闯入了我的视线。那是梅花,它正在风雪中傲然绽放。那暗红色的花朵在白雪的映衬下显得格外醒目,犹如一位身着红裳的君子在枝头挺立。纤细的树枝托着厚重的积雪,但梅花却毫不畏惧地迎接着风雪的洗礼,它就像一位钢铁战士般坚强不屈地屹立在天地间,展现出一种震撼人心的美。

这种美不同于那些艳丽的花朵所带来的视觉上的享受,而是一种触动心灵的精神之美。它用无声的磅礴之力迎接着风雪的挑战，傲然绽放着自己的美丽。在这一刻，我真正领悟到了梅花的坚强与美丽并存的品质。

我仿佛遭遇了霹雳般的震撼，全身都为之一颤。我曾经那么鄙夷和嫌弃的梅花，竟然在风雪中展现出如此坚强的美丽。我深感自己的过失和无知，并为之前对梅花的误解而感到羞愧。如果梅花能够听见我的心声，我真想向它道歉。在这位真正的君子面前，我不由自主地低下了头表示敬意。

从那以后，每当我遇到挫折或困难时，就会想起那株在风雪中傲然绽放的梅花。它激励着我勇往直前，不畏艰难困苦，以坚韧不拔的精神，面对生活中的每一次挑战。同时，我也开始学会欣赏那些看似不起眼却蕴含着深刻内涵的事物，不再轻易以貌取人或以物取人。

妙瓜专辑

妙瓜，本名缪东荣，生于杭州。1978年后在富锦县（1988年撤县建市）县委、县政府、县政协任职，退休后返回杭州。中国网络作家协会会员，中国诗歌学会、散文学会、小说学会会员，湖南省网络作家协会会员，青年作家网签约作家。曾出版《青春富锦》作品集，著有诗集《我的故乡是天堂》《我还有一个故乡是北大荒》。

酒逢知己

　　我在北大荒生活了四十多年，入乡随俗豪饮了半辈子酒。这与北大荒的酒文化有关，东北汉子率性、豪放，喜欢以酒会友，一醉方休。尤其在农村，质朴的农民常以喝酒辨忠奸，初次饮酒你若喝高了，他们就会认定你是忠厚之人，可以深交；反之，就是藏奸耍滑，工于心计，自然不可深交。这与我国西南地区很多少数民族的习俗有异曲同工之妙。我的很多挚友都是从酒友开始做起，觉得互相"对撇子"，二两酒下肚，就无话不谈，半斤酒下肚便推心置腹，日久天长，遂成知己。

　　那年，我刚跨进十七岁门槛，和一帮同学在北大荒农村插队落户。我们插队的地方已接近祖国的最东端，日出特别早，凌晨3点，太阳就从广袤的地平线上露出通红的脸庞，如同一个温暖而光明的灵魂，从混沌的远方冉冉升起，大地就在被染成金黄色的这一刻苏醒。之前在家乡时为了看日出，不等到天亮就和同学们登上西湖边的宝石山，山顶有座初阳台，是杭州城观日出的最佳处。当一轮红日从地平线喷薄而出时，大家欢呼雀跃，激动之情难以言喻。而北大荒的日出比家乡看到的要壮观得多，却没有了欣赏的心情。因为日出早就意味着出工早，身子实在太困乏了。白天在地里劳作，蔚蓝的天空上层层叠叠的云，美得像一幅精美的油画，可我们哪里有闲心去欣赏呢？眼里只有脚下那条地垄沟，长到看不见尽头。傍晚，落日熔金，半边天际渐变成放射状的灿烂霞色，心里却生不出丝毫霞落云烟的美好遐想，只盼它快点儿落尽，好收工歇息。

　　端午节那天，一个平时与我们知青有点儿意气相投、相处融洽的老乡请我和另外三名知青到他家去喝酒。他姓于，长我三岁，一米八的高个子，黑红的国字脸上长着一对英气的浓眉大眼，我们都叫他"于大哥"。

　　对于大哥的邀请，我们盛情难却。但双手空空去赴宴不大礼貌，总得带点儿礼物呀。那时候，我们几个兜里比刚洗过的脸还干净，怎么办呢？合计了半天，几个人的目光都不约而同地落到了绰号叫"黄毛"的知青带来的宝贝上。那是一幅用薄铁压印而成的《毛主席去安源》的油画，画面上青年时期的毛泽东意气风发地走在去安源的路上，背景是苍茫的山岚和风起云涌的蓝天。那幅画在当时具有样板戏一样的地位，尤其是这种铁质的一次性压印成带画框的，更是一画难求。我们生产队十几名知青，只有黄毛拥有这幅画。平日，当别人把目光投注于画像时，黄毛眼里总会流露出一丝不易察觉的自豪。

　　但这一次，我们的目光不仅是欣赏这么简单了，经过不厌其烦地诱导，黄毛终于以大局为重，忍痛割爱。于是，黄毛手捧《毛主席去安源》走在前面，我们三个跟在后面，踏进了于大哥的家门。于大哥见我们还带来了礼物，更是喜出望外，接过去后就立马挂上了墙。

　　四十年后，我们旧地重游，房子早已翻新过，旧家具也已不见了踪影，而那幅画虽锈迹斑斑，却依然挂在墙上。那一刻，我们的眼睛潮湿了。于大哥到关里打工去了，要到过年才能回来。我想，墙上的那幅画一定是珍藏在他心里的。当然，这是后话。

　　那天，于大哥怕我们喝不好，还特意邀请了四位在村里德高望重的"名人"来作陪。炕上两张小炕桌对拼成方桌，小鸡炖蘑菇、猪肉炖粉条、韭菜炒鸡蛋、拌凉菜、酸菜炖大骨头棒子，都是杠杠的硬菜。大家有说有笑地吃了一会儿后，四位"酒陪"中德望最高的老李头开腔了，他指了指于大哥说："这小子让我们来作陪，怎么也得把你们几个陪好啊。"我们四人赶紧回道："不客气，不客气，随意就好。"

　　老李头不紧不慢地卷了一支烟点着，深吸一口，慢慢呼出："随意？那我们就来个小高潮……"他呼出的烟正好喷在我的脸上，呛得我连声咳嗽。老李头乐得哈哈大笑，顺手捶了我一拳："瞅你这完犊子样，一口烟就把你呛那样。"完犊子是东北方言，含贬义，常用于形容一个人无能。然后，他对大家说："那现在我们就开始大碗轮，一人一口，一轮见底儿，咋样？"我们几个面面相觑，那不是水浒吗，不过我们都没领教过轮酒的厉害，还是默许认同了。只见老李头正襟危坐，双手端起满满一大碗白酒，替主人行轮酒令："松花江水浪打浪，今天喝酒我打样。"说完便喝了一大口。

就在老李头把酒碗送往嘴边的一刹那，我看见他端碗的大拇指正淹没在酒里，指甲缝里一缕黑泥像渲染的水墨，飘飘逸逸地溶解在酒里。轮到我了，我双手恭敬地接过酒碗，发现老李头嘴巴上的残留食物还沾在碗边。我的胃一阵痉挛。正犹豫间，老李头催道："怎么着，有毒啊？"

经老李头这么一揶揄，不敢再延误，便悄悄将碗转个角度，两眼一闭，猛喝了一大口，好家伙，只觉得一股硫酸从食道烧到胃壁，又变成一股火焰蹿上鼻腔，眼眶顿时涌出眼泪来，平生第一次领略了大口喝烈酒的滋味。

酒过三巡，菜没吃几口，头已经晕晕乎乎了。不料，老李头又出新招了，嗑也唠得挺到位："酒逢知己千杯少，七两八两没喝好。感情浅，舔一舔；感情深，一口闷！这轮还是我打样。"说完，一仰脖将一碗酒喝了个底儿朝天，喝完酒，双手将碗倒扣举起，向众人展示他没有耍滑，接着像传递接力棒一样将碗递给我。我忽然觉得这场面有点儿像聚义厅，老李头已五十开外了，一碗酒半斤多，一口闷且面不改色，特别是一喝一举那架势，透着一股子豪气，真让人销魂。

我鼓起勇气端起碗，想起《红灯记》里临行喝妈一碗酒，想起景阳冈武松连喝十八碗，这回我也豁出去了，也学着老李头的样子张嘴仰脖，表情痛苦得像武大郎吃药。终于饮尽碗中酒，把空碗递给下一位时，一股英雄气直冲脑门，头一阵眩晕，眼一阵迷糊，胃腔内翻江倒海一般，热流直涌喉口。我赶紧跌跌撞撞跑出门外，扶墙哈腰，张嘴狂呕，亏大了，连早晨吃的玉米糁都吐出去了。后来，面如土色的我被送回知青点，来不及上炕，一头扎在灶旁的柴火堆里就昏昏睡去，一睡就是两天。那时身子单薄，不担酒。

此后一段时间里，我对白酒有点儿发怵，丢人现眼的阴影总挥之不去。但也因祸得福，老乡们和我好像亲近了许多，大约是我以醉酒的实际行动践行了当地的酒文化之故。

进入夏季，供销社进了啤酒，那年月啤酒是稀罕物，即使在县城里也不常有，何况这偏僻农村。我与另一名绰号叫"洋铁桶"的知青合计着去过把瘾，白酒都喝过了，还怕啤酒吗？我俩站在柜台前，一人两瓶，嘴对着瓶口吹喇叭，吹到一半，"洋铁桶"吹不动了，剩多半瓶啤酒递给我："实在整不进去了。"

我刚吹完两瓶，本想婉拒，但一回头，营业室里十几个老少爷们、大姑娘、小媳妇正盯着我俩看呢，瞬间那股英雄气又驰骋起来，二话没说接过瓶子又一通豪饮。回去的路上身子有点儿轻飘飘的，原来啤酒也挺有劲儿的。

俗话说，人身很多机能都是用进废退的，这话不假。一来二去，我的酒量明显见长，等我进城又进机关单位时，酒量已足可在一般场合上混迹了。城里人喝酒与乡下人不同，那种动辄拼酒的事儿是屯儿迷糊（东北人对没见过世面的乡下人的蔑称）水平，城里人有城里的酒文化，一般都要先请领导、长者或东家致辞后，方能举杯动箸，席间每个人也轮流致辞，以助酒兴。致辞时词汇丰富者较受青睐，词汇匮乏者如总用一句"啥也不说了，都在酒里"来搪塞，那只有一饮而尽的份儿，没有好酒量是扛不住的。酒量差的，几杯落肚嘴就打瓢闹出些笑料的事情也常发生。酒桌上遇到上司，还得绞尽脑汁搜索一些溢美之词，琢磨词儿这活儿比喝酒还累。

"酒逢知己千杯少"这句是在酒桌上出现频率较高的话，于酒至半酣时说，效果最佳，几声吆喝，觥筹交错，一仰脖酒杯见底儿。若是啤酒，便咕嘟咕嘟一通灌，晕乎乎看谁都是知己。

后来，在城里混得时间长了，便结识了一些可以掏心窝子的朋友，工作中受憋屈了，生活上不顺心了，就找这帮朋友推杯换盏，一醉解千愁。高兴的时候也凑在一起把酒言欢，真正的酒逢知己千杯少，醉并快乐着。

退休后，我选择回故乡杭州，本以为可以摆脱醉酒的困扰，却想不到又迈进一个更大的酒圈子。我在故乡的朋友基本上是北大荒知青群体，北大荒的酒文化似已融入大家的骨髓。

去年7月，由于身体的原因，我只好告别酒圈子选择戒酒。原来酒桌上的"战斗机"忽然滴酒不沾，以茶代酒，别说朋友们够诧异，连自己也不适应，特别是刚戒酒那段日子，饭局上好几次都差一点儿经不住劝诱而防线失守。渐渐地，那股粮食精的醇香再也刺激不了我的味蕾，调动不起胃的欲望，酒瘾似乎也善解人意，不再出来撩逗了。

　　以茶代酒，虽失去了豪饮的乐趣，却少了酣醉后口无遮拦的担忧，还可体验以前不曾体验到的"众人皆醉我独醒"的境地。好在我以前的酒友都是挚友，与酒决裂了，知己还在。

　　有时候看着别人豪饮就瞎想，一个人喜欢喝酒并不难，难的是一辈子都能喜欢喝酒。我不是一个好酒徒。我也忽然明白，人生的很多嗜好不一定会随你到永远。不过，都说人生就如一杯酒，从这个意义上讲，我还是泡在酒里的。

　　前几天回北大荒过春节，人在途中，于列车上望着窗外白雪皑皑的原野发呆，手机铃声响起，约饭局的电话接踵而至，是微信暴露了行踪。一帮北大荒的哥们儿都争抢着要给我接风，又是盛情难却。撂下行囊后即赶赴诸友酒宴，挚友间的接风洗尘没有虚伪的客套，也无华丽的祝词，寒暄落座后直奔主题，斟酒举杯，伸箸畅食，边大快朵颐边互诉衷肠。酒逢知己，情在杯中，三杯落肚，音高八度。到了我们这把年纪，凑到一起还有一饮而尽的豪情，还有酒酣耳热之际海阔天空地神聊，还有醉醺醺地勾肩搭背式地磨磨唧唧，北大荒人的豪爽，于酒桌可见一斑。酒越喝越厚，不知不觉在推杯换盏中大家俱醉态酩酊，临走还不忘再念叨一句："改天再喝！"

　　唯我例外，以茶代酒，心里有些愧疚不安，好像溜奸耍滑了一般。好在话很投机，只要感情有，喝啥都是酒。喝酒的意义在戒酒后才有所悟，且是由浅入深的领悟。酒仅是载体，情必经淬炼方成知己。朋友从相逢、相识直至相知，当这份情走进生命，便永远融入心灵，真情在，何囿于酒？

　　走出酒店，冰封的松花江在夜色里苍茫得不见边际。看看身旁的哥们儿，觉得友情也像这条大江，感情铁如封冻的江面般如磐石，感情深如大江宽阔的胸怀，互相包容理解，无论我们经历怎样的动荡，最终我们依然回归柔情似水。

落日余晖

西湖之美,自古就有"晴湖不如雨湖"之说,一切朦胧氤氲,似有似无,说到底,是美在赏湖者的心境。但到了我这把年纪,最能令心沉醉的,不是雨湖,而是那一片火焰般跃动的落日余晖。因常常于傍晚时分从湖畔走过,只要晴日,都会和夕阳打个照面,我特别喜欢欣赏它从金黄到橙红,再到霞色满天直至从容褪去的过程。即使它已隐入山后,一片残红也会让我流连忘返。

立秋后,阴雨天忽然多了起来,已经好些日子未邂逅夕阳了。今天一大早,鸟啼声将我从梦中唤醒,揉揉睡眼,天色微明。鸟儿的勤快大约是它们的巢在树上,与大自然息息相通之故。人类的房屋隔断了与自然的许多关联,遵循的是时间,而不是日落日出。谢谢鸟儿,让我又享受到一个恬静的清晨。

有阳光灿烂的早晨,大概率会有美丽的落日余晖。于是,傍晚前我就早早奔向湖畔。公园是湖畔看落日的绝好地点,我照例选择从湖滨路穿行。湖滨路是这座城市与西湖的一条分界线,沿途高大的梧桐树联袂成荫,依城傍湖,走在路上就像走进一条层叠错落的时光隧道里,斑驳的光影像琐碎的生活。只是,生活之路远不及这条林荫路走起来惬意。这不,一阵淡淡的桂香又轻轻飘来……温和的阳光从叶隙中泻下,左边的湖畔建筑已镀上一层琥珀色的金辉,而右边一湖秋水则泛着白光,天空近乎成浅白色,日头还在固执地坚守白炽的使命。这不由得让我想起年轻时执着的追寻和灵魂最初可爱的影子。

到达公园时,天边那朵云彩已漫出一抹浅浅的红晕,夕阳正躲进背后,大概在化妆。秋天日落的速度要比夏天快。季节的脚步已跨进秋的门槛很多日子了,而人们的心情还停留在盛夏。不知不觉间,夕阳从云的幕后露出脸来,刚一亮相即刻就到了山脊前。

每天的夕阳都会有所不同,这时节的夕阳不如夏天耀眼,却更艳丽而温和，直视它也不觉得刺眼。宽阔宁静的湖面上，一轮红彤彤的火球，挂在半空，立于山脊，悬于苏白二堤上，霞光投进桥下，碧波生辉如画。当它给湖面镀上一层耀眼的血色，当它从树叶的缝隙里斜泻下来落在地上，当它与你温和地相拥如恬静地交谈，一阵说不出的暖意便会涌上心头。路旁的绿荫，偶尔飘下几片叶子，动静之间把姗姗而来的秋意演绎得淋漓尽致，似乎刻意要把这个普通的日子也装点出些许诗意来。

忽然觉得夕阳就像一段年华，象征着生命的流逝。但它的光芒，不仅照亮了整个西湖，也照亮了我心中的黑夜，疲惫的精神和灵魂似乎在落日余晖中找到了归宿。

每当走在家乡的西子湖畔，沐浴在夕阳的余晖里，无论心有多少烦恼事，都可以忘得一干二净。这时候的夕阳就像母亲的手，轻轻抚摸着我的脸颊，让我感受到万般柔情。有时候我会情不自禁地喃喃自语，这哪是夕阳，这分明是生机勃勃的朝霞。

漂泊半生，曾经无数次迷失在生活的海洋里，但是，每当夕阳西下，我总能找到自己的方向。现在，我坐在湖的这边，默默地望着对岸，看着天幕渐渐昏暗下来，当最后一点亮色消失殆尽时，夕阳仍在匆匆赶路，去把星球另一半照亮。

落日是白天的终结仪式。无论它殷红似火还是云霞如彩，都代表着一段时光的结束和另一段时光的开始。我怀着一份虔诚和敬意，向夕阳行一个良久的注目礼。游舟大概有一丝不舍或想挽留，荡开粼粼水波朝夕阳追去，我一直目送它驶进余晖散尽的暮色里。

世上所有的美好皆因短暂才值得珍惜。日落也孕育日出，人生也需要有落日的优雅，就让放飞的思绪和凝思都随夕阳而去吧，明天将变成一片朝霞在心中升起。

母爱如雨

在我心中,母亲就像一场春雨,默默地滋润着我,让我在人生的路上感受到无尽的温暖。尽管母亲已经离去三年了,但她的爱却已渗透进我生命的每一个角落,成为我生命中最珍贵的雨露。无论时间如何流逝,母爱都一直伴随着我,永远不会走远。

(一)

每到双休日,母亲都会用她自己的方式等待我回家,茶几上肯定会有一小筐水果,洗得干干净净,连橘子也要把外皮擦得锃亮,甘蔗要去皮后斩成小段,中间的节都要扔掉。母亲说,这样吃起来才不硌牙。虽然我觉得有点浪费。不过,这样吃真的不硌牙。

母亲喜欢在街角装满水果的小货车或农用三轮车上选购水果,她认为那是果农自产自销的,当然也是最好的水果。

每次一踏进家门,母亲的笑容顷刻就会在脸上绽放,然后就张罗着要我自己沏茶,告诉我热水瓶的水是新烧的,并不厌其烦地嘱咐我茶叶要少放,不要喝浓茶等。现在很少有人家还用热水瓶,但母亲还是保持着几十年的老习惯。我每次回去,母亲总是要把家里的四个热水瓶都灌满,生怕不够用。

等我落座后,母亲就会开始向我播报她一周的见闻,聊到开心处会开怀大笑,屋子里即刻溢满欢乐的气氛。听着母亲的唠叨,看着她神采飞扬的模样,我心里就像吃了蜜一样。

母亲爱干净,家里总是窗明几净,连角落都始终保持整洁。厨房更是母亲保洁的重中之重,锅里正炖着肉,灶台干净得一尘不染。厨房里飘来香喷喷的味道,总会勾起我许多儿时的记忆。母亲的厨艺算不上好,有时候还会别出心裁地创新一下,结果把本来挺好吃的东西弄成一团糟,但无论怎么做,热气腾腾的饭菜里总是弥漫着家的味道。

母亲不喜欢我给她拍照，原因是她觉得自己太老了，肯定很难看。我只好趁其不备时用手机偷拍了两张，拿给她看，没想到母亲的脸顿时笑成了一朵花，遗憾的是我忙着给母亲翻看照片，分身乏术，没能把母亲如此灿烂的笑容定格下来。不过以后还有机会，这不，母亲现在已经慢慢接受拍照了嘛。

母亲住在十三楼，北窗外是另一个小区楼群，透过错落的屋顶，能看得很远，西斜的阳光沐浴着林立的楼宇和宽阔的街道。我想，今天母亲的心情也一定如此辽远通透，像阳光般灿烂。

（二）

五十年前，我擅作主张报名去黑龙江插队落户，又胆大包天地偷了家里的户口本，迁走了户口。父母知道后，木已成舟。父亲一言不发，沉默到天亮，而母亲则号啕大哭。我当时心坚如铁，心想，家里不是还有两个弟弟吗，又不缺我一个。我觉得自己就像高尔基笔下的那只海燕，即将勇敢地飞进暴风雨。而心里则默默地感谢父亲的沉默，没有阻拦我去闯荡天下。

到了北大荒后，才体验到环境如此艰苦，很快就萌生了想家的念头。当年秋天，我和同队的几名知青变卖了部分行李，每人凑够了二十元资费就踏上了回家之路。由于买不起票，就逃票，扒火车或煤车，像演绎"铁道游击队"一样，一路风尘仆仆地回到家里。不料想母亲却劈头盖脸地一顿斥责，批评我在困难面前当了可耻的逃兵。那一刻，我对母亲革命的坚定性有了新的认识。彷徨了一段时间后，我决定结束逃兵生涯，只身归队。

走的时候，我故作潇洒地不通知任何人，也拒绝家人相送。但母亲还是赶到站台上，眼泪汪汪地从车窗口递给我一个小布包，里面包着一个大号搪瓷缸。我对母亲说："妈妈，你放心吧，我再也不会做逃兵了。"车开了，我打开搪瓷缸一看，里面满满地装着一只炖得酥烂的猪蹄。泪腺一下子失控，瞬间泪崩。

这一走，我便在北大荒扎了根，成家立业并开枝散叶。等到我退休时，孙女和外孙女都已分别上了初中和小学。其间，虽然我也回来过几次，但每次回来，都会在母亲的笑容里看到一丝淡淡的忧郁。特别是有一次，我带着儿孙一起出现在母亲面前，欢笑过后，我看见母亲一个人躲进厨房，悄悄地抹着眼泪。那时，父亲已去世，我也经历了失败的婚姻，我一生漂泊在外，始终是母亲心中的一个结。

我很明白母亲的心思，但生活总要面对现实。有时候在众人面前，我也会调侃式地排遣一下心情："一生献给北大荒，献完青春献子孙。"但对母亲的牵挂，不是一两句豪言壮语就可以化解得了的。所以，退休后我很自然地选择了返回故乡陪伴母亲。我曾经是一只多么渴望飞翔的海燕，在经历了太多的暴风雨后，带着一身疲惫回到了这个已略显生疏的巢。

为了尊重母亲的许多生活习惯，我回来后和母亲约定，每个星期天去陪她，平时不去打扰她的平静生活。母亲对这一约定十分满意。

（三）

有一年元旦，是星期二。我觉得前两天刚陪过母亲，又与朋友们约了晚上的饭局，就没打算去打扰她老人家。

当新年的第一缕阳光从拉着的窗帘缝隙里钻进来时，我还赖在床上享受半梦半醒的感觉，母亲忽然打电话来了。一股暖流迅速从耳际传遍全身，心里掠过一丝愧疚。新年的第一个电话，本该是我打给母亲的问候，现在却成了母亲对儿子的牵挂。我撂下电话即刻起床，匆匆洗漱后就去看望母亲。

家的概念对于漂泊半生的人来说，多少是有些淡漠的。小时候觉得祖国到处都是家，后来北大荒冰天雪地的世界曾是我的家，直到子女都成了家，才忽然感到，有母亲的家才是最温馨的家。

我一踏进家门，母亲即刻笑靥如花。虽已年过八旬，但从她笑容里仍然可以看到当年的美貌。与往常一样，茶几上的水果、报纸早就准备好了。母亲小时候没上过学，工作后在厂里上过扫盲班，在她眼里，儿子是值得她骄傲的"文化人"。每次回去，母亲都会去报刊亭买一两份报纸，这是母亲对文化人的需求最朴素的理解。然后告诉我，这些报纸都是当天的，上面有什么新精神一会儿要好好给她讲讲。看得出,母亲关心国家大事的热情依然像年轻时那样没有减退。

厨房里照例传来诱人的香味,锅里正炖着木耳老鸭,望着母亲忙碌的老迈的背影,早晨没想起来问候的愧疚忽然又涌上心头。

饭后,陪母亲晒太阳聊天,阳光掠过阳台洒进宽大的落地门,母亲开心地东拉西扯,我专注地当听众,生怕打断了她的思路,扫了她老人家的兴。

听母亲唠叨是每次陪母亲的必修课,开始有点儿不习惯,时间长了,也就慢慢习惯了,还从中积累了一些经验。仔细想想,听母亲唠叨,其实是一件很有技术含量的活儿。既要让母亲尽兴,又要让母亲开心;既要避免不愉快的话题,还要注意控制情绪与氛围。同时,还须适当地坚持一点儿原则,防止一些不正确的伪知识及不健康的观念误导母亲。其中分寸那才叫一个难掌握,没有标准,没有对错,只有母亲开心与不开心。如果让母亲劳神费力地唠叨了半天却不开心,或许会影响她老人家一周的心情。

记得小时候母亲并不唠叨,对我的溺爱也胜于弟弟。在母亲的眼里,我是一个很听话的孩子。那时候,父亲在郊县不常回家,母亲上班的工厂也在近郊,而且要三班倒。所以,能在家里和我们相处的时间并不多。每次母亲匆匆去上班,一些家务活只能交代于我,并要求我照顾好弟弟们。那时候我还在读小学,这种家庭困境从小就懵懵懂懂地培养了我勇于担当的责任感。

望着母亲满头白发在阳光下闪烁着银光和开心而慈祥的笑容,我忽然觉得,当她的儿子真幸福。太阳渐渐西下,我要离开了,因为约好的晚宴不能失约。母亲有些不舍,但还是没忘了她的告别礼,就是往我兜里塞水果。在母亲眼里,儿子不管多大了也都是孩子。

(四)

有一回,陪母亲聊天,话题聊乏后,母亲便看电视,我坐在一旁鼓捣手机。忽然,母亲转过脸神秘兮兮地问我:"儿子,啥是微信?"

原来,母亲多次听到别人提到这一新鲜词,还看见有人用它购物不必付现金,既不是银行卡,也不是购物卡,还藏在手机里,弄不清是个什么东西,又不好意思问——估计也问过,但没有一个答案能使她满意。看我聚精会神地摆弄着手机,潜意识里觉得这事儿我肯定知道。我费了好大劲儿解释,尽量用母亲听得懂的语言,还打了一些比方,母亲好像有点儿懂了。良久,又问:"那你这是在弄微信吗?"

我回答:"我在写微博。"

看到母亲更加迷茫的表情,我赶紧做进一步解释,也不知是听懂了,还是根本没听懂,母亲转过脸去自言自语地说:"看来我是学不会了。"

我不禁哑然失笑。原来,母亲骨子里还是很有上进心的。

不过,母亲似乎明白了一点,我埋头做的一定是很重要的"正经事",没要紧事最好不要打扰,于是就起身向厨房走去。我欲起身去帮忙,母亲回头手一挥:"弄你的,正经事要紧。"不一会儿,厨房里传来母亲轻哼的歌声。这一顿饭,母子俩都吃得很开心。

饭后,母亲破例同意了我要拍照的请求,我第一次不用偷拍而是用自拍摄下我们的合影。照片里,母亲笑起来的样子很慈祥。

(五)

转眼春节就要到了。母亲要我春节无论如何要回去与子孙团聚,不然,怎么叫家啊!在她的认知里,一家子团圆才是春节的主题,是春节最重要的事情。也确实,我在北大荒的那个家已儿孙绕膝,怎能不牵挂呢?权衡再三,我选择了坐除夕夜的"红眼航班"。这样,我可以陪母亲吃完年夜饭再走。

上午到母亲家时,门从里面反锁着,钥匙拧不开,敲了半天门,又打了很多个电话,还是没反应。母亲身子骨挺硬朗,但耳朵很背,警惕性特高,总是把门从里面锁死,因曾接到过几个骚扰电话,故一般情况下也不接电话。想想这也不是坏事,平时也不去纠正她,只是每次来,进门总要费一番周折。

稍后再敲,这回母亲听见了,开门见到儿子,脸立马又笑成一朵花。像往常一样,母子见面,先说笑一阵儿,再天南海北地胡侃,只要能哄母亲开心，聊啥不重要。

聊了一会儿，母亲下厨去了。老人家有洁癖，烧饭洗碗这类事总嫌我弄得不利索，有几次我抢着把碗洗了，过后她会坚持重洗一遍，我要抢着烧菜，她会像师傅指导徒弟一样站在我身后，本意让母亲歇一会儿，结果却让她更累了。久了，也不与母亲抢活干了，顺其自然吧。

母亲在厨房里忙碌，嘴里不时地哼几句只有她自己才能懂的小曲，我虽也没听懂，但知道母亲心情难得这么快乐，嘴里哼哼的一定是她年轻时最喜欢的小调。我坐在客厅里静静地听，不想搅扰了母亲的雅兴。

一会儿，母亲从厨房传来指令："儿子，下楼去买一斤黄酒，烧菜用的那种，顺便把垃圾带下去。"

我立刻照办，跑到小区外，附近的店都关门了，走出很远才找到一家，只有五斤的桶装酒。当我把酒拎回家，母亲照例来了一句："木头（杭州方言，笨的意思）儿子，叫你买一斤，却买了一桶。"

我马上申辩："有你这么聪明的老妈，怎么会有笨儿子？是大部分店都要过节关门了，只有这一家开着，也只有这种桶装酒了。"母亲一愣，然后放声大笑。

母亲烧的菜都是儿时的味道，红烧肉、白斩鸡、老鸭煲、油豆腐烧肉、排骨炖萝卜、葱烧鱼、千张结，年味充斥了整间屋子。其实，很多准备工作母亲几天前就开始了。我向母亲竖起大拇指，有点献媚地夸道："老妈，你的菜烧得真好！让我想起童年。"

母亲反倒谦虚起来，说："现在的新式菜，我都不会弄的，只好烧老底子的菜啦。"

晚上，弟弟们过来陪母亲守岁。我的任务就是去机场，从这个家飞往北大荒的那个家。母亲催促我早点儿动身，以免误了航班。临别时，我看见母亲蹒跚着转过身去，擦拭眼里的泪花。我赶紧关上门，默默地走进电梯……

从母亲家出来，天阴着脸，掉下丝线般的雨点，我伸出双手，想接一捧家乡的春雨揣进心里，带到北大荒去。这雨像母爱，无声却滋润着心田。

雪阻归路

　　前天下午与孩子们挥别，我踏上了返程之旅。这些年，每逢春节，我都要在杭州至北大荒两地间奔波，杭州有年迈的母亲，北大荒有我的子孙。和子孙欢度完春节，必须返回杭州去陪伴母亲。

　　年轻时喜欢漂泊，在北大荒一漂就是四十年，上了年纪又习惯了奔波，两头都有我的亲人，也都是我的家。我从来都不知道该怎么分辨哪个是去程，哪个是归程，好像都一样，无论朝哪一边走，都是回家。

　　祖国东北边陲虽然早就通了火车，但还没有动车组，更谈不上高铁了，营运的依旧是绿皮火车。我从富锦站上车，坐在老旧的绿皮车厢里，没有和谐号那样宽敞明亮的环境，但也会不由得产生一种怀旧的时尚感，恍惚间忆起许多旧时光的印象。车速平缓而节奏感极强，时而"咔嚓，咔嚓"，时而又"哐当，哐当"，那声音好像不是车轮发出的，更像是两只铁脚奔跑的步伐，给人一种有力而接地气的踏实。

　　这列绿皮火车的旅程只有四个小时，难得体验一回，所以并不着急。车厢里虽然杂乱而拥挤，但车窗外晴空万里，就让心静下来，随着车轮与铁轨的交响曲在白雪覆盖的原野上漫游一会儿。反正再过八个小时，佳木斯东郊机场飞往首都的航班将把我送往北京，然后转飞杭州。

　　说来也巧，我从杭州出发来北大荒时是除夕夜，在北京转机，大年初一下午到家。今天回程凑巧是月末，也在北京转机，翌日抵杭，正好是3月1日。所以，那天订好返程机票，在微信群里告知杭州诸友后，就有人说："回去时一夜跨两年，回来时一夜跨两月，咋安排得那么巧。"

　　下午5时许，列车驶入佳木斯站，望望窗外，一片"晚来天欲雪"的灰暗。北大荒的冬天，有时也像小孩儿的脸，说变就变。刚下车，雪花已迫不及待地迎面飞来，寒风兜头吹过，瞬间侵入骨髓。而此刻一条信息通知更如幽灵一般出现在手机屏幕上："因天气原因，预定航班取消，何时恢复待通知。"顿时，我心里拔凉拔凉的。

挚友滑振亚已在出口处等候多时，朔雪寒风里，老远就认出他的身影。抵达饭店，另一挚友曲志强已提前把火锅菜肴安排妥当。老友见面分外亲热，推杯换盏中，心里还在暗暗纠结着，今天航班延误了，明天早晨就赶不上北京飞杭州的航班了，老妈那头该怎么解释呢。边吃饭，边上网搜索，方知这场大雪来得非同小可，连东北三省的机场都关闭了，公路也封了，铁路搜不到余票。即使想返回富锦也回不去了。这下可好，被困在佳木斯了。

忐忑中，航空公司的通知来了，佳木斯飞往北京的航班调整至次日 13 点 15 分起飞。还好，行程延误十五个小时，只是后续航班赶不上了。拿起手机一阵忙碌，改签后续航班。不料第二天上午，又接到通知，航班继续延误至 16 点起飞，于是又一阵忙碌，后续航班已不能改签，只好退票，再重新订票。

都说好事难成双，而坏消息总会接踵而至。让人沮丧的消息又来了，航班再次延至晚 21 时起飞，刚预订好北京的后续航班又赶不上了，只好再次办理改签。好在有互联网，这些手续都可在网上办理。否则，人都要疯掉了。

好不容易挨到 18 时许，被告知航班还要继续延误，何时能飞不得而知。21 时，航空公司正式通知，航班改在后天中午 11 时起飞，幸好不影响后续航班，心便稍安。长夜客旅，码字是打发时光的最好方法。大雪阻断了归路，但不会阻断这些天在家的温馨、团聚的幸福及对亲人的牵挂。

我来的时候是大年初一，中午抵达佳木斯机场，儿子、儿媳已在机场迎候。然后驱车一百三十五公里回到富锦市。踏进家门，满桌佳肴蒸腾着热气。孙女已长成快一米七的个头了，像燕子一样飞上前来，一声"爷爷"，顿时心暖如春，疲惫尽消。

记得孙女小时候，从幼儿园回来或星期天，总缠着我领她去玩儿。富锦虽是小城市，但可供孩子玩儿的地方还是不少的，秋林公司门前就有木马可摇，孙女也很喜欢，塞进一个一元钱的钢镚儿，便会响起音乐，木马前后摆动几分钟，孙女骑在上面，做策马奔驰状，那个乐啊。我便换一大把钢镚儿在旁伺候，等停摆了就续一个钢镚儿。有时候后面排队等候的孩子多了，就不能占用时间过长，一般续过五个钢镚儿，就把孙女抱下来，再到后面重新排队。孙女虽有些不快，却也懂得道理，排很长时间也有耐心，排到了再玩第二轮，乐此不疲。

　　有时候也去快餐店玩儿，点一些食品，我坐在那里看管，孙女便钻进店里专为儿童开辟的一小块乐园里去疯，疯够了玩儿累了才坐下来吃。有一天晚上，我独自在外散步，孙女眼尖，很远就发现了我，便挣脱父母的手向我奔来，我赶忙蹲下身张开双臂，不料孙女扑过来的劲儿有点儿大，爷孙俩一起摔倒，就地打了一个滚，我起来坐在人行道上，孙女坐在我怀里，扒我的耳说悄悄话。路人绕开我们，投来羡慕的目光和笑容。

　　孙女稍大一点儿，便再也不屑这些"小儿科"玩儿法，而是喜欢蹦床、滑旱冰鞋、骑自行车。每到星期天，爷孙俩就打车去江滨玩儿蹦床，孙女特恋蹦床，上去就不肯下来，不蹦到华灯初上不肯回家，小孩子玩儿起来总不知道累。滑旱冰和滑自行车的时候，我跑不动，也跟不上，就轮到儿子挨累了，每次都把儿子累得汗流浃背，不过，累也快乐着。

　　一眨眼，孙女已经读高二了，明年就要参加高考了。现在，再也无心玩耍，满脑子都是课程。这不，吃完饭又去上补习课了，过年也照上不误。

　　晚上，女儿携女回家。女儿穿一件白色羽绒服，进门顾不上脱，就像一片云飘过来，父女的拥抱情深意切，外孙女也挤上来，三人相拥，就差冯巩那句口头禅"我想死你们了"没有说出口，但互相都在心里念叨了好几遍。

　　外孙女腼腆文静，我们的交谈基本都是问答式，外孙女的回答相当简练，惜字如金。平时我码字的时候，她总会坐在对面桌上看书或写作业，不发出一点儿声音。偶尔，双方不约而同抬头，会意一笑。有时候，她会悄悄地走出去，剥一个橘子或削一碟水果，轻轻放在我面前。我有一种预感，外孙女长大后一定是位从事文字工作的女性。否则，我们之间哪来那么多的心灵相通。

　　别看现在外孙女害羞的样子，小时候可是口若悬河，那小嘴儿甜得人见人夸，冷不丁还会蹦出一两句大人话，把奶奶、姥姥稀罕得心直痒痒。那年才三岁，有一天我领她上街去购物，临走时觉得头发有点儿乱，欲找顶帽子遮丑。不料小家伙立马来了一句："你头发够好看的了，还戴什么帽子啊！"那句式有点像赵本山的《卖拐》，没等我笑出声来，小家伙又补充了一句："你知道我为什么总想你吗？就因为你的头发太好看了。"稚嫩的声音略带点儿吐词不清，我差点儿笑岔气，才多大的孩子呀，就知道忽悠她姥爷了。

外孙女从小就喜欢绘画，常在纸上涂鸦。有一天，忽然对洁白的墙产生了兴趣，便偷偷地在墙角画。被我发现了就问她："你画的是什么？"小家伙用小手指着画面告诉我，这是房子，这是树，这是云，这是飞翔的小鸟。经小家伙这么一点拨，看着还真有点儿像，就想鼓励她，说："舍出这一面墙随你画，等把这面墙都画满了，画技也能练就个半拉架。"我这一鼓励，孙女也马上参与进来，几天工夫，姐妹俩就把一面墙涂鸦得不忍直视。

现在，她们都长大了，像一双娇嫩滴翠的姐妹花，看见了怎能不令我感到温馨呢？

我爱她们，但不想干预她们的成长，也不苛求她们一定要学习很好，或很优秀。快乐成长，长大了明事理，有担当，比什么都重要。我能给予她们的只是我的爱，不是我的希望和要求。我感觉从我们交流的目光里，她们也一定懂我的意思。

天已蒙蒙亮了，雪也停了，天气预报说，今天将是一个好天气，如是，飞机将载我上蓝天，雪洗过的长空一定是湛蓝湛蓝的。深海般苍穹的那一边，母亲望眼欲穿地等待着我……

马长鹏专辑

马长鹏，1968年出生于辽宁本溪，现居辽宁朝阳。中国楹联学会会员、辽宁省作家协会会员、朝阳市作家协会网络文学学会副会长、青年作家网签约作家。青年作家网2023年度优秀作家。作品散见于《辽宁日报》《友报》《商丘日报》《营口日报》《朝阳日报》、中国作家网、青年作家网等。作品《探寻将军衙署的文化密码》荣获第四届中国青年作家杯征文大赛散文组一等奖，《源自你的幸福》荣获2023全国青年作家文学大赛散文组一等奖。

想念诤臣

古之谀者对盛世的渲染,唯东方朔之《答客难》可读:"圣帝德流,天下震慑,诸侯宾服,连四海之外以为带,安于覆盂。天下平均,合为一家,动发举事,犹运之掌。贤与不肖,何以异哉?遵天之道,顺地之理,物无不得其所。"此等盛世,东方朔讽颂之汉武帝时期似有不足,然而,大唐盛世却足以堪比。在唐太宗李世民治下,房玄龄、杜如晦参与机要,魏徵、王珪纠错谏诤,戴胄、刘洎提振纲维,李绩、李靖用兵征伐,马周、温彦博、杜正伦、虞世南、褚遂良等名臣各司其职,开创了辉煌的贞观盛世。贞观之治绝非一人之力,然史家对魏徵之功却情有独钟。

魏徵本非李世民嫡系,且履历复杂。魏徵初仕隋炀帝杨广,在武阳郡丞元宝藏帐下为官,后依次侍奉李密、李渊、窦建德、李建成。李世民发动玄武门政变,诛杀李建成,魏徵才转投李世民。一般不忠之人不易得到主子信任,但魏徵却凭其独到的见解、机智的谏言,渐得李世民赏识,并得以专任善终,成为后世群臣遇合的典范。

史书载,魏徵向李世民面陈谏议五十次,呈送奏疏十一件,谏诤达数十万言。谏言次数之多,言辞之激切,态度之坚定,后世无出其右者。其"小善不足以掩众恶,小疵不足以妨大美""兼听则明,偏信则暗""水能载舟,亦能覆舟""鉴形之美恶,必就于止水;鉴国之安危,必取于亡国"等名言,尤为后世推崇。在生命的最后一刻,魏徵仍不忘谏言。在给李世民未完成的表书中,魏徵谏道:"天下之事,有善有恶,任善人则国安,用恶人则国乱。公卿之内,情有爱憎,憎者唯见其恶,爱者唯见其善。爱憎之间,所宜详慎,若爱而知其恶,憎而知其善,去邪勿疑,任贤勿贰,可以兴矣。"李世民读罢感慨万千,遂说出千古名言:"以铜为镜,可以正衣冠;以古为镜,可以知兴替;以人为镜,可以明得失。"

《孝经》曰:"天子有诤臣七人,虽无道,不失其天下;诸侯有诤臣五人，虽无道，不失其国；大夫有诤臣三人，虽无道，不失其家；士有诤友，则身不离于令名；父有诤子，则身不陷于不义。"魏徵以一人之诤而使天下大治，千古诤臣之首岂是虚言？

贞观之治七十年后，大唐盛世再现。唐玄宗李隆基开元年间政治清明，励精图治，姚崇、宋璟、张九龄相继为相，经济迅速发展，天下大治，大唐王朝进入全盛时期，史称"开元盛世"。姚崇、宋璟、张九龄之谏诤，也为吏家所推崇。李隆基欲拔擢姚崇，姚崇却向李隆基提出实施仁政、不图边功、严惩亲近违法、宦官不得干政、亲贵不任要职、臣僚不得送礼等十个条件，其八曰"燕钦融、韦月将以忠被罪，自是诤臣沮折；臣愿群臣皆得批逆鳞，犯忌讳，可乎？"更是直接要求李隆基虚心纳谏，并明确向李隆基表示："陛下度不可行，臣敢辞。"李隆基当即全面应允，"姚崇十事要说"名垂青史；宋璟之刑赏无私，犯颜直谏，也为李隆基所敬惮，常常迫使李隆基不得不采纳其建议；张九龄更为耿直，一次玄宗生日，百官多献珍异祝寿，唯张九龄献《金镜录》五卷，尽陈古代兴废之道，颇得李隆基赏识，为开元最后之贤相。张九龄罢相后，口蜜腹剑的李林甫继任，自此朝中再无杂音。二十年后，安史之乱爆发，强盛的大唐帝国轰然倒塌！

张九龄后三百年，大宋王朝又诤臣辈出，包拯谏诤尤甚。包拯，字希仁，曾任开封知府，后升任谏议大夫、权御史中丞。史载"拯性峭直，恶吏苛刻。立朝刚毅，贵戚宦官为之敛手，闻者皆惮之。"包拯曾向宋仁宗进呈魏徵三疏，希望仁宗时时引以为鉴，并多次谏言宋仁宗当"明听纳，辨朋党，惜人才，去刻薄，抑侥幸，正刑明禁，戒兴作，禁妖妄。"对包拯的建议，仁宗大多采用。

一次仁宗应宠妃张贵妃之请，欲任命张贵妃之父张尧佐为节度使兼宣徽使，遭到了以包拯为首的谏官极力反对，最终只能作罢。回到后宫，仁宗生气地对张贵妃说："汝只知要宣徽使，宣徽使，汝岂知包拯为御史乎？"因包拯、范仲淹、韩琦、王安石等诤臣、直臣辈出，史称宋仁宗时期为"仁宗盛治"。

史上重用诤臣国运昌盛者绝不唯此，然而，弃用诤臣国运衰亡者，亦不乏其人。

南北朝时期梁武帝萧衍博学多才，代齐自立，在位四十八年，是南北朝时期在位时间最长的皇帝。萧衍称帝之初广泛纳谏，政绩斐然。但晚年刚愎自用，自恃才高，讨厌直谏。萧衍执政后期，因痴信佛教，屡屡舍身佛门，导致朝政昏暗、腐败横行、民不聊生。

公元545年，散骑常侍贺琛上疏萧衍：一曰州县官员横征暴敛，导致天下户口减少，百姓流离失所；二曰天下官史贪腐侈靡，"罕有廉白者"，应崇尚简朴，整肃吏治；三曰百官"诡竞求进"，靠不正当手段升迁，应公正选才；四曰国库已空，用度仍"目不暇给"，应制止铺张浪费，削减财政支出。贺琛之疏可谓深切时弊，有的放矢。但萧衍看后勃然大怒，叫来贺琛当面责骂：刺史横暴、太守贪残、官长凶虐者谁？奢侈无度，难道说我？弊端乱政等，可有具体事例？若没有，你就是欺罔朝廷！

贺琛虽敢上疏直陈政弊，却终不能死谏，只有谢罪作罢。此后萧衍更是专信佞臣朱异，引进乱臣侯景，最终身死国灭。临终前萧衍自叹："自我得之，自我失之，亦复何恨？"令人唏嘘。

贺琛遇能主而不敢死谏，最终萧衍饿死于宫城，贺琛也没能光耀后世。一千年后，海刚峰虽敢死谏，但嘉靖却不纳谏，大明王朝衰败的命运仍无力回天。

海瑞，号刚峰，曾任户部主事、兵部主事、右佥都御史等职。任职期间打击豪强，严惩贪官污吏，禁止徇私受贿，有"海青天"之誉，其给明世宗朱厚熜的《治安疏》尤为著名。

明武宗朱厚照驾崩后，由于无嗣，武宗的堂弟朱厚熜继承皇位，即嘉靖帝。嘉靖帝在位早期还算英明，但为了追尊生父为皇帝，与以杨廷和为首的朝臣连年抗争，历经二十年，终将生父朱佑杬追封为兴献皇帝，并升祔太庙，排序在明武宗之上，史称"大礼仪之争"。此后嘉靖变得独断独行，刚愎自用。嘉靖二十一年（1542）十月，爆发"壬寅宫变"，嘉靖几乎被宫女勒死。

此后嘉靖帝移居西苑，潜心修道，任用奸臣严嵩专国二十年。海瑞为此向嘉靖上"为直言天下第一事，以正君道、明臣职，求万世治安事"之《治安疏》，直言嘉靖"二十余年不视朝，纲纪弛矣"，言嘉靖"二王不相见，人以为薄于父子。以猜疑诽谤戮辱臣下，人以为薄于君臣。乐西苑而不返宫，人以为薄于夫妇。"此无异于骂嘉靖君不君、父不父、夫不夫！言嘉靖治下"天下吏贪将弱，民不聊生，水旱靡时，盗贼滋炽"。并揶揄嘉靖年号"嘉靖者言家家皆净而无财用也"，直言"天下之人不直陛下久矣，内外臣工之所知也""陛下之误多矣"。海瑞明知奏疏直戳嘉靖之要害，认为自己必死无疑，便抬棺上疏，可谓死谏。虽然嘉靖最后没杀海瑞，但却没想也没有机会纳谏了。十个月后，嘉靖帝驾崩。而大明王朝也每况愈下，最终被清王朝取代。

历史虽不简单重复，结果依旧大同小异。翻看浩瀚的史籍，每每令人心惊。

秦始皇横扫六合，一统天下，也统一了言论，万民齐颂始皇英明。及胡亥继位，任由赵高指鹿为马，朝中更无二言，大秦帝国仅二世即亡。无诤臣直言，其兴也忽，其亡也速！

楚怀王熊槐迷张仪，宠郑袖，屈原投江，终被秦王扣留，客死他乡；吴王夫差亲伯嚭，存勾践，子胥殒命，终被越王所败，自刎身亡。

高祖刘邦听樊哙，信周昌，滕公屡谏，赢得楚汉之争，君临天下；文帝刘恒问贾谊，启冯唐，亚夫留用，遗惠景帝一朝，文景并称。

东方朔评东周列国"得士者强，失士者亡"，放眼中国历史，岂非用诤者强，无诤者亡？诤臣之重，夫复何言！

长沙贾谊故居楹联寻踪

长沙一词最早见于东晋罗含所著《湘川记》："长沙之名始于洪荒之世，而以之为乡为郡，则在后世矣。"洪荒可以理解为无可考证，而秦始皇设长沙郡则一定是"后世矣"。长沙西周时就有人聚居，春秋时期楚国在此构筑军事要塞，汉高祖五年(前202)吴芮被封为长沙王，开始修筑长沙城。此后两千年，斗转星移，人事代谢，巍巍岳麓见证几多沧桑，滔滔湘水带走亿万生灵，这座城市名字却从未变更。五千年变幻无穷的中华文明史，一直书写着两千年城址、城名不变的长沙。与长沙名字同在的还有一座宅子，起起落落两千余年，宅基从未变更，称"贾谊故居"。

贾谊故居始建于西汉文帝年间，初为长沙王太傅贾谊的府邸。《史记·屈原贾生列传》记载，贾谊为雒（洛）阳人，精通诸子百家，文帝召以为博士。每诏令议下，其他人都不能言，唯贾生尽为之对，众人都认为贾谊很有才学。文帝想越级提拔贾谊，却遭到周勃、灌婴等人的嫉妒，在文帝面前诋毁贾谊，文帝遂贬贾谊为长沙王太傅。文帝前元十二年（前168），贾谊英年早逝。因贾谊的政论对西汉影响深远，武帝决定重修贾谊故居。此后的两千多年间，贾谊故居先后历经了六十四次重修。明成化年间，长沙太守钱澍再次找到贾谊古井，修建贾太傅祠，贾谊故居始以祠宅合一的形制重修。

1938年抗战时日军打下岳州，逼近长沙。国民政府惊慌失措，蒋介石密令火烧长沙。11月12日晚间开始纵火，14日大火才熄，长沙全城房屋大都焚毁，史称"文夕"大火。火烧长沙事件中，贾谊故居也没能幸免，文物几乎全部烧毁，仅存亚殿一座。1997年贾谊故居再次重建，1999年对外开放。重新开放的贾谊故居分三进院，由门楼、照壁、贾太傅祠、太傅殿、寻秋草堂、贾谊井、古碑亭、佩秋亭、碑廊等九部分组成。癸卯（2023）初秋，笔者有幸走进这座两千年未移址的贾谊故居，与两千年前的古人近距离交流。

第一进院

走进贾谊故居大门就是第一进院。绕过影壁，西墙壁边有一完整的飞檐翘角小亭，亭下便是大名鼎鼎的"贾谊井"。亭柱两侧悬挂一副楹联：

不见定王城旧处；

长怀贾傅井依然。

此联出自唐代诗人杜甫的七排律诗《清明二首》之一，贾谊井因之又名"长怀井"。

排律诗是律诗的一种，平仄、对仗等规则相较于普通律诗要求更严，除首尾两联外，中间各联都要对仗。由于限制过多，古人也极少创作，名篇更是少之又少。杜甫"为人性僻耽佳句，语不惊人死不休"，在排律诗的发展过程中，发挥了很重要的作用。即便如此，杜甫流传下来的七排律诗数量也不多，《清明二首》是其中的佳作之一。

唐肃宗乾元元年（758），杜甫因营救房琯被贬为华州司功参军，开始了生命中最后十余年的漂泊生涯。大历四年（769）前后，杜甫初到长沙，正遇清明节，触景伤情、有感而发，遂创作了七排律诗《清明二首》。

"不见定王城旧处，长怀贾傅井依然。"为《清明二首》之一的第四联。上联的定王名刘发，汉景帝刘启第六子，其母唐姬本为程姬侍女，身份卑微。景帝酒后要临幸程姬，程姬正逢月事，于是命其侍女唐姬替她侍寝，唐姬一幸即孕，生下刘发。因唐姬不受汉景帝宠爱，刘发被封于很小的长沙县。刘发封地虽小，但机智而至孝。景帝后元二年（前142），刘发回长安向景帝祝寿跳舞时"但张袖小举手"，众人皆嘲笑其笨。景帝亦感奇怪，便问怎么回事。刘发回答："臣国小地狭，不足回旋。"景帝大笑，便将武陵、零陵和桂阳三郡划给长沙国。定王城又名定王台，相传系刘发为孝敬母亲，用长安运回的泥土筑成的高台，每当夕阳西下时，刘发便登台北望，遥寄对母亲的思念之情，故定王台又称望母台。下联的贾傅即贾谊。杜甫游历了长沙"定王台"、贾谊旧宅后，有感于定王、贾谊失宠于皇帝，被逐于偏远潮湿的长沙，昔日的定王府已无踪迹，贾谊宅也仅古井依旧，联想到自己被贬漂泊到此，于是借古遣怀，咏出《清明二首》的第四联。

南北朝时期宋人盛弘之《荆州记》载："湘州南市之东，有贾谊宅，中有井，即谊所穿也。上敛下大，状似壶。"可见，此井确是贾谊所掘，有文献记载的贾谊故居毁建数十次，每次重建都是以找到这口井为基准。将诗圣杜甫的联句悬挂井边，情、景相融，更显古井之重。

第一进院的南侧墙边建了半座附壁古碑亭。历代重修贾谊故居时，均立碑以记，现大多佚失。1996年在贾谊故居的夹壁内发现两方残损的石碑，一为清顺治七年（1650）所立，一是清乾隆元年（1736）所立的"屈贾双祠序碑"，现存放于古碑亭内。亭柱悬挂楹联：

岳峻湘清，长怀太傅；
地灵人杰，并驾三闾。

该联作者易仲威为当代联家，湖南湘阴人，曾编著《湖湘名联集萃》。"岳峻湘清"典出长沙城南书院，宋代大学者张式题写的二字联，上联"岳峻"，下联"湘清"，描绘了南岳衡山的高峻险阻和湘江的清流如玉。"地灵人杰"典出王勃《滕王阁序》"人杰地灵，徐孺下陈蕃之榻"，"三闾"指屈原曾任三闾大夫。易先生上联以湖南胜景起笔，极言怀想太傅之久；下联点题，太傅与屈原并驾，言长沙为屈贾之乡，人杰地灵。贾谊故居现悬挂的楹联中，当代联家撰写的只此一联。易先生亦为湘人，看来从古至今，三湘大地确是人杰地灵。

第一进院北侧的正房是"贾谊祠"，也称"贾太傅祠"。祠中贾谊铜像是由湖南著名雕塑家钱海源先生设计的，贾谊坐像前的石碑上，镌刻着贾谊的《过秦论》片段。贾谊坐像身后的屏风上，刻着当代书法家沈鹏先生所书写刘长卿的《长沙过贾谊宅》。祠内东墙竹书贾谊的《鹏鸟赋》、西墙竹书贾谊的《吊屈原赋》。

"贾太傅祠"外廊悬挂清人秦瀛撰写的楹联：

绛灌亦何心，辜负五百年名士；

　　　　沅湘犹有恨，凭吊千万古骚人。

　　秦瀛（1743—1821），原名沛，字凌沧，江苏无锡人。自幼聪颖，作文操笔千言立就。清乾隆（1736—1795）、嘉庆年间（1796—1820）曾任浙江按察使，刑部侍郎，内阁学士。秦瀛赋诗作文，皆力追古人，能有所自得，文学创作在当时颇有影响力。

　　"绛灌"即绛侯周勃、颍阴侯灌婴。上联以贾谊受周勃、灌婴嫉妒而遭贬长沙入笔，慨叹"绛灌"何以忍心辜负五百年一遇的名士贾谊？"沅湘"本意沅水和湘水，代指湖南。下联转笔言今，因贾谊遭贬，湖南仍恨"绛灌"，至今凭吊千秋万古的骚人贾谊。相去近两千年故事，因贾谊之故，瞬时左右相联系，这就是楹联的魅力。

　　"贾太傅祠"内廊悬挂清人祁隽藻的集句联：

　　　　庭列瑶阶，林挺琼树；

　　　　荣曜秋鞠，华茂春松。

　　祁隽藻（1793—1866），字叔颖，号春圃，山西寿阳人。清嘉庆进士，道光、咸丰、同治年间官至军机大臣、体仁阁大学士、礼部尚书，为"三代帝王师"。长书法、工诗词对联，其对联书法尤为后人喜之，流藏甚广。

　　"庭列瑶阶，林挺琼树"本意是说，庭前的台阶似用瑶制成，林中挺立着玉树琼枝。典出谢惠连的《雪赋》"于是台如重璧，逵似连璐。庭列瑶阶，林挺琼树，皓鹤夺鲜，白鹇失素，纨袖惭冶，玉颜掩嫮。"

　　谢惠连（407—433），南朝宋文学家。诗仙李白很推崇谢惠连，散文名篇《春夜宴从弟桃花园序》中，便有"群季俊秀，皆为惠连"之句。

　　"荣曜秋鞠，华茂春松。"本意是说容光焕发如秋日下的菊花，体态丰茂如春风中的青松。典出曹植《洛神赋》"余告之曰：其形也，翩若惊鸿，婉若游龙。荣曜秋菊，华茂春松。"《释文》鞠，本作菊。

　　曹植（192—232），字子建，魏武帝曹操之子，后世将他与曹操、曹丕合称为"三曹"，南朝宋文学家谢灵运有"天下才有一石，曹子建独占八斗"之评，王士祯更言汉魏以来两千年间诗家堪称"仙才"者，曹植、李白、苏轼三人耳。

祁隽藻集谢惠连、曹子建名句入联，足见其对贾谊之形象俊美、文采斐然的由衷赞叹。

第二进院

过了贾太傅祠就是第二进院。第二进院主要是太傅殿，陈列贾谊生平及思想介绍。"太傅殿"外廊悬挂清人左辅撰写的楹联：

亲不负楚，疏不负梁，爱国忠君真气节；

骚可为经，策可为史，经天行地大文章。

左辅（1751—1833），字仲甫，号杏庄，江苏阳湖人。乾隆进士。曾知县官安徽，治行素著，能得民心。嘉庆间，官至湖南巡抚。工诗词古文。

上联写屈、贾二人的品质。长沙又称"屈贾之乡"，古已有之，左辅此联合写屈、贾平生。屈原，芈姓，先祖为楚王室，故称屈原"亲不负楚"；贾谊曾为梁怀王太傅，与皇室毫不沾边，却亦尽忠梁王，故言贾谊"疏不负梁"。屈、贾二人虽然都人生坎坷，但无论是亲是疏，都尽忠爱国，是有真气节的君子。

下联写屈、贾二人的著作。屈原是"楚辞"的创立者，代表作《离骚》堪称最具权威的"经"，故称"骚可为经"；贾谊的代表作《治安策》居安思危，痛陈汉初危机，并提出了解决问题的措施。毛主席评价《治安策》是"西汉一代最好的政论"，堪称史书，故言"策可为史"。《离骚》《治安策》都是永久流传的大文章。

《联律通则》规定，楹联忌不规则重字。此下联的"经"字为不规则重字。笔者认为，虽然联律很重要，但现在的联律是结合前人的经验，为了规范现代楹联创作而出台的规则，不能以现在的规则去衡量前人的优秀楹联。且楹联的优劣，首先要考量的是联意，若联意绝佳，适当突破联律也未尝不可。左辅此联对仗工整，大气磅礴，虽有一不规则重字，但读来绝无滞涩之感，堪称佳对。该联悬挂于介绍贾谊生平的太傅殿，再合适不过了。

内廊悬挂清人胡启爵撰写的楹联：

千年祠宇巍然在；

多少文人拜下风。

笔者才疏学浅，未能查到胡启爵的生平信息，只知道其在同治年间做过樊城知县。该联虽无用典，但写得大气磅礴，看似可以横扫一切。此等笔力，也的确配得上贾谊的才学！

第三进院

由太傅殿前行便是贾谊故居后院，即第三进院。后院主要建筑是座二层小楼，名曰"寻秋草堂"，为清人所建。草堂之名出自刘长卿的《长沙过贾谊宅》"秋草独寻人去后，寒林空见日斜时。"自清以来，草堂一直是文人聚会，吟诗作赋之所，现在草堂不对外开放。

草堂正门悬挂清末王文韶题写的楹联：

故宅重新，喜湘水天涯，依然三载栖迟地；

苍生无恙，对夕阳秋草，正与诸君凭吊时。

王文韶（1830—1908），字夔石，号耕娱、庚虞，浙江仁和（今杭州）人。咸丰二年（1852）进士，同治年间（1862—1874）任湖南巡抚，后任云贵总督，直隶总督兼北洋大臣。

"三载栖迟地"，依然典出刘长卿《长沙过贾谊宅》"三年谪宦此栖迟，万古惟留楚客悲"。"栖迟"一词最早见于《诗·陈风·衡门》"衡门之下，可以栖迟"，意游息之意。贾谊被贬长沙王太傅，任官四年余，刘长卿因有"三年谪宦此栖迟"句。王文韶题贾谊故居之联，亦应是为重修故居所作。上联写贾谊故居仍建于湘水之滨，太傅栖迟三载之故地；下联写当代"苍生无恙"，文人雅士正可常聚于草堂，凭吊先贤。全联并无生涩用典，通俗易懂。王文韶虽身为朝廷重臣，亦未过于渲染粉饰太平，只用"苍生无恙"平叙其时，不失文人本色，应为题写"寻秋草堂"之佳联。

"寻秋草堂"虽不对外开放，但草堂正门敞开，可见明间陈设。上悬匾

额"天下治安",一幅山水画轴两侧配史鹏集句联:

> 秋草独寻人去后;
>
> 断流空吊水无情。

上联出自刘长卿的《长沙过贾谊宅》,下联出自晚清诗人黄遵宪的《长沙吊贾谊宅》:"诗寒林日薄井波平,人去犹闻太息声。楚庙欲呼天再问,湘流空吊水无情。"

黄遵宪(1848—1905),晚清诗人。字公度,别号人境庐主人,广东梅州人。光绪二年(1876)举人,戊戌变法期间署湖南按察使。工诗,喜以新事物熔铸入诗,有"诗界革新导师"之称。

后院东墙边建半个附壁亭子,曰"佩秋亭",始建于清光绪三年(1877)。亭内原陈列贾谊石床,现亭内陈列复刻的《大汉敕刻》碑。汉武帝时期,朝廷为表彰贾谊功绩特向长沙赐碑,原碑早已遗失。唐代维修贾谊祠时,由名儒谢鲁川书写重刻。该碑于一九一一年修建粤汉铁路时出土于贾谊故居东南回龙山下,被筑路大臣端方据为己有,抗战时被侍卫拍卖,下落不明。现碑为仿制。亭侧配清人钱大昕诗句联:

> 石床柑树迹云徂;
>
> 故宅犹传贾大夫。

钱大昕(1728—1804),字晓征,号竹汀,嘉定(今属上海)人。乾隆进士,入选翰林院庶吉士,散馆授编修,官至少詹事。历主钟山、娄东、紫阳三书院。佩秋亭楹联取自钱大昕的《贾太傅宅》:"石床柑树迹云徂,故宅犹传贾大夫。世已治安偏上策,贤如绛灌尚嫌儒。洛阳太守封章荐,宣室君王礼数殊。如此遭逢良不薄,未应问鵩寄挪揄。"此联也可印证亭内曾陈列贾谊石床及院内曾有传说贾谊亲栽大柑的史实。

赏罢贾谊故居全部楹联佳作,意犹未尽,沉思其中,回味悠长。出得门来回望故居大门,蓦然发现,大门两侧预留的联位却空空如也。自明成化元年(1465)大规模以祠宅形制重修贾谊故居以来,无数名流学者撰写诗联,门联却一直空缺,不得不说是历史之憾。千禧之年,《长沙晚报》曾面向全球华人发起公开征集贾谊故居大门门联的活动,当时共收到十五个国家和地区华人的应征楹联一万四千多幅,但最终未能选出最佳大门门联,一等奖空缺,至今门联仍然阙如。贾谊的影响历两千年而不衰,故居大门门联确应文配其位。若无恰当之联,莫如虚位以待,静候佳联。

煮酒品诗论英雄

余平生喜酒。年轻时，总喜约三五好友，一起斗酒闲谈，这样的日子几乎成为习惯。

浑浑噩噩，转眼几十年过去了。细数过往酒友，达者弃余而去，富者余远避之，如今还能偶尔举杯小酌者屈指可数。直如稼轩先生所言："交游零落，只今余几。"

一日实在无聊，遍约数友小酌，均因业务繁忙婉拒，幸一友赏光赴约。古人大多二三志趣相投者相约而酌，李白斗酒诗百篇，自斟自饮居多，有诗为证："花间一壶酒，独酌无相亲。举杯邀明月，对影成三人。"或是二人对酌："两人对酌山花开，一杯一杯复一杯。我醉欲眠卿且去，明朝有意抱琴来。"想来太白先生挥毫《将进酒》之时，也不过与岑夫子、丹丘生三人痛饮而已，否则不会只劝"岑夫子，丹丘生，将进酒，杯莫停。"

今得一友相陪，足矣。

于是寻一僻静小酒馆，泡一盏庐山雾，烫两壶老白干，切三两酱牛肉，点四碟时令蔬，如太白般一杯一杯复一杯，闲话古今。

平日友亦喜诗词古文，酒至半酣，忽问余：如果能穿越千年，与古人对饮，愿与哪位诗文达人举杯对饮？余兴顿起，请友人一一道来。

友举杯先提：魏晋刘伶，嗜酒如狂，《酒德颂》名扬古今，以天地为一朝，以万期为须臾。行无辙迹，居无室庐，幕天席地，纵意所如。天地为其房，屋舍为其裤。静听不闻雷霆之声，熟视不睹泰山之形。不觉寒暑之切肌，不知利欲之感情。常携一壶老酒，小童相随持锄，终日畅饮求醉，言称醉死即埋。竹林贤士刘伶，可否？

余置杯一旁，答，不可。

友举杯再提：东晋陶渊明，《饮酒》诗开中华系列酒诗之先河。闲静少言，不慕荣利。好读书，不求甚解；每有会意，便欣然忘食。性嗜酒，家贫

不能常得。亲旧置酒招之，造饮辄尽，期在必醉。既醉而退，从不吝情去留。采菊东篱下，悠然见南山。自然守节，诗风恬淡。不汲汲于富贵，不戚戚于贫贱。宁持三杯酒度日，不为五斗米折腰。世称靖节先生，可否？

余仍置杯不动：大丈夫生于乱世，当提三尺剑立不世之功。不可。

友举杯再提：大唐李白，孤高自比云月，斗酒诗成百篇。胸怀凌云之志，笔走游龙之间。自比楚狂人，凤歌笑孔丘，独爱浩然弃轩冕，天子呼来不上船。闲时举杯邀明月，对饮会须三百杯，光阴百代皆过客，诗酒皆佳留美名。言称天地皆爱酒，纵酒何必求神仙？三杯通大道，一斗合自然。只爱生前一杯酒，不问身后千载名。唯愿长醉不愿醒，不肯摧眉折腰事权贵，使其不得开心颜！谪仙李太白，可否？

余仍置杯不动。

友举杯再提：南宋名将辛弃疾，常与酒为伍。饮酒不须劝，正怕酒樽空，每饮必醉尽兴。居家小酌亦醉："醉里吴音相媚好，白发谁家翁媪？"送友小别亦醉："醉里挑灯看剑，梦回吹角连营。"一夜松边醉倒，问松我醉何如？醉里不知谁是我，非月非云非鹤。问其何事最相宜？宜醉宜游宜睡。尊前醉后歌曰："江左沉酣求名者，岂识浊醪妙理？"醉言不恨古人吾不见，恨古人不见吾狂尔！醉中稼轩，可否？

余仍置杯不动。

友举杯再提：大明唐寅，嗜酒如命。酒醒只在花前坐，酒醉还须花下眠。花前花后日复日，酒醉酒醒年复年。不愿鞠躬车马前，但愿老死花酒间。自言李白能诗复能酒，我今百杯复千首。遇饮酒时必饮酒，醉舞狂歌五十年，花中行乐月中眠。平生不炼金丹不坐禅，不为商贾不耕田，闲来写就青山卖，不使人间造孽钱。江南才子唐伯虎，可否？

余仍置杯不动。

友弃杯不再提酒，愤愤不平：刘伶、陶潜、李白、稼轩、唐寅，乃历朝酒中之仙，你竟不可与饮，太狂了吧？

余大笑：孟子曰五百年必有圣人出，君所提之人，皆五百年才出之大才，若有幸同饮，一醉即死亦足，岂敢不可？是吾等庸人欲饮，大才不可尔。幸有知我者同饮，干杯！

　　于是二人举杯，一饮而尽。

醉饮稼轩，可怜白发生

　　盛夏酷暑，虽日暮西山，残阳却仍似火，让人无处遁形。大牲畜皆已饱食而三缄其口，寻荫以庇，唯徒劳的蝉鸣，鼓噪异常。余百无聊赖，索性躲入蜗居，捧《稼轩长短句》，烫一壶老白干，自斟自饮，一曲辛词酒一杯，未几便醉。蒙眬间，忽觉对面坐一老者，鹤发童颜，神情矍铄。乃大惊，问是何方仙人？

　　老者笑曰：叹汝于知己，真少恩哉？

　　余大喜：莫非稼轩真身驾临？

　　老者笑而不语。

　　余逛喜，醉复醒。即刻举杯相敬：在下仰慕先生高义久矣，先生早年反金，勇擒叛匪，声名鹊起；归宋后得二圣器重，立志收复河山，英雄气概名垂千古。今得见天颜，实属万幸，在下敬先生一杯。

　　先生一饮而尽：可惜皇上无意北伐，误老夫大好青春，忍将万字平戎策，换得东家种树书，北伐大业竟无尺寸之功！每每与同甫谈此，无不扼腕叹息。记得那次同甫到访铅山，居留十日，与老夫夜夜痛饮，纵谈匡复大计，豪气干云。饮到兴处，老夫与同甫挑灯看剑，畅想统兵北伐，军寨连营，战前让将士们饮酒吃肉，配以军乐鼓舞士气。两军对垒，战鼓齐鸣，我军战马似的卢般飞快，兵士弯弓射箭，声似惊雷般震耳离弦，敌阵霎时崩溃。皇上收复故土大业功成，吾等亦取得不世美名，痛哉快哉！若非同甫一声长叹，老夫几欲跨马扬鞭，征战沙场。同甫去后，老夫作《破阵子》以寄：

　　醉里挑灯看剑，梦回吹角连营。八百里分麾下炙，五十弦翻塞外声，沙场秋点兵。马作的卢飞快，弓如霹雳弦惊。了却君王天下事，赢得生前身后名。可怜白发生！

余听得如醉如痴，仰视先生忘情诵读得意之作。已而再敬：先生虽仕途坎坷，赋闲归隐，仍有同甫对饮，不似吾等碌碌之辈，文无安邦之策，武无定国之能，盛世遗珠。垂垂老矣，仍无尺寸之功，只能举杯邀明月，顾影成三人。悲夫！

先生愀然，正色谓余曰：汝言差矣。人生几何？身世酒杯中，万事皆空。李白视敬亭，相看两不厌，白发已垂三千丈，仍笑人间万事，喜从何来？悲又何生？遥想渊明当年，独坐停云，煮酒吟诗，岂非此时风味？汉祖刘邦还乡，何等威武，大风起兮云飞扬，已而一命归西。孔丘暮年，仍慨叹其道不行；狂生张融，恨古人不见其能，二子而今安在？我见青山多妩媚，料青山见我应如是。人言吾狂生，不恨古人吾不见，恨古人不见吾狂耳！言罢顾余笑问：老夫得意之作《贺新郎》何如？

甚矣吾衰矣。怅平生、交游零落，只今余几！白发空垂三千丈，一笑人间万事。问何物、能令公喜？我见青山多妩媚，料青山见我应如是。情与貌，略相似。

一尊搔首东窗里。想渊明、停云诗就，此时风味。江左沉酣求名者，岂识浊醪妙理。回首叫、云飞风起。不恨古人吾不见，恨古人、不见吾狂耳。知我者，二三子。

余虽常读先生最喜此篇，然再品，果然不同。

随即大悟，举杯再敬：先生学贯古今，熟读诸子百家，当然非吾等白衣可比。

先生大笑：汝谬矣。那日痛饮大醉，夜归醉卧松边，忽觉松动来相扶，心生不快，老夫何时醉也？随手推了老松一把，大声呵斥老松去！只此一推，心性顿开，平日尽读古书，多愁善感，如今才知，往日潜心研读之作，其实毫无用处。有酒即醉，活在当下即好，哪有工夫闲愁？汝可品读老夫《西江月》：

醉里且贪欢笑，要愁那得工夫。近来始觉古人书。信著全无是处。

昨夜松边醉倒，问松我醉何如。只疑松动要来扶。以手推松曰去。

余再举杯：孟子曰尽信书，则不如无书。先生却言古人之书信着全无是处，果然通透豁达，已臻化境。凡事盛极必衰，先生之酒亦然。先生乃绝世高人，为苍生起，请先生保重。余自饮一杯。

先生微笑颔首：已闻清比圣，复道浊如贤。但得酒中趣，勿为醒者传。老夫经年累月酒喝若狂，喉咙似焦釜，真不自在。那日酒后，便将从不释手的酒杯教训了一番：说什么刘伶乃古今达者，何妨醉死就地埋。老夫视汝为知己，汝竟如此，真是薄情少恩！再若歌舞相伴，酒简直就是鸩毒。怨本无小大，皆出于爱；物亦无美恶，过则为灾。老子戒酒后，汝有多远滚多远，否则老夫虽病，仍可将汝碎尸万段！

杯汝来前！老子今朝，点检形骸。甚长年抱渴，咽如焦釜；于今喜睡，气似奔雷。汝说"刘伶，古今达者，醉后何妨死便埋"。浑如此，叹汝于知己，真少恩哉！

更凭歌舞为媒。算合作平居鸩毒猜。况怨无小大，生于所爱；物无美恶，过则为灾。与汝成言，勿留亟退，吾力犹能肆汝杯。杯再拜，道麾之即去，招则须来。

余再闻先生言戒酒趣事，意兴益然。典章俚语皆成作，嬉笑怒嗔亦入词，先生真仙人也。可惜人微居仄，自知先生不可久留，遂举杯相约：余此生得见仙颜，死亦足矣，敢望再乎？祈先生满饮此杯，吾无憾矣。

先生举杯即尽，高声吟诵：我饮不须劝，正怕酒樽空。别离亦复何恨？此别恨匆匆。飘然而去……

日上三竿，余悠悠转醒，手边《稼轩长短句》，翻在《水调歌头·我饮不须劝》一章。环视容膝，怅然若失……

朝阳·永恒

（一）

　　一亿年前，这里土地平坦，古树参天，万年老树皮沟壑纵横，似甬道绕树干穿行。十围以下的小树，只能在万年古树间逼仄地生存。太阳有规律地一起一落，让树定期沐浴阳光。地面枯叶堆积，不见一星土色，树间一条蜿蜒的大河不停流淌，树中不见鸟，但闻鸟语声，树外偶尔传来一两声鸟鸣，点缀水流之幽。太阳落下时，天空响起隆隆雷声，便有大雨如注。"山中一夜雨，树杪百重泉"，远处雷声渐细，浓云消散，太阳升起，天空蔚蓝。树皮甬道已断流，唯叶间仍有雨水无序滴流。

　　小鹉睁开惺忪的睡眼，从树洞中探出头，就着稀疏光点，沿树干甬道向上攀行，小鹦身后紧随。小鹉悠闲的身形，让小鹦陶醉。他们攀到树顶，双双侧卧而憩，注视下落的太阳。

　　极目远眺，碧空如洗，树海翠绿。蔚蓝的天际线向远处伸展，最终沉入树海。小鹉小鹦相依而卧，任由煦暖的阳光，慰抚他们裸露的肌肤，惬意极了。不知过了多久，他们有些倦，便原路返回树洞。望着小鹦曼妙的身姿，小鹉心旌摇动，无法自抑，轻轻搂住小鹦，小鹦顺势下蹲，与小鹉完美结合。他们忘情地互动，身外的一切都已虚无，小鹦双目紧闭，小鹉眼睑微开，尽情享受那一刻的欢娱。

　　光线瞬时消失，天崩地裂，火山灰覆盖了一切，大地渐渐沉入千米水底……

　　那是个没有时间、方位概念的时期，现代人称为侏罗纪。在巨型恐龙统治地球的时代，小型鹦鹉龙也许只能在林间树内繁衍生息。在朝阳古生物化石博物馆，我站在这尊被誉为镇馆之宝的"永恒的爱"化石前，久久不愿离去。一亿五千万年前，那两只没有思想、活在当下、沉浸在爱河中的鹦鹉嘴龙，一瞬间被火山定格，凄美悲壮的一刻成为永恒。

（二）

　　五千多年前，这里早已浮出水面。山峦突起，山势圆润，绿树成荫，水草丰沛，家畜满棚，人类成了地球的主人，娲是这里的女王。人们夯起一座巨大的圆形平顶土山，中央砌一个莲花宝座，建成观礼台。台下祭坛、积石冢、大平台、金字塔等建筑次第排开，随山就势，错落有致，一呼百应。

　　月圆之夜，观礼台上燃起无数火把。天空月光皎洁，四周火光闪烁，天地交相辉映。娲端坐在莲花宝座之上，接受人们的膜拜。距她最近的是二十余个子女，稍后是族内身强力壮的男人。娲记不得跟多少族内的男人交合，也不记得死去了几多子女，但强大的生育能力，让娲似太阳，成为族人的图腾。娲早已习惯了人们的膜拜，族人捕获猎物丰厚时、一季谷物收获归仓时，远方部族首领来访时，娲都会在观礼台上举行盛大典礼。娲不记得举行了多少次典礼，每次典礼时，娲都会正身端坐在礼台中央最高处的莲花宝座上，在接受族人膜拜的同时，心中为全族祈祷。娲知道，自己会跟先人一样长眠于地下，族人在观礼台下建了一座女神庙，按娲的样子烧制了神像，供奉在神庙的正位，四周有娲最喜欢的十个子女的泥塑像。娲很欣慰，当她死去时，人们还可以膜拜她的神像。

　　盛大的舞会开始了。火光摇曳，舞步曼妙，震撼的歌声直冲云霄，观礼台变成了欢乐的海洋。望着舞动的族人，娲再无牵挂，视线渐渐模糊，终于合上了双眼……

　　那时人类有语言，没有文字，这里没有留下名称，那个时期人们称之为新石器时代晚期。在朝阳牛河梁遗址博物馆，我见到了这尊与真人大小相当的陶质女神头像：高颧骨、浅眼窝、低鼻梁、薄嘴唇、眼珠用晶莹碧绿圆玉片镶嵌而成。旁边挂着女神复原图像：飞扬眉、杏核眼、吊角目、蒜头鼻、薄唇抿嘴，即使用现在的标准衡量，也可称为美女。女神不知道什么是永恒，却以另一种方式与五千多年后的我同处一室。时空转换，与女神隔屏对视，我之幸？女神之幸？

（三）

一千七百多年前，慕容鲜卑崛起，慕容皝在这里建立了燕政权，自称燕王，这里开始叫龙城。慕容皝虽未称帝，但称孤道寡，以天子自居。为了庇佑自己长生不老，于龙山兴建龙翔佛寺。

《晋书·卷一○九·载记第九》记载："时有黑龙、白龙各一，见于龙山，皝亲率群僚观之，去龙二百余步，祭以太牢。二龙交首嬉翔，解角而去。皝大悦，还宫，赦其境内，号新宫曰和龙，立龙翔佛寺于山上。"这是关于朝阳凤凰山龙翔佛寺最早的记载。

对于慕容皝的去世，《晋书》记载："皝尝畋于西鄙，将济河，见一父老，服朱衣，乘白马，举手麾皝曰：'此非猎所，王其还也。'秘之不言，遂济河，连日大获。后见白兔，驰射之，马倒被伤，乃说所见。輦而还宫，引俊属以后事。以永和四年（348）死，在位十五年，时年五十二。俊僭号，追谥文明皇帝。"大意是说，慕容皝在西部边境狩猎将渡河时，见到一位老者，着红衣，骑白马，举手向慕容皝挥动说："这里不是打猎的场所，王回去吧。"慕容皝秘而不宣，仍渡河猎获极多。后来见到一只白兔，驰马射箭马倒人伤时，慕容皝才说出此事，乘辇车回宫不久便去世了。

人类终于发明了文字。感谢文字，我不必再去臆想，曾经的王——慕容皝去世的情形。我常游览凤凰山，拜谒龙翔寺，但却从未见过慕容皝的容颜，哪怕是塑像。一生追求永恒的慕容皝，却没能让自己永生。

（四）

三十年前我来到朝阳。仅有的几条马路冷冷清清地交叉在城市中间，马路两旁大部分是一些低矮的小楼。离开市中心不过数百米，道路就坑坑洼洼起来，很多还是土路。每天机动车嘀嘀的喇叭声、畜力车嘚嘚的马蹄声、自行车叮叮的响铃声，在阵阵扬起的灰尘中，与行人匆匆的脚步声交会成一曲小城交响乐。大凌河似一条小溪，经城东流过。两岸杂树林立，野草丛生，偶有林间小路伸出，吸引年轻情侣曲径通幽。两座残破的砖塔隔着一堆平房相望，诉说朝阳历史的沧桑。

时间飞逝，朝阳重生。商业城人声鼎沸，梧桐苑鸟语花香。南北双塔修缮一新，唯盛夏燕阵，依稀旧时模样。宽阔的大凌河变成美丽的人工湖，夏日傍晚，余晖斜照，波光粼粼，两岸游人如织，宣示小城悠闲。华灯初上，麒麟、凌凤、珠江三桥霓虹闪烁，与流动的车灯辉映，尽显朝阳如今繁华。

三十年筚路蓝缕，砥砺前行，朝阳的成长就是祖国前进的缩影。

（五）

有文字记载的朝阳历史超过两千年。战国称酉县；汉朝称柳城；三燕称龙城；隋唐称营州。朝阳这个名字因乾隆四十三年（1778），清置朝阳县而来。据民国十九年（1930）的《朝阳县志》记载，朝阳名称得自《诗经》大雅："凤凰鸣矣，于彼高岗；梧桐生矣，于彼朝阳。"

朝阳没有名声显赫的天朝帝王，没有彪炳史籍的都城宫殿，但无文字记载的牛河梁女神，却将人类的文明史提前了一千余年。

我喜欢堆砌文字，虽无妙笔生花之能，却痴想有一言半语传世，想来可笑至极。李杜之诗，苏辛之词，被历代推崇，已登峰造极，后世不可能超越。不知一亿五千万年之后可还会被传唱？

一千多年前，苏轼有云："盖将自其变者而观之，则天地曾不能以一瞬；自其不变者而观之，则物与我皆无尽也。"

苏子之无尽可以理解为永恒。物与我皆已永恒，何必再追求一言半语之传世？存在就是永恒，愿永恒的朝阳辉煌期间久些，再久些……

石岩专辑

　　石岩，本名陆泽全。1978年，处女作独幕剧《计划生育好》荣获福州军区文艺调演创作一等奖。先后创作二百余个相声、小品、说唱、话剧等舞台剧目，均被搬上舞台，相声《老兵·新兵》被《曲艺》杂志刊用，相声《利欲熏心》被《百花洲》杂志刊用，相声《民歌与方言》被《芒种》等杂志选登，相声《道与教》获得第五届华东六省一市文艺调演金奖。相声《您好，有什么需要帮助吗？》荣获1999年全国曲艺大赛金奖。群口相声《前腐后忌》被选送参加第四届CCTV电视相声大赛，获三等奖。

庄严的军礼

1979年的中秋夜,如往年一样,吃完晚饭,母亲在小圆桌上摆上月饼、菱角和水果,全家人围坐在桌前准备赏月。

这时,一位身穿军装的中年男人出现在门口,他呆呆地伫立着,两眼直愣愣地盯着母亲,脸部肌肉在抽搐,嘴唇在颤抖,情绪异常激动。半晌,从粘涩的声带里发出一声颤抖的呼喊:"孙……志……帆!"

站在屋里的母亲没有答话,只是疑惑地望着对方,微微地点了点头,认可了对方没有叫错人。随后,男人的举动让全家人都大吃一惊。他激动地大步迈进屋,紧紧地将孙志帆抱在怀里,放声大哭起来。全家人被男人这一唐突的举动所震惊,呆呆地望着这个军容整洁、仪表端庄的不速之客,不知所以。那人哭过一阵后,渐渐恢复了平静,缓缓地松开对方,双手握着她的肩膀,将她的身体扶正,然后后退三步,整理了一遍军容,从兜里掏出一张发黄的信笺,操着洪亮的嗓音说道:"孙志帆同志,四野三十九军英雄班班长龚守信,代表全军将士向您致敬!"随后抬起右手,向母亲敬了一个标准的军礼。

母亲的表情顿时显得凝重起来,她上前握住龚守信的手,望着对方那带着泪痕且刚毅严肃的脸,一句话也没说出来,她将视线缓缓移向龚守信手里那张发黄的信笺。龚守信捧起信笺,讲述了一段三十年前的往事……

1949年的中秋节这天,四野三十九军在湖南芷江召开了一个庆功大会,龚守信所在班由于战功卓著,被授予"英雄尖刀班"的称号,因此被安排在观众席的最前排。表彰大会结束后,由四野火线文工团为战士们表演节目。在压轴大戏《擂鼓战金山》里,孙志帆饰演梁红玉。优美的舞蹈身段、清脆的嗓音,连唱带打的精湛技艺,博得了台下万名战士们经久不息雷鸣般的掌声。演出结束后,英雄尖刀班的战士们意犹未尽,向班长提出一个特殊的要求:"到后台再看一眼'梁红玉',再听孙志帆唱一段。"甚至有战士说:"只

要能再听她唱一段，就死而无憾了！"

龚守信把战士们的请求向上级做了汇报，军首长同意：由英雄尖刀班代表三十九军，去向文艺战士敬一个军礼。接到这一命令后，全班战士高兴得就像现在的年轻人要见到崇拜的明星偶像一般，开心地一遍遍整理军容，生怕自己的形象坏了三十九军的声誉。正当龚守信发出口令："列队，立正——"时，突然响起了空袭警报，操场上所有的灯光顿时全部熄灭。紧接着又响起了集合号，操场上口令声此起彼伏，军号就是命令！全班战士毫不犹豫地跟着大部队，奔赴新的战场……

在接下来的战斗中，班长身负重伤，尖刀班的其他战士再也没能站起来……他们都是不到二十岁的青年，为了中国的解放事业，为了子孙后代再也不要面临战争，献出了年轻的生命。他们没有怨言，没有畏惧。在牺牲前，委托班长一定要代他完成军部交给的任务，向孙志帆同志敬个军礼。

龚守信在经过几年的广西剿匪后，被送去国外学习，回国后他被派往军校任职。从此，他便怀揣着全班战士的名单，奔赴全国各地寻找孙志帆，这一找就找了三十年！今天终于如愿，又怎能不让人情绪激动，泪如泉涌？

听完龚守信的讲述，母亲对家人说："把吃的都带上，今年我们换个地方赏月。"

一行人跟着母亲来到信江河畔，下到河边宽阔的埠头平台，孙志帆用带来的月饼、菱角和水果端端正正地摆了一个'供台'，还恭恭敬敬地点上两支红蜡。然后，母亲指着河对岸高耸的革命烈士纪念塔，对龚守信说道："河对岸就是革命烈士纪念塔，我就在这里再为战友们清唱一段……"她仰望天上的一轮皓月，深情地感叹道："月亮……还是三十年前的那个月亮，他们一定能听见的。"说完，便亮起嗓子清唱了一段《祭塔》。

龚守信一直以标准的立正姿势站立一旁，静静地欣赏着母亲声情并茂、精美绝伦的表演，月光映照在他那刚毅的脸上，一道道热泪，同河水相互辉映，闪烁着晶莹的粼光。

母亲唱完后，平静地说道："这条河是向西流的，它一定会把我的声音带到战友安息的地方的。"

龚守信再一次展开那张发黄的信笺，对着她深沉地说道："战友们，我已经完成任务了，安息吧！"说完，他将信笺轻轻地放在江面上，望着它缓缓向西边漂去……

孙志帆也望着江面上渐渐消失的信笺，深情地："安息吧！我们早晚会见面的。"

我与《老人与海》里的老人

最近，一则清华大学校长给入学新生赠送小说《老人与海》的报道，在网络上掀起了一波热议。正巧，《老人与海》里的故事与我最近的一次体验产生了共鸣，遂即兴写下此文。

1974年，那时，我家住在党校大院。党校图书馆的管理员阿姨，是我家邻居。禁不住我软磨硬泡，她偷偷借给我一本海明威的《老人与海》，还再三催我明天一定要归还。我只好囫囵吞枣，连夜吞下了平生以来看到的第一部世界名著。

这之前，听过不少老三届的大哥哥们说起世界名著，无不是顶礼膜拜，推崇备至，可当我读完《老人与海》这部名著之后，掩卷沉思，陷入一片茫然……

这还要从我的老家说起，我奶奶家住在浙江鄞县（今鄞州区）赵家村，村子很小，也就住着二十来户人家，坐落在一个海汊子旁边，打开窗户，每天都能看到潮起潮落。每年寒暑假，爸爸就会把我们兄弟送回鄞县老家去。那时候，农村的生活很清苦，村子里连一个小卖部都没有，买点油盐酱醋，要走三里路到大队去买，要么就得等货郎来村里，拿着家里的废铜烂铁、鸡毛、乌龟壳等物品去跟货郎换。若是买点儿大样的东西，或者是鱼肉之类的，就要到离村子十里以外的公社才能买到。

我的大表哥比我大六岁，当时在生产队干农活挣工分，能得到十分，是个好劳动力。见我们回到老家，家里又拿不出带点儿荤腥的菜，他就拿着一根绳子，绳子的一头绑了几个铁钩，来到海汊子边，他将带铁钩的一头甩到海水里，然后拽着绳子另一头，在岸边狂跑，跑着跑着，他猛地发力把铁钩从水里拽出，甩到岸上。这时就会发现，钩子上有一条大鱼，有时候，一次就能钩上两三条鱼来。表哥来回跑个几趟，给我们接风的餐桌上，就能摆上好几道美味海鲜。

傍晚，表哥又带着我们来到海汊子边，把一些小毛竹和茅草绑成一捆，中间塞几块砖头，然后用两根绳子分别绑在茅草捆两头，将茅草捆沉到水里，绳子另一头压在岸边的石头下。第二天，天还蒙蒙亮时，表哥就叫醒我，来到海汊边，他轻手轻脚地解开绳子，一根交给我，他拉着另一根。憋着嗓音悄声地说："一——二——三！"我们两人同时用力，猛地将茅草捆拽上岸来。只见茅草捆里不停地有鱼虾蹦出，我们俩手忙脚乱地满地扑抓，一捆茅草捆能收获到大半脸盆的"战利品"，而且种类繁多，什么小鱼、小虾、螃蟹、海螺、蛤蜊，有些连表哥都叫不上名字来。

　　表哥是一个地地道道的农民，跟渔民一点边儿也沾不上，无论从捕鱼经验，还是使用的捕鱼工具，都跟《老人与海》里的老人没有任何可比性。当时我就想呀，表哥既然能轻而易举地从海水里收获丰盛，而海明威笔下那个有着坚定的信念、坚忍的意志、坚强的决心、丰富的捕鱼经验、高超的捕鱼技能、完善的捕鱼工具的老渔夫，竟然连续八十多天打不着鱼？莫非在老人打鱼的那片海里，压根儿就没有鱼？除此之外，我能想到的唯一解释就是：世界名著的文学高度，绝对不是我这样的读者能够仰望到的！

　　时间过得太快了！不知不觉中，我也到了与《老人与海》里的老人相仿的年纪，几十年中，也只有偶尔才会想起小说里的情节，和我曾经产生过的疑问。可最近网上热议清华大学校长，为2021年入学新生赠送《老人与海》这部世界名著一事，再一次勾起了我四十七年前的好奇心。更奇妙的是，与老人年纪相仿的我，竟然经历了一次与《老人与海》里的描述非常近似的经历：同一年，我来到海明威生活和创作的海岛基韦斯特度假，我也是驾着一条小船出海钓鱼，我钓上一条鱼，跟老人打到的鱼一样，也是红色的。更巧合的是，我钓的鱼也受到鲨鱼的攻击。差别在于《老人与海》里的老人，是在船桨上面绑着刀片打鲨鱼。而我是用手枪打鲨鱼。真是奇妙，海明威描写的老人经历，竟然在我身上毫无遗漏地重演了一次。可非常遗憾的是：我遇上的这几条鲨鱼，显然没有读过海明威的《老人与海》这篇世界名著，不会撕鱼肉吃，而是连骨头带刺把我的红鱼吃得只剩下一个鱼头。我也感觉很幸运，幸亏我及时拉紧了鱼线，那鱼头离开水面有段距离，鲨鱼够不着了。回到家享用了一餐美味的剁椒鱼头。否则，估计也会跟海明威描写的老人那样，又饿又累，守着一副光秃秃的鱼骨头架子，瘫软在岩石上喽！

我这算不算初恋哪

年轻时，一些好友常拿我寻开心，说我是"一朵鲜花插在牛粪上"。

现在，花枯了，牛粪也干了，再也没人跟我开这种令人浮想联翩的玩笑了！

那天，老年合唱团组织集体郊游。间歇时，团长别出心裁地举办了一个"忆往昔"活动，要求每人说出自己的初恋故事和与初恋最难忘的一次经历。

团员们都非常踊跃地抢着发言，气氛非常活跃，开心得都忘记了自己的年龄。

要将自己的初恋说出来，这我可犯难了！从部队退伍时，我刚满二十，爸爸的老上级就跟爸爸商量，要娶我做他家儿媳妇。

我们是在一个武装部大院里一起长大的，从小摸爬滚打、上树揭瓦，天天混在一起，甚至经常挤在一张床上睡觉。过来人都知道，像我们这样的经历，发展成为恋人的概率不是很高。更何况，我退伍回来再见到他，感觉他还是小时候那么高，就没有长个儿，而且还长了一身的横膘，因此才有了朋友们经常说的"鲜花插在牛粪上"。

漫说是初恋，我俩压根儿就没有谈过恋爱。可面对那么活跃的气氛，不能说到我这儿就打句号了呀，那该多扫兴呀！为此，我开始绞尽脑汁地回忆往事，争取找出我的初恋，我可不想因为我没有恋爱过，而扫了大家的兴趣。

我最美的花季年华是在部队度过的，和军区总医院的众多护士一样，开朗活泼，无忧无虑。再加上部队有铁的纪律，几乎没有听说过违纪谈恋爱的事情发生。我们所接触的病人，也几乎都是军人，我不想把那时的人说得多么纯洁，像是不食人间烟火似的。但那个年代的军人的确是比较单纯，跟电影里演的不完全一样。

因此，在我的整个花季年华中，就没有被异性关注过，自己脑子也从没走过那根弦。可今天郊游活动，团长出的这个题目，恰恰触动了我人生中的一大遗憾，因此我使劲儿想，终于想到我唯一出现过的一次春潮涌动。

那天正值我当班，接收了一个住院的病人，小伙子军容整洁，英俊魁梧，一米八五的大高个儿，却很是文静，不善言语。他是来做膀胱镜检查的，入院后也是我为他做的灌肠。估计他是第一次在女孩子面前暴露隐私部位，显得特别拘谨、腼腆，闹得我这个极具职业操守的护士，都有点儿受他的情绪感染，有意无意地多留意了几眼他那不愿示人的敏感部位。

适逢八一建军节，医院举行联欢晚会，礼堂里摆放着各行各业送来的水果，各科室的医生、护士和病人，分别聚在划定的区域里，一边吃着水果，一边观看节目。那时候的联欢跟现在的联欢还不一样，没有导演和艺术策划这种专业指导，也没有彩排、走台之类的程序，任何人都可以上台表演，台下各科室还相互拉歌，起哄要对方出节目。

轮到我们外三科被起哄上节目了，我们一个预备好的女声小合唱唱完之后，台下的战友们却不肯放过我们，起哄得更加厉害，一定要我们科再表演一个节目。这下可好，我们就准备了一个节目，一时慌了阵脚，把护士长急得直跳脚。

这时，只见那个刚做过膀胱镜的军人缓缓地走上台，因为他刚做过膀胱镜检查，走路还不是很方便。他上台后，跟尴尬地晾在台上的我们挥了挥手，满面笑容地对台下介绍：他是外三科的病号，代表外三科献上一个节目。随后从兜里掏出一支口琴，吹奏了一首《军民鱼水情》。那欢快又熟悉的乐曲，博得了全场经久不息的掌声，"再来一个！再来一个！"的起哄声响起。后来演变成有节奏的"外三科，来一个！外三科，来一个……"的欢呼声。

这时，只见这位病号军人朝台下再次鞠了个躬，自报节目，再为战友们朗诵一首高尔基的《海燕》。这也是一首大家都熟悉的散文诗，在病号军人那浑厚的嗓音、极具穿透力的清晰吐词、富含感染力的表情渲染中，竟带动了全场观众的集体小声附和……

当朗诵到最后一句时，几乎所有的人都起立使出最强的底气，齐声高喊：让暴风雨来得更猛烈些吧！把整个晚会推向了无法攀比的高潮。

那晚我值晚班，实在是难以按捺涌动的春潮，找了个为他驱赶蚊子的理由，撩开了他的蚊帐。我意外地发现，他拿着手电侧卧在床上看书。这可是违反纪律的。他见有人撩开蚊帐，急忙熄灭了手电光，装出马上就要睡觉的样子。

为了缓解他的紧张，我悄声说道："你在看什么书呀？"

他把枕边的两本书顺手递给了我，我在他的床沿坐下，打开手电，一本书名是《诗词格律》，另一本是《永别了，武器》。当时我想起了钱锺书的名句"借书是恋爱的开始"。便鼓足勇气悄声说道："能借给我看吗？"还自圆其说地找了个借口，"我值夜班。"

我下班时，想借还书的机会再跟他接近接近，可他还在熟睡，我就把书重新揣进兜里，心里的小九九不言而喻。

接下来我一连休息两天，到第二天时，我这心里就像有无数蚂蚁在爬似的，干什么都没有心思，一直盘算着想去见他。坚持到吃过晚饭，我来到他的病房，把书还给他后，没话找话地问："吃过饭了吗？"

"吃过了。"他接过书后，也不问我有什么感想，也不主动挑个话题。

我想他也许就是那种不善言辞的性格，便主动说道："没出去散散步呀？"

"哦，去了，走到大门口，就被撵回来了。"

医院有规定：穿病号服的，一律不许走出住院部。他这一说，我明白了，他是想到外面去走走。我立马悄悄地跟他说：我去把你的军装偷出来好吧？

他仰着脸，带着有点稚嫩的微笑望着我，少顷，点了点头。

趁他换衣服的当口，我跑去约了一个室友，又跟班长请了个假。这是必须的，部队有纪律：严禁一个人外出。

我们军区总医院大门外就是西湖公园，我主动去租了一条船，那个军人主动坐在船尾划船，我和室友并排坐在船中部。她也是一个话不多的人，一眼就认出了我约出来的这个男人就是那天朗诵的人，她什么也没有说，只是投给我一抹神秘的抿笑。

那晚的西湖夜景真美呀！那年代没有亮化工程，没有人工雕琢的痕迹，一切都是那么自然，那么朴实。小船在湖中摇曳着缓慢前行，湖水在月光的辉映下，泛起层层涟漪。我和室友各自将一只手插在湖水里，享受着凉爽的湖水荡涤肌肤带来的柔顺舒适。我真想时间就此停滞，让我们永远占据这恬静的时光。

此时，一阵歌声打断了我的冥思……

风啊！你轻轻地吹啊！
船啊！你慢慢地走啊！
让那不尽的长江水，
在我的心上流，
掀起爱的波澜，
激起美的遐想，
……

这是一首脍炙人口、耳熟能详的歌，此刻，从我的身后传来，铺洒在静谧的湖面上，显得格外亲切，沁人心脾！

护士上班第一件事就是查看值班牌，待我再上班查看值班牌时，却遗憾地发现上面少了他的名字。

他——出院了。

从此，我就再也没有找到过那种令人魂不守舍的感觉了……

我如实地跟合唱团的朋友们讲述了隐藏在我心里四十年的故事，可是大家却不肯放过我，说我的故事是编造的，一定要我说出他的名字。

我推脱说：护士只记得病人的床号，那么多病人，哪里记得过来名字呀！其实，他的名字已经深深地刻在了我的记忆中，并时不时地还会在脑海里泛起一阵涟漪。

但我不能说出他的名字，因为我没有征求他的意见。也不知道他现在过得怎么样？但愿他过得很好，很幸福。我会永远默默地祝福他。

只是，他们又说我这不算初恋。

——你说呢？

我真的差点儿被气厥过去

  我每天要管他三顿饭，要均衡营养还要有不同的口味，由于他满口就剩下两颗牙，饭菜要做得烂糊，还要看上去有食欲。这些对我来说都不难，毕竟我就是干护工这份工作的，大不了多花点儿精力给他搭配好就是。

  只是他有一个坏毛病，总是把护工当贼防着，整得来照顾他的人顶多干两个月就要换人。护理公司没辙，只好连哄带骗地把护工骗去伺候他，然后再接着骗下一个护工。就这样，我成了"被骗"的护工，来到他们家。

  老人独居在一小区公寓楼内，前任护工告诉我说他很难伺候，儿子也不管他，顶多周末来打个照面，待不上十分钟。最让人受不了的是，护工下班离开时，他要检查护工的挎包，那简直是对人的一种侮辱呀！

  我心想，这有什么难办的，我上他家不带包总行吧？再者，一个老人也吃不了多少，有时候我烧家里的饭时，顺便给他盛一碗，也花不了多少钱，只要这份工作能顺顺当当地干着，总比到处找工作强。我这么想的，也是这么做的，虽然我每次离开他家时，他总要盯着我上上下下打量一番。我很讨厌他那种眼神，可是相比那些被他翻过包的护工，他对我算是比较人性化了。前任护工则认为，他是吃我的吃多了，吃别人嘴软，也许有道理吧。

  那日，老头想吃一家"南京菜馆"的红烧狮子头，我买回来后，把四个狮子头分成了四份，一份放在外面当天吃，另外三份冻在冰箱里，待想吃的时候再拿出来解冻。由于还不到吃饭时间，我家离他家直线距离只有两百米，我就赶着先回家给老公烧饭。待我再来到老头家时，老头坐在饭桌前像是在等我。我刚要下厨房烧饭，老头开口道："狮子头好吃吗？"

  我没有太在意他话中的意思，一边忙活着一边问道："什么好吃吗？"

  "狮子头呀！你不是拿走一个吗？哦！你还没吃呀？！"老头阴沉着铁青的脸，嘴角后咧着，瞪着干涩的双眼，若再配上一副獠牙，活脱就是一个吸血鬼的形象。

我顿时意识到，他是把我当贼了！还真如前面那个护工所说。简直是在侮辱人格！

一时气愤难填，我的旧病复发——我是严重的冠心病患者，医生说不能生气，气大了会要命的。此时我就感觉喘不过气来，头晕目眩，脑子一片空白。平时老公面前那口若悬河、百战百胜的辩才，竟销声匿迹。漫说是找理由反驳，根本连话都说不出来。就感觉胸口遭到重力挤压，自己的末日就要到了，晕晕乎乎地离开了他家，又跌跌撞撞地回到自己家中。一头倒在沙发上大口大口地捯气，待出了一身汗后，脑子似乎才开始正常供氧。

我捋了捋刚才的情况，才感觉不对劲，老头是怀疑我偷了他一个狮子头。可我明明没偷，为什么不当着他的面数给他看看呢？看来真是被气糊涂了。不行！我能吃亏、能受累，就是不能受冤枉气！捋顺了战胜对方的方法，战斗意志豁然高涨，翻身下地攥拳捋袖地直奔老头家……

来到他家后，我连看都不看他一眼，气哼哼地直奔厨房，从冰箱里拿出三个冷冻的狮子头，再找先前放在案板上那个……咄！别说狮子头不见了，就连盛狮子头的碗都不知去向！我当时就从脖颈子到腚尻子气出一身汗，质问道："台子上还有一个狮子头哪去啦？！"

一直站在饭厅紧盯着我的老头，理直气壮地说："我吃了！"

我气得脑袋都要开裂了！可依然觉得不对劲，又问道："吃了？狮子头吃了，那碗呢？"因为每天刷碗都是我的事，不会有人帮我干的。

"我洗了！"老头依然义正词严地瞪着那双干涩的眼。

我简直被这不讲道理的老头气得浑身发抖了，强压着满肚子的火，从牙缝里蹦出："不到吃饭时间，你把狮子头吃了，还赖我偷你的？你……你这是在侮辱人格！知道吗？！"

"我忘了！"老头还是那副凶煞嘴脸，一颠儿一颠儿地扑到我跟前，指着我的鼻子，扯开嗓门吼道："我就忘了！你想怎么样？！"

是呀，我还能怎么样？谁让我干这种伺候人的工作呀？我除了被他气得心跳过速外，又能怎么样？憋了半天我才憋出一句："我不干了，你另请

高明吧！"遂捂着心脏夺门而出，也不知道是怎么回的家。

一进家门，见老公已经下班回家了，满腹的委屈顿时化作如泉眼泪，哇哇地大哭起来……

在老公的再三追问下，我把今天的事跟他讲述了一遍，原想能得到老公几句宽慰的话，没想到老公却说："你每天自己掏钱给他调理伙食，突然说不干了，他还不知道该怎么后悔呢！赶紧去看看他吧！别再被你气出个好歹来。"

"啊！他那么不讲道理，都快把我气死了，你不关心我，还说我气到他？要让我去看他？我不去！我说不干就不干了！老头难怪没人愿意伺候，我总算领教了！"

"老头多大岁数啦？"老公明明知道他多大，还要问。

我没好气地说："九十六！"

老公似乎很不介意我的吼叫，自言自语喃喃地说："九十六，都九十六了呀？唉！我是不要活那么老哟！"

听话听声，锣鼓听音，老公说完自顾自去洗澡了，可我的心里却摇起了拨浪鼓。是呀！人都有老的一天，如果哪天我也老糊涂了，是不是也会这样呀？一刹那间，不但我的委屈感减弱了，甚至开始担心起老头来。急性子的我，本能地三步并作两步赶到老人家，是真的担心老人万一有个好歹，那后悔都来不及了。

一进门，见老人呆呆地坐在饭桌前，对着空无一物的桌面发愣，一见我进屋，眼角露出很僵硬的笑纹，用发颤的声音近乎哀求道："你不要不管我好吗？我是真的忘了！"

我强忍着眼眶里涌动的泪水别在他面前溢出，径直走进厨房，低着头张罗起他的晚饭，背对着他，用很低的声音说道："你以后别再气我了！"也不知道他听见没有……

通过这件事，我悟出一个道理：干任何工作都要用心干才能干好，可干护理工作，是要用情才能干好。